21

世纪文学之星

丛书 2020年卷

中短篇小说集

小的海

李砚青⊙著

作家出版社

作者简介：

李砚青，1992 年生，湖南永州人，鲁迅文学院第三十四届高研班学员，在《民族文学》《大家》《芙蓉》《湖南文学》《四川文学》《百花洲》《雨花》《青年作家》等刊发表作品三十余万字。现供职于湖南省作家协会。

目录

总序　　　　　　　　　　　　　　　　　　袁　鹰／1

序　构筑精神之岛的价值所在　　　　　梁鸿鹰／5

寻找张蓝　　　　　　　　　　　　　　　　　1

钝刀　　　　　　　　　　　　　　　　　　　31

保证书　　　　　　　　　　　　　　　　　　85

杏香街　　　　　　　　　　　　　　　　　112

远方树叶　　　　　　　　　　　　　　　　129

流动的夜晚　　　　　　　　　　　　　　　146

呆鹰岭黎明时刻　　　　　　　　　　　　　193

良夜　　　　　　　　　　　　　　　　　　201

小的海　　　　　　　　　　　　　　　　　209

总　序

袁　鹰

　　中国现代文学发轫于本世纪初叶，同我们多灾多难的民族共命运，在内忧外患，雷电风霜，刀兵血火中写下完全不同于过去的崭新篇章。现代文学继承了具有五千年文明的民族悠长丰厚的文学遗产，顺乎20世纪的历史潮流和时代需要，以全新的生命，全新的内涵和全新的文体（无论是小说、散文、诗歌、剧本以至评论）建立起全新的文学。将近一百年来，经由几代作家挥洒心血，胼手胝足，前赴后继，披荆斩棘，以艰难的实践辛勤浇灌、耕耘、开拓、奉献，文学的万里苍穹中繁星熠熠，云蒸霞蔚，名家辈出，佳作如潮，构成前所未有的世纪辉煌，并且跻身于世界文学之林。80年代以来，以改革开放为主要标志的历史新时期，推动文学又一次春潮汹涌，骏马奔腾。一大批中青年作家以自己色彩斑斓的新作，为20世纪的中国文学画廊最后增添了浓笔重彩的画卷。当此即将告别本世纪跨入新世纪之时，回首百年，不免五味杂陈，万感交集，却也从内心涌起一阵阵欣喜和自豪。我们的文学事业在历经风雨坎坷之后，终于进入呈露无限生机、无穷希望的天地，尽管它的前途未必全是铺满鲜花的康庄大道。

　　绿茵茵的新苗破土而出，带着满身朝露的新人崭露头角，自然是我们希冀而且高兴的景象。然而，我们也看到，由于种种未曾预料而且主要并非来自作者本身的因由，还有为数不少的年轻作者不一定都有顺利地脱颖而出的机缘。其中一个重要的原因，乃是为出书艰难所阻滞。出版渠道不顺，文化市场不善，使他们失去许多机遇。尽管他们发表过引人注目的作品，有的还获了奖，显示了自己的文学才能和创作潜力，却仍然无缘出第一本书。也许这是市场经济发展和体制转换期中不可避免的暂时缺陷，却也不能不对文学事业的健康发展产生一定程度的消极影响，因而也不能不使许多关怀文学的有志之士为之扼腕叹息，焦虑不安。固然，出第一本书时间的迟早，对一位青年作家的成长不会也不应该成为关键的或决定性的一步，大器晚成的现象也屡见不鲜，但是我们为什么不在力所能及的范围内尽力及早地跨过这一步呢？

于是，遂有这套"21世纪文学之星丛书"的设想和举措。

中华文学基金会有志于发展文学事业、为青年作者服务，已有多时。如今幸有热心人士赞助，得以圆了这个梦。瞻望21世纪，漫漫长途，上下求索，路还得一步一步地走。"21世纪文学之星丛书"，也许可以看作是文学上的"希望工程"。但它与教育方面的"希望工程"有所不同，它不是扶贫济困，也并非照顾"老少边穷"地区，而是着眼于为取得优异成绩的青年文学作者搭桥铺路，有助于他们顺利前行，在未来的岁月中写出更多的好作品，我们想起本世纪20年代和30年代期间，鲁迅先生先后编印《未名丛刊》和"奴隶丛书"，扶携一些青年小说家和翻译家登上文坛；巴金先生主持的《文学丛刊》，更是不间断地连续出了一百余本，其中相当一部分是当时青年作家的处女作，而他们在其后数十年中都成为文学大军中的中坚人物；茅盾、叶圣陶等先生，都曾为青年作者的出现和成长花费心血，不遗余力。前辈们关怀培育文坛新人为促进现代文学的繁荣所作出的业绩，是永远不能抹煞的。当年得到过他们雨露恩泽的后辈作家，直到鬓发苍苍，还深深铭记着难忘的隆情厚谊。六十年后，我们今天依然以他们为光辉的楷模，努力遵循他们的脚印往前走去。

开始为丛书定名的时候，我们再三斟酌过。我们明确地认识到这项文学事业的"希望工程"是属于未来世纪的。它也许还显稚嫩，却是前程无限。但是不是称之为"文学之星"，且是"21世纪文学之星"？不免有些踌躇。近些年来，明星太多太滥，影星、歌星、舞星、球星、棋星……无一不可称星。星光闪烁，五彩缤纷，变幻莫测，目不暇接。星空中自然不乏真星，任凭风翻云卷，光芒依旧；但也有为时不久，便黯然失色，一闪即逝，或许原本就不是星，硬是被捧起来、炒出来的。在人们心目中，明星渐渐跌价，以至成为嘲讽调侃的对象。我们这项严肃认真的事业是否还要挤进繁杂的星空去占一席之地？或者，这一批青年作家，他们真能成为名副其实的星吗？

当我们陆续读完一大批由各地作协及其他方面推荐的新人作品，反复阅读、酝酿、评议、争论，最后从中慎重遴选出丛书入选作品之后，忐忑的心终于为欣喜慰藉之情所取代，油然浮起轻快愉悦之感。"他们真能成为名副其实的星吗？"能的！我们可以肯定地、并不夸张地回答：这些作者，尽管有的目前还处在走向成熟的阶段，但他们完全可以接受文学之星的称号而无愧色。他们有的来自市井，有的来自乡村，有的来自边陲山野，有的来自城市底层。他们的笔下，荡漾着多姿多彩、云谲波诡的现实浪潮，涌动着新时期芸芸众生的喜怒哀伤，也流淌着作者自己的心灵悸动、幻梦、烦恼和憧憬。他们都不曾出过书，但是他们的生活底蕴、文学才华和写作功力，可以媲美当年"奴隶丛书"的年轻小说家和《文学丛刊》的不少青年作者，更未必在当今某些已经出书成名甚至出了不止一本两本的作者以下。

是的，他们是文学之星。这一批青年作家，同当代不少杰出的青年作家一样，都可能成为 21 世纪文学的启明星，升起在世纪之初。启明星，也就是金星，黎明之前在东方天空出现时，人们称它为启明星，黄昏时候在西方天空出现时，人们称它为长庚星。两者都是好名字。世人对遥远的天体赋予美好的传说，寄托绮思遐想，但对现实中的星，却是完全可以预期洞见的。本丛书将一年一套地出下去，十年二十年三十年五十年之后，一批又一批、一代又一代作家如长江潮涌，奔流不息。其中出现赶上并且超过前人的文学巨星，不也是必然的吗？

岁月悠悠，银河灿灿。仰望星空，心绪难平！

1994 年初秋

序

构筑精神之岛的价值所在
——序李砚青的小说集《小的海》

梁鸿鹰

　　人之快乐莫过于精神的充实。构筑精神之岛，如何达成，其意义何在，或许每个写作者都不免要去思考，李砚青为此作出了自己的探索。

　　放在我们眼前的这部小说集《小的海》，本来最初是叫《钝刀》的，不管"小"还是"钝"，似乎都有一种谦和、忍让或留有余地的心思在里面。但从创作看，李砚青的小说有湖湘文化的烟火气，以及冷眼打量世界的冷峻气质，行文并不是那么"温良恭俭"，相反，他对社会现实的认识，对复杂生活中的人的剖析，很具有一些过来人的沧桑感，可以说，他用中短篇小说的形式，将人间百态、世上沧桑，化作笔底风云的时候，甚至显出了一种与他年龄不相符的成熟。作为一个年轻小说家，李砚青处理生活、整合生活的能力，已经在他的文本里，在其构筑的艺术世界里，在表达的独特性上显现出来了。这是颇为令人欣慰的。

　　李砚青的小说中有一个像是符号又绝非符号的巨大存在，那就是"十字街"。他先后写过一系列故事发生地为十字街的中短篇小说，"在去县里上学之前我从未走出过十字街，到过最远的地方也就是离街三里多路的'长兴'冥纸厂。母亲经营着一个小店，除了有一次将一个小学生的肚子辣痛，最后上了医院，其他时候再无风波。"就是这种不见任何波澜的日常生活，见证着社会的细微变化，这个带有他生命印记的"血地"，时时在他的作品中展现出鲜明的特色。生活在十字街的男男女女，有着各自的命运，最终，他们或从十字街走向异域，或在一座座陌生城市里演绎各自的人生。这个十字街像是个出产故事的所在，那里的人无论"留守"还是"出走"，都最终成为这些人的"精神原乡"。这种明显带有回忆色彩的书写，是发自自己内心的纸上心灵之旅，而且，正如李砚青所说："回忆有个好处，那就是有助于我们梳理出自己人生的大致走向。"在重新返回精神故乡的同时，作者找到了自己的灵魂归宿，因此，李砚青才敢于说："在一次次书写中，我的企图或野心愈加蓬勃，已经在地图上被抹去的街道、学校、银行、医院、商铺在一个个故事中重现，我不可自拔地沉浸在久远的回忆里，如儿童时在街上看过的一场太阳雨，如小学三年级同桌女生递来的那张小纸条，亦如和伙伴们在盛夏时跳入的那条河流。"文学在本质上是更为纯粹的精神还乡，只有文字，让自己抵达对自己原乡的忠诚，对自我对内心的深刻审视。

李砚青的小说中还有一个身份十分鲜明的"我"。这个"我"经常处于社会底层，是各种城市中的不确定性的原因和结果。城乡巨大差别，城市对人的挤压、排斥，这些当代小说中经常处理的话题，李砚青的小说同样给予了个性化处理。从永州到长沙，从小县城到大都市，此间落差对他心理造成的冲击，以及野蛮生长的城市对乡村体系造成剧烈的冲击，导致人们的心理失衡。

李砚青毕竟是过来的青年，正如草根青年所共同感受到的，他们急于找寻社会对自己的肯定、接纳或认可，但往往在找寻中经历一次次失败，而情感冲击及心理失衡，恰恰会成为创作的一个重要动因。通过小说《寻找张蓝》作者告诉我们，高中毕业之后的"我",决意与母亲同回十字街的冷菜摊,这似乎成为他们的一种不得已但又实属必然的选择。严酷的生活,对于一个下岗女工和刚受过高中教育的儿子来说,纯然是个被反复筛选的异数,此时这里的车水马龙、熙熙攘攘,倒真正成了让他们感到容身之难、生存之艰的所在。"我们似乎没有理由继续在城里待下去,以前我们觉得它喧闹、拥挤以及种种的不如人意,现在,我们自觉地打包一切属于我们的东西,包括我们自己,并在一个合适的时间从这儿消失。"要生存,也只能委身于生活的缝隙之中。这大概是许多初到城市讨生活的人们的普遍感受,这个感受的提炼,对李砚青来说,得自生活,同样也得自他来自内心深处的感悟。

李砚青小说中的"我",保持清醒头脑,还时时感到城市生活的重复出现、彼此克隆的特征,"此处的生活也在彼处演绎,黑麋峰上那些原住民有着和在绿地广场跳舞的大妈们相差无几的身段、眼神和灵魂,繁华或者衰败,坚硬或者柔软,欢乐或者悲伤,朗朗乾坤,阳光普照。"而就在这种重复与克隆的生活中,他试图用文字找到意义、价值和出路,他在《小的海》创作谈里说:"我只知道写作能让我收获片刻安宁,我把自己安放在每一个作品之中,希望借此稀释内心的重压,构筑精神之岛。"这便是文学创作作为一种精神创造的真义之一吧,李砚青在用小说寻找属于自己的真义。

对于一个小说家来讲,善于观察是一种能力,善于提炼、升华更为难得,其实,如何从同质化的生活中找到不同,恰好是对小说家构成的一大考验。这个考验,李砚青过关斩将,一路收获丰满,从这个集子里的中篇小说《小的海》,我们看到了李砚青处理生活的能力。小说源于作者目睹的一次出其不意的抓捕。在某个时候,如同生活的溪流在推动着每个人于懵懂中向前行进那样，李砚青已不会像以往一样好奇地打量所遇之人和事。在他看来，生活的庸常早已麻木了人们的神经，因为"好奇地打量所遇之人和事"这种行为是徒劳无益的，在他人眼中，每个人是不是一个路人抑或一个唐突的闯入者，都已经变得不重要了："我的面目将迅速被我身后的行人掩盖，哪怕某个十分隐秘的摄像头记录了我的身影，30天以后，硬盘清除功能自启，一切复归无有。"但对一个有志于找寻构筑精神之岛价值的人来说，毕竟"外面的进行着的夜，无穷的远方，无数的人们，都和我有关"。小说里那个从永州一座南部小县城来到长沙谋生的、过去在小县城里当过辅警的90后"我"——唐杰，那位潜逃二十多年的杀人犯兵哥，那对相互怀疑猜忌的中年夫妻范老板和琳姐，那个过早逝去的年轻生命，这些人所构成的故事像一个海面，在暗夜里泛出细微的波光，向周遭发出深沉的微响，或者在那里面蕴藏有有待领悟的"温情、明亮和宽广"，在《小的海》里，其实并没有海，因为他人就是海，李砚青用自己的生花妙笔，写出了在一个价值兵荒马乱时代对"都和我有关"的无数人境遇的关注，其中之意需要人们慢慢去领悟。这，或许就是李砚青构筑精神之岛的价值所在吧。

是为序。

2022年4月18日，北京，西坝河

寻找张蓝

一

高中毕业后我回到了十字街。六年前，我拉着一个崭新的行李箱、一张嫩青得像打过蜡似的竹席以及一把包装完整的天堂牌雨伞离开了这里。六年后，箱子破烂，竹席乌黑，雨伞几乎报废。中巴车极富节奏地往前突冲了三次后在十字街东口缓缓停下，我被焦灼的人群卷裹着下了车，我听见行李箱在野蛮的拼挤中发出痛苦的呻吟，一股无名火在我胸中升起，我刚张嘴要嚷，发现身边的人早已如潮水般退去，不见了踪影。我立在原地苦笑，一场夏雨接近尾声，小街在雨后出现的宁静冲淡着我的愤怒。

狭长的街道上泥坑遍布，垃圾漂浮，我艰难地行进。想着那条传说中要铺过来的高速公路和我的梦想有着同一个特点——遥远。事实上，我的梦想已经破碎了，走出考场的那一刻我的眼泪就流了下来，有的人见了我然后避之不及，有的人则心怀慈悲加入到我的队伍。不久，我身后的队伍便浩浩荡荡。我从众多的面孔中敏锐地找到了母亲，也许我有意识地忽略掉了寻找的过程，我一仰头就望见了她。她对发生在自己身体上的暴力推搡全然不觉，随着人流在警戒线边上小心翼翼地涌动，那警戒线仿佛带了电一般，让人畏惧。我的母亲头发散乱，脸部扭曲，嘴大张着，露出那口暗黄的牙齿，迎接了我。我的表情代替了我所有的语言，同样，母亲也用她的沉默表明了她的宽恕。六年前别人对她说：

"你儿子考上了县一中，省重点呢，一只脚就跨进大学的门槛啦！"

不知是不是因为这句话，母亲毅然决然地出租了老宅把家搬到了城里，她的这个决定甚至都没跟在广东的父亲通气，就更不用说我了。一向办事拖沓的母亲仅用半天时间就在一中附近租到了房子。她苦心孤诣地要把我的另外一只脚也抬进去。

但是她失败了。

罪魁祸首是我。

我们似乎没有理由继续在城里待下去，以前我们觉得它喧闹、拥挤以及种种的不尽如人意，现在，我们自觉地打包一切属于我们的东西，包括我们自己，并在一个合适的时间从这儿消失。之前母亲虽然还在县里一个纺织厂上着班，可每天也就是白耗着日子，挣的钱刚够房租和水电。高考那一个月母亲就已经把工作辞了。说不上辞，结清工资，走了就走了。我和母亲前后脚走进了出租屋，她抓住一张矮凳满目狐疑地摇晃了几下，在确认它是结实牢固的才坐了上去。我轻轻掩上门，两步便走到了客厅中央，短暂的停顿之后我手足无措。

"大木，明天我们回十字街吧！"母亲如释重负地说。从她的声音里我听出了她对原先的职业的无限怀念。在十字街，做凉拌菜的有两家，一家是西口的杨慈秀，在斤两上给人缺少得厉害，可生意一直红火。有人说她大度，舍得往菜里放油。另一家是北门场的李水英，李水英就是我的母亲。她在斤两上也给人缺少，但不厉害，多年来生意温温的，像她的脾气一样。母亲说杨慈秀往菜里放的那种油我们家也有，不过她很少用。

无论从哪方面看，回十字街重操旧业都是明智之举，所以我没有提出异议，只是恳请母亲准许我晚回去几天。我说我还要回学校去收拾东西，还要跟一些朋友道别等等。整理好所有东西后，母亲从汽车站叫来了一辆人力板车，物件堆上去，母亲关切地迈着碎步跟在后边儿随时注意着。后来那些物件上了一辆没挂牌照的三轮车。母亲坐在那堆物件上回到了十字街。

　　那几天我缩在宿舍楼里哪儿也没去。宿舍楼已经是一座空城，前后有几批人进来搜刮过之后就再也无人光顾。耗子横行。我白天不停地喝水、洗澡、发呆，晚上便把凉席和枕头搬去天台睡觉，如果太阳不是很毒的话，我会一觉睡到第二天中午。到第三天的时候情况有些不妙了，我居然患上了失眠症，这个名词于我而言显然是一种奢侈。就像一头耕牛说自己不能耕田了，一只母鸡说自己不能下蛋了，这些都太矫情。一开始我毫不在意，强迫着自己往床上躺，到后来只要身体一挨着凉席心里就慌，白天如此，晚上亦是如此。就在这个时候，我决定回十字街了。

　　对于未来我并非没有细密的考虑，那几天的时间里我甚至把自己已经度过的三分之一的一生回忆了一遍。我今年十八岁，算二十，我理想中的人生长度是六十，六十挺好。以前我总想活个一百来岁，后来想想觉得那实在漫长得可怕，人老了就只剩下吃饭、拉屎、睡觉了。甚至连放个屁都拖拖拉拉、要死不活的。每当夜晚降临，县城南边一个背靠着一座小矮山的广场上就会坐满了老人。一只流浪的猫走过，他们会注视很久，我走过，他们也会注视很久，像是从来没有见过这两种动物。哦，对了，差点儿忘记交代了，我们学校校长和教务处主任的母亲以及办公室主任和后勤处副主任的父亲都在来宿舍楼搜刮人员名单之上。短柄的牙刷、缺齿的梳子、一只满是窟窿眼的运动袜、一个掏耳勺都是他们眼中的抢手货。

回忆有个好处，那就是有助于我们梳理出自己人生的大致走向。在去县里上学之前我从未走出过十字街，到过最远的地方也就是离街三里多路的"长兴"冥纸厂。母亲经营着一个小店，除了有一次将一个小学生的肚子辣痛，最后上了医院，其他时候再无风波。父亲在外打工，不在工厂，也不在工地，在他的小学同学经营的废品收购站里帮手，一帮就是十多年。平均一年回来两到三次。我呢，先后从十字街中心幼儿园和十字街中心小学毕业。坏事不沾边，没拔过螳螂腿，也没有抓过四脚蛇。好事没少做，捡到东西上交，义务打扫粮站。出格的事我倒做过一件，至于是不是坏事我也是到了现在才逐渐有了评判。那件事已经超出"坏"很远上升到罪恶了。那是小学五年级的时候，班上一个叫李月梅的塞了一张小纸条在我课本里，上面写着"大木，我喜欢你"。正好我看到的时候旁边的几个伙伴也偷瞄了，他们"嗷嗷"地叫着，我羞愧得无地自容，风驰电掣地跑到李月梅桌旁，把纸条砸在她脸上，具体地说是左边颧骨靠下来一点点的地方，然后一脚踢在她的小腿肚上，骂了一句"不要脸"。在这件事后不久我就去了县里，又听说李月梅在十字街中学念到初二便辍学去广东进了厂。我们再没见过。容我废话一句，那时候她的同桌就是张蓝。

谁也没料到我会考上县一中。那一年，整条十字街上考上的也就四个。分别是北门场的我的邻居王新初，他家开着一个卤粉店，我们两家经常换着东西吃；还有南口的胡大宝，他家开着一个猪肉铺，胡大宝在他十二岁的时候体重就达到了一百二十斤，一步三喘，绰号"大太太"；再有街中央的李能武，他家开着我们街上规模最大的服装店，所以他身上穿的永远是最潮流的，跟他站在一起，我们都是土包子。他跟我们说，其实不是你们穿得土，而是你们的思想土，你们压根儿没想过拿掉这个帽子是不是？是不是？在那个年纪他就跟我们谈"思想"这种高深的东西，我们都觉得他投错了胎，他应该生在美国，至少也得是香港。我和李能武的关系开始挺好，后面不好了。他是李月梅的堂哥。

李能武骂我们几个是土包子的时候我们并不觉得这是件多么了不得的事情，等到了县里，我们站在了那些衣着光鲜的城里同学中间，我们手心发烫、耳腮通红，身上的每一个关节都像装了发条，随便一动就嘎吱嘎吱响。而李能武不仅站在他们中间谈笑自若，居然还能吸引不少女生往他身上瞅。回到寝室后我们几个果断地逼他交出了箱柜钥匙。

六年的城里时光说长不长，一切恍如昨天。说短也不短，我从一个小男孩变成了一个男汉子。既没有高潮，也没有低谷。一天又一天，我吃在家里，睡在学校。每天走过同样的街道，开始你会觉得街道上每天充斥着不一样的人，久了，你会发现其实还是一样。记得在校门口右手边有一位满脸胡楂、长着酒糟鼻的摩的司机，初一的时候我坐一次他的车，原因已经记不清了。那是我第一次一个人"打的"，兴奋得跟坐飞机似的，双手抓住后架、看着他落满白色头屑的衬衣、绞尽脑汁地想要跟他搭上话，可无论我说什么他都只是稍微点点头，我怀疑哪怕我从车上掉下去他也不会有多么在意。于是我记住了他。六年后我急着去民政局盖个戳，第二次在同一个街角坐上了他的车，他的衬衣上依旧落满头屑，唯一不同的是我已经懒得甚至是不屑于同他讲话啦！到了目的地后我给了他一张五块的，他居然还找了我两块，而上回车费也是三块。我说你们的车费难道一直没涨？我这话的前提是肉价由原来的四块多一斤涨到了现在的十二块钱一斤。估计他还从未碰见我这样嫌价钱便宜的乘客。他有些腼腆地挠着后脑勺说不敢涨，涨了就拉不到客啦。我看到雪白的头屑纷纷落下。

与我的平淡恰恰相反，我的伙伴们乘风破浪、大干快上制造了一个又一个人生高潮。先说说李能武，他在初二的时候就交了第一个女朋友。要知道，在那时，我们刚刚明确了男生女生在性别上的具体差异，都羞于和女生说话，和女生的交流几乎为零。那女孩个儿高，皮肤红润，瓜子脸，城里人，听说家里开着一家鲜花店。倒数第二条显然是重点。李能武就是这样让我们一直仰视着，就在我们快要累断了脖子的时候，他转到了市一中。我们以为他肯定把那个城里女孩也带走了，他们都在食堂里相互喂过饭了。可后来我们竟然在学校里碰见了她，我们没有在她脸上看到我们想要的情绪。因为她身边已经站了另外一个男生。那男生的眼神狠狠的，好像跟谁都有仇。再见到他们，我们就学乖了，装作路人，大摇大摆地走过去。王新初说，我们本来不就是路人吗？众人才恍然大悟。高一军训结束的时候李能武回来看我们，我们谁都想跟他说这事儿，然后邀功求赏，但是谁也没敢。

都说粉里边含有明矾，吃多了人会变笨，这个常理却没有在王新初身上发生作用。王新初不是天才，但他身上的种种迹象都表明他的与众不同。他习惯于把每一个问题反复地考量后再做出具体行动，一旦发现不对，便立马刹住、折回，不辞辛劳。客观地说他的这个习惯在学习上给他帮了大忙。我们一般人的想法是尽量把整张试卷扫荡干净，就是胡编乱造，也要把卷子涂满。而王新初总是不紧不慢地思考着，这样做的结果是只要做了，就没有错的，做不完没关系，他老早就够本了。以至于后来我们的年级组长把他当成了典型大肆宣传，一开始要他自己上台介绍经验，但第一次登台王新初就差点儿紧张得昏厥过去。这本与我没有一点关联，可当天晚上我遭了殃，半夜的时候我被冷醒了，一摸，肚腹处的被子湿透。王新初睡我上铺。这事儿打死也不能说。我们几个里边只有王新初每个月放月假都回十字街，六年间，他源源不断地把十字街的消息带给我们。那时一定是我们最快乐的时候。

"大太太"胡大宝的人生精彩和李能武、王新初的不一样。无论谁第一次见着胡大宝都会说他长得一脸的富贵相。事实也正是如此。他爹胡屠户没有上来陪读，但他的大弟弟也就是胡大宝的亲叔叔是县水利局一位不小的官儿。我们见过这个官儿，困扰我们的不是他和胡大宝为何长得如此神似，而是我们县最大的一条河、流经县城的日西河也就五米来宽，哪儿来的水利供他管呢？在我们贫瘠的知识系统里只有像三峡那样的大家伙才称得上水利。胡大宝入学不到一个月就买了一辆八百多的山地自行车，在让我们瞠目咋舌的同时，也让我们为那辆自行车揪痛了心。人的运气来了真真是门板也挡不住。胡大宝后来不仅做了学校纪律稽查部（主管查抓食堂插队、随地乱扔垃圾等违纪行为的部门）的干事，手臂上套个红箍箍往人跟前一站，简直是威风无限。后来他又一路顺风顺水地升到了部长。由此胡大宝"大太太"这一绰号就不知不觉改成了"胡部长"。究竟是哪个没出息的开的头？这个问题一直困扰着我们。然而，"胡部长"这个叫法终究是改不过来了。

小地方来的人往往具有心眼小的特点，在"大太太"胡大宝成了"胡部长"之后我们跟他之间的关系便有些疏远了，不知是我们因为妒忌从而疏远了他还是他在心里故意撇清了我们。总之，和他走在一起的时候，我们会陷入安静。好在这种情况没有持续多久，这就不得不提到那件事情了。

也许我不应该那么虚伪而是应该原原本本地把这件事情说出来，做都已经做了，还有什么难为情的？而且不仅做了，用李能武的话说（当时他还没有转去市一中），"没看出来，大木这小子还藏得挺深"，说完这句之后他还觉着不过瘾，偏又煞有介事地对着众人加了一句"知道为什么说咬人的狗不叫了吧"。这句话让我难过了很长一段时间。过后我发誓再也不跟他们一起胡来了。但一到了周末，我还是会极其猥琐地勾上他们的肩膀。

都怪胡大宝这小子。现在回想起来我总觉得他也是为了拉近与我们的关系才无意之间把我们带进了一个漩涡。那是在初三下学期开始没多久的时候，一天，"胡部长"神秘兮兮地问我们要不要跟他一起去看个好东西。看他那副样子好像捡到了宝贝似的，我们能有幸目睹是我们上辈子修来的福分。我们问他究竟是什么好东西，他死咬着不松口，只说等你们见了就知道了，嘿嘿……在灰尘弥漫的街道上，我们几个跟随着"胡部长"的山地自行车一路小跑着来到了县教育局对面的一家小网吧，连像李能武那样见多识广的人都惊呼：

"胡部长！你带我们来网吧呀！未成年人不准进入你不知道吗？"

"胡部长"肥手一挥鄙夷地说："乱弹琴，我都带你们来了你们还不相信我？去吧！兄弟们！今天我请客。"说着，他麻利地开好了四台机器。这期间一个精瘦精瘦的中年男子一直笑脸看着他。不用说，他已经是这里的常客了。

我们几个站在门边上一动不动，呼吸紧促，完全就是考试作弊时的心情。李能武为了挽回刚才失去的威严，神情镇定地大步走向了那张大红色软椅。王新初如有所思、步态僵硬地跟了过去。当门边只剩下我的时候，我居然有种想哭的冲动。我又留下一个笑柄。

大家坐定之后，"胡部长"轻车熟路地引导我们打开了一个又一个界面。我们先打开了桌面上的"电视休闲"。然后打开了"本地电影"。再然后打开了"最新电影"。最后我们到达了终点——"成人电影专区"。

在那个天气异常炎热的下午，我们在洪水般的汗水中经历着惊心动魄的生理冲击。我们在那个小网吧从下午三点待到了晚上八点。走出推拉门的时候，除了"胡部长"，我们其他几个人都几乎瘫软在地。

从此，一发不可收拾。

在这儿，我引用一句时髦的话——一切终将逝去。初中三年弹指而过，最后一年因为见识了那些东西，我们的成熟速度呈几何级爬升，仿佛昨天一个个还是乳臭未干、稚嫩幼拙的乡野小子，今天的言谈举止就俨然是一副大人模样了。我们觉得连那个事情都见识（仅仅说见识肯定说轻了）过了，还有什么是值得我们大惊小怪的呢？在后来和同学的相处中，一种优越感便严严实实地笼罩着我们。在这种优越感里，我们无比幸福。不过明眼人也许能洞察到这种幸福的背后是更为巨大的痛苦。后者我就不细说了。

在李能武离开之后，我们这个群体体会着漫长的失落。他把握着我们这个群体的档次和品位，他一走，我们瞬间失宠。随着他的离开，时间也挂上了高速挡位奋力前奔。一旦挂上，直到高考落下帷幕，它都没有慢下来。高一一结束，文理分科便接踵而至。我选了文科，王新初和"胡部长"选了理科。王新初学理自然是意料之中的事情。"胡部长"上了高中后对学习没有什么兴趣了，用他的话说他叔叔已经在帮他的未来"铺路"了，如此一来，文理科在他眼中根本就是"鸟大回事"。他听说李能武原来的女朋友选了理科，他也在意向表的理科栏后边画了一个大大的钩。

分科之后，我们几个便聚少离多了，经常是就算约在了一起也没有了先前的那么多话。偶尔聊几句也是无关紧要的，既然是无关紧要的，那何必还要说呢？王新初早早地就选定了梦想中的大学并开始了忘我的奋斗。不在教室，就在去教室的路上。近视也一下子从原来的一百多度飙升到了四百多度。放月假的时候他也不再回十字街，这直接导致我们对十字街的了解趋于中断。他每个月会到城东的农村信用社取一次生活费。我们去约他出来玩的时候心里总是充满负罪感。"胡部长"此时已经辞去了部长一职，但他忙碌依旧。他迷上了网络游戏。由于出校要凭有班主任签字的假条，他练得了一手漂亮的行书。戒备森严的县一中大门在他眼中形同虚设。不过即使他再神通广大也没法不去教室上课，所以他又率先装备了一部手机，各种网游、玄幻、武侠、言情小说存满了一张容量 1G 的内存卡。这时他也不可避免地有了近视。无论什么样式的眼镜搁在他的鼻梁上都滑稽得像个小玩具。至于我呢，除了两周去一次那家小网吧，一周去一次学校里那栋台湾人捐建的图书馆借两本闲书看看，高一的时候拿过一个学校的作文大赛二等奖，除此之外，生活再无其他色彩。班上决心考大学的人全部坐在了教室前半部分，人置身于书海中，像一刻离了，就会立即死去。那些默认了深造无望又不愿付出努力的则占有了教室后半部分，每日睡得天昏地暗，相互之间的关系如胶似漆、蒸蒸日上。

我坐在教室中段。这是个让人无比尴尬的位置。

这种毫无激情的生活一直延续到我从高考考场上走出来。正如前面所说，我满脸悲戚地从考场上走出来。我一眼就看到了我那苍老的母亲。

二

你往何处去？这个问题就像是我不慎吞进肚子的一块口香

糖，无法消化。不仅无法消化，还无法排泄。我挥舞着手中半臂长的竹竿，竹竿的另一头捆着一根布带。我在驱赶着盘旋于凉拌菜上空的蚊蝇的同时思考着这个深邃的问题。我回到十字街后的短短几天里就帮着母亲把菜摊重新开了起来，出于邻居街坊们的好心，近来生意一直不错。尽管我知道他们对我们母子比对我们的凉拌菜更感兴趣。他们要看看我那只已经迈进大学门槛里的脚将以怎样的姿态撤出来。他们要看看遭遇了沉重打击的我的母亲将以怎样的坚忍在十字街重整旗鼓。我和母亲对他们笑脸相迎。不管怎么说，他们口袋里的钱终是进了我家用月饼盒改装成的钱篓子。

空闲的时候我会问自己，难道你就在这个菜摊上守一辈子？刚回来时母亲还安慰了我许多。她的心情已经渐渐平静了下来，如果什么东西是追求了但又得不到的，她便会把那理解为命。这真是伟大的生存哲学。她说："如今满大街都是找不到工作的大学生，家里把他们供出去了又有什么用？白花那么多钱是不是？要我说，没上也是好事。家里多好，工作都是现成的，做我们这行的累吗？不累！又不要你起早贪黑地赶货，每天坐在那里数数钱就行。反正你也不小了，找个媳妇就是眼前的事，我们这样的家庭找不上顶好的，找个中等偏上的还是没问题，等有一天我做不动了，我就把手艺传给她。我和你父亲早商量了，再过一两年就把新房造起来……"母亲说得头头是道，她给我描述的未来几乎无可挑剔，每句话都说到了我心坎里，说到给我找媳妇的时候我更是感动万分。世上只有妈妈好这话千真万确。可整个过程中我还是听得战战兢兢，汗流浃背。因为我看到了自己整个平凡而单调的人生。

除此之外我还能有什么别的选择呢？我没有胡大宝那样的亲叔叔，便没有那阳关道。我也没有王新初那样的学习天赋，便挤不过那千军万马的独木桥。说到王新初，那小子还算讲义气。他先我几天回到了十字街，我回来的第二天他就来看了我。见他一来，母亲高兴得有些语无伦次：

"啊呀！走走，出去，呵呵……"

我们肩并肩走在随处是灼热目光的街道上。我们走向了记忆中无比熟悉的十字街中心小学。在教师宿舍楼前的一排报纸宣传栏前我们停了下来。对面的教学楼此起彼伏地传来书声琅琅。我们背靠着锈迹斑斑的铁栅栏，心思飘浮，思绪万千。

王新初眉头紧皱，艰难地组织着词语。他说："塞翁失马，焉知非福。要我说，大木，像你这样的人去念了大学简直是一种人才浪费。"

我从来没有听到过像他这样夸奖一个人的，这是什么逻辑？如果真如他所说，那我也情愿在大学里浪费我的"才能"，别说四年，再长也行。"你不用安慰我，我知道自己这辈子只能这样了。"

"你这种想法有待进一步考量。"王新初失望地呼出一口绵长的气，扶了扶黑框眼镜，望着六月蔚蓝的天空。

"其实我也没有你想象的那么悲观，人的活法有很多种，反正都是自己选的，怪谁呢？待在十字街也还算不错，不是我看不上我母亲的菜摊，我想在街上开家网吧，祸害祸害下一代。"我玩笑着说，这是我这几天里心情最宽松的时刻。

"你前面的话我基本同意，后面的最好不要。呵呵。"王新初脸上露出了难得的笑容，我知道他脑袋里想起了什么。

"怎么，想不想？"我猥琐地问道。

"想什么？"王新初瞪大了眼睛，仿佛真的不知我所云何物。愣了愣，才说："想也没用，我们总不能为了那个跑一趟县城吧。"

"你晚上来劲的时候有没有那个？"

"呃……"王新初脸颊绯红。原来像他这样的人晚上都会那

　　　　　　　　　　　　　　　小的海 |

样，我心里找到了一点点平衡。

"你不要告诉别人。"此话一出，王新初在我心目中的地位一落千丈。原来他比我活得更加狭隘。

后来我们又在十字街中心小学巴掌大的校园里饶有兴致地走了几圈，路上我们遇见了我们共同的小学班主任。他穿着一条很短的篮球裤、一件黑白色中国风半袖、一双微微张了嘴的白皮鞋，提了一篮子菜从学校后门往教师楼走。给我们上课的时候他四十出头，如今已经老得不成样子了，皮肤松弛，眼神涣散。记忆力尤其衰退得厉害，连我们这批他曾经最为得意的学生与他擦肩而过也没认出来。我们感到失望，但是我们很快就原谅了他。因为我们也叫不上他的名字。这就扯平了。如果当时我知道不久我就会为办一件事情麻烦到他老人家，我肯定饱含热泪地站在他面前，一波三折地叫出他的大名。

走到国旗杆下的时候我停住了，我想起了我膝盖上那条一指粗的疤。我想这条疤是因为我看到了旗杆下的水泥方台。五年级的时候我的膝盖曾经重重地磕在这块方台的一个尖角上，登时血流如注，白色的骨头瘆人地探出头来。我被吓哭了，还有一个人也被吓哭了。这个人就是张蓝。那时我已经不再腼腆得那么夸张了，有女生对我表白我也不会再傻不拉叽、穷凶恶极地拳脚相向。但是在我以后的生活里像李月梅那样的女生再也没有出现过。张蓝家不住街上，具体在哪儿我不清楚，只知道大约二十分钟的路程。我跟她坐得最近的一次是她在我的前桌。她长得不算漂亮，个子也不高，甚至有点矮（这里说的矮肯定是与班上其他女生相比而言），椭圆形的脸，皮肤粉嫩，里边像包了一层水。那天课间的时候不知怎么我和她就闹了起来，她首先拿的水壶喷我，我也毫不示弱，我的水壶体积几乎是她的一倍。我狠命挤压水壶喷她的脸，喷她的头发，喷她的肚子以及肚子周围的所有地方。她眯眼笑着喷我的眼睛、鼻子、前胸，连我的裤裆处也中了招，湿了一大块儿。让我丢尽了脸。我们在教室后边对喷了一会儿之后便转战到了室外。跑到旗杆下的时候便出现了那一幕惨剧。

我的血汩汩地往外流淌。我没有想到我身体里竟然贮藏了那么多的血。恍惚中，我看到一个身影向我跑来，我认出了那是我的班主任。然后我挣扎着用身上最后一丝力气对张蓝说：

"你快回教室，我不会跟老师说出你的。"

这之后的事情我就不清楚了，我醒过来后已经躺在了街道卫生所的病床上。我一经醒来，我的母亲和班主任便开始了对我的轮番审问，他们一致认为我和同学发生了暴力事件。有谁会傻到去水泥角上磕一下？他们在水泥角上看到了我残留的血肉。

"大木，你跟老师说，你和谁打架啦？不要怕，你有一说一，有二说二，老师不会错怪一个好人，也不会放过一个坏人。"

"你个短命鬼，好好的在学校，跟人打什么架？你打得过人家吗？说！是谁把你推倒的。"

他们这么一问我倒是放了心。张蓝果然听了我的话在老师赶到之前跑开了。

"我自己不小心跌的，没有和人打架。"我气若游丝地说道。受伤的右腿麻麻的，像是不在了。

"唉……"

"唉……"

受伤后我在家里躺了半个多月。这期间张蓝来看望过我一次。那天母亲去隔壁镇上走亲戚去了。不知张蓝是有心还是无心撞上了这一天。

"大木，真对不起。"张蓝哭丧着脸歉疚地说。见她难受，我更加难受。伤处就更疼了。当时我还不知道这种感觉就是喜欢。直到如今我也才领悟到了七八分。

"这有什么，又不怪你，是我自己跌的。"我说。

"你告诉我医药费一共花了多少，我回头跟我爸要。"张蓝走到我的井井有条的书桌旁，搬起一张凳子，坐在我的床边，两只水汪汪的大眼睛专注地望着我。

"我都说了不关你的事，你跟你爸一说，他不得揍扁你？"一牵扯到钱，我就跟她急了。

这话显然把张蓝吓住了，她握紧拳头站了起来，说：

"那、那你以后缺什么东西了就跟我说，算我补偿你的。"

"好吧！那现在我先请你吃我家的凉拌菜。以后你有了好东西也拿给我吃。"我得意地说，"你放心，我们家的菜里面没放脏油。"

"不吃了吧……我该走了，等会儿阿姨回来了。"

"真的不吃？"我知道胖胖的女孩儿一般拒绝不了食物的诱惑。

"吃一点点，就一点点。"

在那个静谧而安详的上午，阳光透过屋顶中央放置的一块玻璃瓦照射进来，光柱里游动着无数颗粒，它们碰撞、升腾或者降落，我在它们的碰撞、升腾和降落里就这么一搭一搭跟张蓝说了许多话。那是我第一次跟一个女生说那么多话。当然，也是最后一次。

小学毕业后我和张蓝便失去了联系，以她的成绩必然是去了十字街中学。十字街中学却不在街上，而是在离街二里多路的一个山坳里。学校后边就是一个水库，风景很好，但每年至少收走三条人命。这些因素就构成了我对张蓝中学生涯的全部想象。再往后，我就一无所知了。

旗杆下的水泥方台丝毫没有改变模样，棱角依然锋利。我已经无法记清具体是哪个尖角曾经粘挂着从我膝盖上剐下来的血肉。我思想中却开始了对张蓝疯狂的思念。

"原来我们小学班上有个叫张蓝的女生你还记得吗？"我满怀期待地问道。

"没印象，你大致形容一下。"

"就是那个脸圆圆的，个子矮矮的，说话声音跟敲铃铛一样。"我努力在脑海中搜寻着关于张蓝有限的记忆。

"根本没有这样一个人吧，有的话我肯定记得。"王新初大言不惭地说。

我不屑于同他争辩。

"回去吧！"我说。

那天晚上母亲就跟我提到了要给我找个媳妇的事情，本来还是远在天边的事儿，被她那么一提，我就觉得有些刻不容缓了。在十字街上，我的好几个初中毕业就没念书的同学都已经做了父亲、母亲了。他们早早地继承了家业，每天跷着二郎腿守在店铺门口，一旁是光腚坐在地上被狗舔着脸蛋的小孩。我出门遛街的时候，他们会热忱地上来拽住我，给我发烟，问我在哪里发财。照着他们的路子走下去也未尝不可。我家三代单传，这在街上人看来绝对是件危险的事情。

下午五点我开始收摊，藕片、海带、萝卜老早就卖空了，只剩下些干笋、蕨菜和酱豆皮。一天下来，进账总共是四十六块七毛。有两个赊账的，分别是北门场剃头的老霍和东街开缝纫机的徐二嫂。我把这些跟母亲汇报的时候她一直眯着眼微笑，一边频频点头，一边用无比期待的眼光看我。她明明知道我不会带给她什么新鲜的消息还摆出这样一副褒奖的姿态，让我心里十分过意不去。

"做了几天感觉怎么样？不累吧！妈怎么会害你呢？！"

"一点儿都不累。"我漫不经心地说，"就是没劲。没什么意思。"

母亲一听脸上的表情立马由晴转阴，不一会儿就雷鸣电闪了。她把搪瓷缸子端起来往桌上一摁，茶水四溅。说：

"没劲、没意思？你要什么劲、你要什么意思？都走到这一步了，你还挑什么挑？你知不知道我一个女人把店子开起来有多么不容易？有多少人在背后看我的笑话？他李权兴那样的人算什么男人？一点儿不顾自己的老婆儿子，一年到头漂在外面，别人都说他在那边还有个家，还有老婆孩子，那我算什么？天底下也只有我这么傻了，给他养老人（我的爷奶已在多年前死去），给他养儿子，替他把家门在十字街上立起来……你考上了县一中，皆大欢喜。好！这十字街上的东西我什么都不要了，我恨不得一辈子不要再回这里。在城里，你是老爷，三餐煮给你吃，把你伺候得比皇帝还舒服，你说要吃什么，跑遍全城我也给你买到。六年里你有没有洗过一次碗、有没有洗过一次衣服、有没有拖过一次地板？我什么活儿都不要你干。就为着你能全心全意地学习。厂里效益不好发不出工资我也不跟你说，怕你分心。下夜班路上遇见流氓我也不跟你说，怕你分心。晚上总有不要脸的人敲我的屋门我也不跟你说，怕你分心……家长会你也不让我去，嫌我给你丢人是不是？我们厂里的蒋桂芬去啦，王业萍去啦，连说话结巴的蔡玉琴也去啦，我问过你，你说根本没这回事儿。就你一个人在县一中，她们的儿子女儿就不在？王业萍的儿子还跟你一个班！你不说我就不知道？后来我知道了我也没跟你挑明了说是不是？我心里在滴血啊！怕你分心，我又打碎了牙往肚子里咽。啊……你就不敢让我去？我在你眼里就不算个人？你李大木是从石头里蹦出来的？啊……"

母亲滔滔不绝地骂着，眼泪附在鼻涕上，鼻涕经过空洞的嘴巴在下巴上堆积，到最后纷纷落在凹凸不平的地皮上。我从来没有见过这副模样的母亲。我从来没有听人这样说过那个叫李权兴的男人。同时，我也是第一次颠覆性地认识了我自己。

三

在母亲歇斯底里咆哮过之后，家里迎来了漫长的寂静时光。我和母亲谁也不说话。她不说话是因为她累了，她就像一个刚刚从万米跑比赛中退下来的运动员，无力多说一个字。而我正处在精神自我剥离的痛苦过程中。我长到十八岁，我一直以为自己是个好儿子，听话、争气（至少考上过县一中）、从不惹事，永远中规中矩以至于街上人教育他们的小孩都拿我做榜样。"你看大木哥哥学习多努力，你要有他一半那么认真就好啦！""你看大木哥哥多听他妈妈的话，你要有他一半那么听话就好啦。"即使这样，我也从未自我陶醉过，总是告诫自己做得还不够。母亲一个人操持这个家不容易，我要及早把她肩上的担子接过来。我自认为很理解母亲，不仅仅是她，我甚至认为我理解这世上所有的苦难。我泛爱众人，我悲天悯地。我没有踩死过一只蚂蚁、一只蟑螂。我也没有宰杀过一次鸡鸭，不得已吃下它们的时候，我满心罪恶。

然而在母亲愤怒的叙述中这些被通盘推翻。在她的叙述中，我一无是处。出于人的本能，一开始我绞尽脑汁地想着如何反驳她，我冤枉委屈，她则蛮横无理。可思来想去，母亲的话句句属实，让我毫无翻身的可能。我怎么就成了一个那样懒惰、自私、硬心肠的人呢？母亲为那个叫李大木的坏小子伤透了心，我也对他产生了一种生理上的厌恶。

店里的生意忽然就停顿了下来，每天都有不同的人伸长了脖颈往里瞅。我知道他们在猜想里面究竟发生了什么。这个时候我就会站出来告诉他们一个并不能令他们十分满意的答案。我说我母亲病啦！得在床上好好休养几天。果然，有人问什么病，病得严重吗？我从他们关切的眼神中看到了怀疑。于是就有人接着问，病了怎么不请医生，什么都能耽误，病可不能耽误噢！这会儿我就有些不想搭理他们了，不是我不想搭理，而是我实在没力气了。我知道这样跟他们耗下去永远没个头，便拼尽力气略带恼火地说，你怎么就知道我没请医生？于是人群开始缓慢散去。他们勾肩搭背交流着彼此的结论。

母亲躺在床上，一动也不动。六月天她身上居然还盖着厚厚的毛毯，头掩在枕巾里。这是我绕到后窗看到的景象。没想到母亲一觉可以睡这么长久，难怪我也那么能睡，真可谓有其母必有其子啊！让她睡吧，她太累了，也许等她一觉醒来就什么都好了。回到堂屋后我作了一个决定——我要用饥饿来惩罚自己。母亲为你付出了那么多，罚你饿上几天算是轻的了。

然而饥饿终究是难熬的啊！俗话说人是铁，饭是钢，一餐不吃饿得慌。一分又一秒，时间缓慢走动，我捧着空荡荡的肚子守在空荡荡的屋子里。我竖起耳朵一直期待着母亲的房门能"吱呀"一声打开，可两天过去了，那扇门还是毫无动静。在我最绝望的时候，王新初来了。

"大木，我今天在街上看见一个人。"

我一边听着一边想他是不是把我当成了弱智。饥饿使我手足无力，但它并没有影响到我的思维活动。

"你不在街上看见一个人你还能在街上看见一个鬼啊？"

"你猜猜是谁？"

"没工夫猜。你走吧！我要躺下了。"

"嘿……就是你说的那个叫张什么的，我不认识她，可我一见着她，就感觉一定是她。"

"在哪儿？"

"我不说了在街上吗？"

"到底在哪儿？"

"在李能武家的服装店附近。"

"脸圆圆的？"

"圆圆的！"

"个子矮矮的？"

"个子不矮，跟我的身高差不多。"

"你没拉住她？"

"我拉住她干什么？大街上耍流氓啊？"

"你跟她说我在找她呀！"

"你要找她？"

"嗯！"

"那好，下次吧！"

王新初在我的心湖里扔下一块巨石后两袖清风地甩手走了，他给我带来的消息驱散了一切倦意。他居然那么巧碰见张蓝了，尽管这事儿还有待进一步考证，但谁又能说那不是张蓝呢？我相信王新初的直觉。我相信王新初的直觉是因为我相信我的直觉。他居然就碰见她了，她走在街上，脸还是圆圆的，个子当然不是当年的个子啦，我真笨。她既然出现在十字街上就说明她生活的圈子也就在十字街附近，她上街来买衣服还是买肉？或者是上街来卖东西？不管她上街来干什么，我相信我都能轻而易举地找到她啦！

要想找到张蓝先得活着，要想活着先得吃饭，要想吃饭先得叫醒母亲。这是我的精神振作起来后理出的第一条清晰的线索。我从店门口一路小跑来到了母亲的房门前，几次抬高了手就要敲下去，却又几次放了下来。我还没有想好等会儿见到母亲后我该说些什么，也许我应该煮好了饭菜叫她起来吃。那样我就可以大声地喊，妈，起来吃饭啦。可我已经等不及了，我连敲带推地打开了房门，局促地站在了母亲宽大的床边。正面对着的雕龙刻凤的大衣柜的穿衣镜里出现了我呆板的形象。我瘦得不成样子了。我动情地流下两行热泪，说道：

"妈，起床了，我错了。"

"我知道。"母亲的声带经过两天的静养后显得生动有力，只是有点干涩。她的身躯在花色的毛毯下缓缓蠕动着。

"我错了。"我双手扶着床沿，双膝一软，跪在了地上。

"男儿膝下有黄金，哪能随便给人下跪？起来！"母亲一激动手脚随意动弹了几下，那张毛毯就顺势滑落了下来。

我看到了母亲。我的意思是我看到了母亲衰老而苍白的肌体。

没承想我这辈子第一个亲眼见到的光身子的女人是我的母亲，那一眼似乎只有千分之一秒，所见所闻却像是用钝刀印刻在了我的视觉嗅觉里。我强迫自己忘记，我努力去想那些在县城小网吧的电影里看到的女人身体，可母亲的身体独特得无可替代。那不是最美的，甚至是最丑陋的，但我无法忘记。当我看到电影里那些女人身体时心中只有欲望，看到母亲的身体时我心跳骤停，血液僵住，我头脑里出现了一个人，这个人就是我的父亲。这个身体是属于他的。从那一刻，我开始恨他。也许我早就应该恨他，但到现在我才找到一条确切的理由。

不过从母亲的状态来看，她好像已经完全把这件事情抛在脑后了。也许在她看来，儿子本就是从自己身上掉下来的肉，那儿子看一下母亲的身体又算多大个事儿呢？这是我大胆却不失道义的推断，反映在我身上的静默就充分证明了这一点。母亲一活动，屋子里才有了人气。她起床后先是去后边的厨房看了看，摇着头出来。然后又去了凉菜作坊看了看，也是摇着头出来。紧接着，她用命令的口吻把我叫到了桌上。双手一撑，摆开了架势，说：

"从今天开始，你必须学会做饭、炒菜、洗衣服、拖地、杀鸡、杀鸭、剖鱼，总之，凡是我能干的活儿你都得学会。"

"没……没问题。"为了赎罪，不管母亲要求什么，我都会答应她。

"那你现在就去王婆家鸡棚里抓一只老母鸡回来，记住要老母鸡。再去水货市场买半斤螺蛳、三两仔虾。"

得了吩咐后我爽快地跑出了家门。我没有跑到东口王婆家的鸡棚，也没有跑向水货市场。我一口气跑到了十字街中央。在王新初的描述中，张蓝就是出现在了这附近。我站在十字路口，这个圈子里分布着一家服装店、两家粮油铺子、两家化肥农药直销店以及一家百货超市。张蓝肯定不止从这些店铺门前经过了一次，这之前有过，这之后也会有。我想好了，下次逢集我无论如何也得溜到这儿守候她。

我还在幻想着下次我和张蓝碰面的场景时，一个熟悉的身影出现在了我的视线里。

"呃……老师好。"尽管第二次见着小学班主任我还是回想不起他的名字，但是我想跟他打个招呼总比形同陌路的好。

"好、好，你是？"老师将手上的一只提兜夹在了腋下，眼睛在我脸上扫了一下，马上又望向了别处。嘴角微张，像是坠入了深深的回忆之中。

"我是李大木，六年前您是我的班主任，后来我和王新初考上了县一中。"

"噢噢，记起来了，那年我的班上考上了两个县一中的，嘀！许向礼的重点班上也才考上了两个。重点班又怎么样？牛上天啦？他许向礼仗着带了个重点班，涨工资他先涨，分房子他先挑，他要有顶好的教学成绩那也就算啦，别人不好说他什么，可他不是没有？他的重点班上出一个我的班上也照样出一个，出两个我的班上也照样出两个，他神气什么？……"老师如此健谈让我始料未及，要是没什么要紧事我也就听下去了，可一想到母亲那样刚从阴郁中回暖过的脸，我还是狠心地打断了他：

"老师您记性真好。"

"人老了，不行了。我带了那么多届学生，你们那届是我带过的最好的。现在高中毕业了吧，考得怎么样？上一本的问题不大吧？"

"难说，呵呵……"我脸上有些挂不住，便说，"老师我现在还有点事，有时间我一定上门去拜访您。"

在老师的热烈注视下我慌不择路地离开，如芒在背。快拐入一个街角的时候我忽然想也许老师并不在乎我是谁，重要的是我曾经考上过县一中、给他长过脸面。我料定他还是不认识我的时候我却意外地记起了他的名字——曹劲松。为了不让这个悲伤的推断影响到我的心情我便驱使大脑迅速开动起来，为什么不直接去老师家里查看当年的花名册呢？如果知道了张蓝的家庭住址，找到她还不容易？想到这些刚才的尴尬与失落一扫而空，整个人就有些飘飘然了。

晚饭吃得马虎。母亲见我面对丰盛的食物居然没有食欲就不免担忧起来。问：

"是不是饿了几天把胃搞坏啦？"

"不知道。"我心不在焉地扒拉着饭。

"你是不是真怕妈以后叫你杀鸡杀鸭？你要是不愿意妈也不勉强你，只要你现在放开了肚子吃。"

为了让母亲放宽心我撕了一只鸡腿搁在了碗里。见我有了动静，母亲的警惕的神情渐渐松弛了下来。说：

"你父亲要回来了。"

“啊？他回来干什么？”

“是啊，他回来能干什么？”

后来的事情证明我和母亲都错了。父亲回来不仅能干些什么，他还很能干些什么。

那天正逢集日，我坐在店门口卖凉拌菜。母亲没上柜台来，她往返于菜摊和柜坊间，源源不断地送来新制作的各类凉菜。一气儿送了三趟之后她就喊脚痛了，索性脱了鞋，用脚后跟撞着地，噔噔噔地奔来跑去。这天店里的生意明显比平素好出许多。仅半个上午装钱的月饼盒子就堆满了，这种情形在店铺历史上从未有过。母亲说做吃食这行的，主要靠的是回头客，新客吃一次是一次，吃两次是两次，关键是要能把客留住。从客人对我的称呼就可以看出今天的新客很多，因为叫我“喂”的要比叫我“大木”的多出几倍。我一打听才知道，原来是西口的杨慈秀家出了事儿，具体说来是她家的凉菜摊出了事儿。有人吃了她家的菜后上吐下泻了好几天，带了医院的诊断书就来闹事，谁知杨慈秀却死活不承认，那人本想随便叫她赔点钱就算了，见她这个态度心里的火气蹿上了天，非得让她的凉菜摊经营不下去，于是就拉了横幅列举了杨慈秀的罪状。这事儿一传十、十传百，杨慈秀生意一向火爆的凉菜摊前就门可罗雀了。

我眉开眼笑地跟母亲说了这个消息，谁知母亲听过却没有表现出任何兴奋，淡淡地说：

“做生意和做人都是一个道理，小心才能驶得万年船。她太贪了。”

母亲一边说着，一边舀出了一斗那种油洒在了凉菜钵子里。在我的印象中只有菜摊生意不佳时它才会派上用场。

“现在我们不怕有人跟我们争了，就不用放了吧？”我小心翼翼地说。

"今天是没有，以后不会有？这是机会！你不要管我，我自有分寸。"

再去面对那些食客我心里就满怀愧疚了，还好斤两是我掌着，我一律多给他们二两，谁知这样一来生意竟更好了。我不禁问自己，你到底是在行善还是为恶？以前我对这个凉菜摊说不上多么不入眼，可现在，我一分钟也不想待在这儿。同时，还有一个理由也强烈地要求我离开这个地方。我的心突突跳着，它告诉我张蓝此刻正出现在十字街上。

客流过了高峰期后我找了个借口溜出了铺子。在依旧拥挤的十字街中央我没有迎来张蓝，却迎来了我的父亲。

上次他回来还是去年过年，二十九晚上到的我和母亲在县城的出租房，初三就走了。半年不见，他胖了。灰色半袖显然太紧，鲜白的肉从袖口流下来。他一只手插着口袋，一只手拎着一个黑色筒包。走起路来整个人往左边一倾一倾。我早早地发现了他。他在人群中盲目地四处望着。过了好一会儿他才望到了我。

"爸！"我不由自主地叫出了口，母亲说的那些我并没有遗忘，这次我会跟他要一个明确的答案。

"哎，大木，你怎么不在店里？你母亲呢？"

"我出来逛逛，她守着店。"

父亲宽厚的手掌搭上了我的肩膀。熟识的人纷纷和他打着招呼，他一一回应。一边还不忘摇晃着他搭在我肩膀上的手臂，仿佛在向世人昭告：瞧！这就是我儿子。一路上父亲询问了我的考试情况，然后就开始了对我不厌其烦的劝导和安慰。在快到家门口的时候，他说：

"大木，不管父亲做了什么，你都要原谅我。"

我没有做出任何反应，像一只靠发条带动的机械猫那样慢慢挪进了店子，挪到了母亲身边。母亲抬头只看了一眼父亲随后就低下了。父亲越过我来到母亲跟前，一副欲言又止的样子。这样的场合我似乎更应该消失。

"我知道你不欢迎我，电话里我们已经吵得够多了。"

母亲没答腔。

"其实想想这又何苦呢？这样的日子你不安生，我也不安生。我看，真的没必要了！"

母亲还是没搭腔。但脸上已经有泪落下。手也开始颤抖。

"就这样吧！该说的不该说的我都已经说啦！"

母亲手上的颤抖漫延到了全身，连头发也开始左右摆动起来，像是有风在吹拂。

"你想要怎么样，你有资格跟我说你要怎么样？你滚！从我的家里给我滚出去。"

"我就知道你会这样，滚不是解决问题的办法。你永远理解不了我。"父亲似乎觉着这句话说的还不痛快，又补了一句，"你不懂外面的世界。"

忽然有一阵他们俩谁也没说话。

"大木你先出去！"父亲说。

"大木你先出去！"母亲说。

四

正午的太阳很毒，热气像是看得着的浪潮一样在狭窄的十字街上翻滚着。不一会儿我就大汗淋漓了。街面上狼藉一片，臭味蒸发，致使我的鼻腔堵塞。我和我拥堵的鼻子漫无目的地在街上游荡。我喜欢这样的游荡。因为我知道，在这种模式里时间会呈现出两种状态，要么停滞不前，要么健步如飞。而无论哪一种都比它的按部就班要好。经我初步估算得出一个结论——这个白天很快就会过去。

看来父亲这次回来是铁了心要跟母亲离婚了。如果他愿意白白地耗费力气跟母亲大吵一架，就像以前在电话里那样，我相信这次他们也很快会和好。但是父亲没有那样做。他已经不屑于同眼前这个女人理论了。他的话不多。也正因为他站得高、看得远，所以他把别人眼中至关重要的中间环节都省略掉了。这让母亲反驳他的时候根本找不到着力点。她除了眼泪、鼻涕和抱怨之外再没有其他武器，她廉价的眼泪、鼻涕和抱怨反而拖垮了她的尊严。这让我想起上回我在母亲的密集批判中失语是因为理亏，母亲的这次失语归根结底、用父亲的话来说是——她不理解他也不懂外面的世界。然而，外面的世界究竟是怎样的呢？

我已经忍不住猜测父亲在广东那边的家庭构成了。一个比母亲年轻漂亮的女人是少不了的，再有孩子几个呢？多出几个弟弟妹妹我倒不怎么介意，但一想到给别人多做了一回儿子我心里就难受了。依母亲的脾气她肯定会打破砂锅问到底，如果父亲跟她坦白了，母亲会不会一刀将父亲结果掉？这并非没有可能，家里那把斩骨刀好像还是日本货（刀把子上刻的全是蚯蚓一样的日文）。回头一想，也许母亲舍不得杀掉父亲，她奔赴广东把那个女人和那个女人的孽种杀掉的可能性似乎更大……万恶的想象使我心情沉重，我总是被想象牵引得心力交瘁。在街上待久了，鼻肺渐渐适应，臭气不再浓烈，甚至时不时有阵阵饭香扑面而来。

我再一次来到了十字街的十字路口，我应该原路返回还是朝前、往左、向右走？太多的选择让我无所适从。这时有人从身后碰了碰我的手臂。一个温柔的声音随风而至：

"你是大木？"

没想到老天爷如此眷顾我，我没找着张蓝，却叫张蓝找上了我。我兴奋得血脉偾张。待我转过身才发现自己又想多了，眼前这个女人身形瘦小、尖脸长耳、皮肤暗黄，绝不会是张蓝。可虽然不是张蓝，看着竟也眼熟。

"你是？"

"李月梅。"她的声调急促高亢，我差点儿听成了"李赔"。

"让我想想。"其实我早记起她了，我怎么会忘记她呢？对她犯下的罪恶使我永远也无法原谅自己。我之所以不那么快给她回应是因为我要把我们之间全部的共同经历过滤一遍。我得找准一个角色。我看见伴随着我回忆不断深入的是李月梅脸上喜悦之情的迅速淡化。

"我记得你，我们是小学同学。"我慢吞吞地说，"那件事，对不起啊。"

"屁事不懂的年纪知道什么，呵呵，你还是老样子，没变。"

"怎么会没变呢？我十八岁啦，马上就要养家糊口啦！你现在要去做什么？"我知道她说我没变的意思是什么，甚至这么多年过去了，她这句话一出口，我就觉得她也没变。可我没有顺着她的话往下接。接下去大家都会难堪。所以我指了指她手上提着的竹篾说。

"去给我婆婆送饭，她在卫生所打吊水。她也明白活不了几天了。可谁都不愿意死，越老越想活。"从李月梅的话中我听不出她的态度，只能隐约觉得她人生境界开阔。

"嗯噢，能治还是要治一下的。"我说。

"治！谁说不治？她的命也就在那几瓶吊水上了。"这会儿她的语调有些悲伤。马上她将话锋一转，问起了我的情况。"你现在是大学生了吧？"

"没有没有，刚高中毕业，我怎么可能考得上。你知道的，考个县一中都够呛，再考个大学那真是要了命了。"

"学校里的女朋友呢？带来让我瞧瞧？！"李月梅像个不懂事的小女孩那样摇摆着身体，竹篦晃荡，有清脆的瓷碗撞击声发出。

"哪来的什么女朋友，谁会看得上我。"我的脸腾地一红，李月梅的眼神里便添了些水分。有那么一瞬间，我想找个人紧紧拥抱。

"我爸妈要离婚了。"我说完，鼻腔再次拥堵。

"怎么可能？都这么大年纪了离什么婚？夫妻床头吵架床尾和，过日子嘛，少不了磕磕绊绊的，舌头跟牙齿关系那么好还经常被咬是不是？没事的，吵吵也就好啦！他们是大人，不会那么没脑筋的。"

"这次他们要来真的了。"虽然我更愿意相信李月梅，但父亲那张因过度豁达而显得阴鸷的面孔一直在我眼前挥之不去。

"你先别这样。"李月梅抬起手拍了拍我的肩膀，递上了一张粗糙的手纸。然后说：

"就算真离了又算多大个事，我就离过婚，当初多少人都劝不住，这是能劝住的事儿吗？不是！可我还不是照样离了，我还给那个畜生生过一个儿子呢！没事的，噢？你好好过你的就行，随他们怎样折腾。"

我的情绪已经趋于稳定。可我的眼泪还在流淌。

"你看看一个大男人家哭起来多丑，快别哭啦，等会儿叫人看见了笑话你。"

我说："你、你去忙你的吧，我好了。"

"再不去我还真怕她饿死了，呵呵。有空我去找你，我知道你家在哪儿的。"李月梅一步三回头地说，"相信我，没事的。"

在遇见李月梅之前我总觉得要天塌地陷，现在看来真是愚蠢至极。李月梅说得对，他们离他们的婚，我过好我自己的。我十八岁了，一个十八岁的男孩没考上大学就是男人了，既是一个男人就应该去开创自己的未来。我甚至想好，不管他们这次离还是不离，我都不管啦，我当然有自己的事情要做，我要去找到张蓝。如果可以我会娶她，计划生育查得严就先生一个，过几年再去广东生；如果查得不严就在十字街上生两个。母亲会把做凉菜的手艺传给张蓝，店子就交给她。我要学会抽烟、喝酒、宰杀鸡鸭。抽烟我要抽白杆烟嘴的烟，米黄色烟嘴的烟太土了。喝酒我要喝葡萄酒，本地的红薯酒难以下喉。宰杀鸡鸭的事情我兴致来了就操刀，要没那兴致就出钱叫人做，反正乐得做这事的人多了去了。我要给母亲养老送终，她辛苦了一辈子，我得尽孝。父亲的一切都跟我无关，我想，这次他要是走出了十字街恐怕就再也不会回来了。这倒给我省了事儿。

想着想着我就笑了，我这辈子好像还从来没有这样开心过。下一步我打算先去东街胖婶家的包子铺买几个馒头吃。我饿了。

我的腿刚迈出去，王新初却叫住了我。他跑得上气不接下气，双手撑着膝盖，干呕出一摊白水。

"大、大木，你母、母亲喝、喝农药自杀了。你快、快回去呀。"

王新初不说这消息还好，他一说，我的脚后跟竟像是长出了钉刺深深地钩进了地里。

王新初见我一副无动于衷的样子，质问我：

"你怎么还不回去？"

"再等等。"

"等谁？"

"张蓝。"

钝　刀

一

当林东和他的工友们得知自己线上的周贵生成为了第十三个"坠楼者"时并没有感觉到诧异。厂里规定迟到半小时就算旷工一天，线长丁登洋老早便在出勤登记表上画上了周贵生的名字。周贵生到底是被前面那十二个"坠楼者"引诱了。

林东和工友们赶到现场的时候周贵生紫红色的血液正以慵懒之势爬离他的身体一米左右。地面有些脏，多是从年轻的烟民们口中排出的浓痰风干后的黄渍。坠落在厂方划定的露天吸烟区，周贵生对此必定心知肚明，但自己的血液与肮脏的地板发生亲密接触这恐怕是他始料未及的。他向来是个爱干净的人。这一点可以从他宿舍里孤岛般洁净的床位上得到印证。侧躺在地上的周贵生像是睡着了，如果他能拍着身上的尘土若无其事地从地上站起来，人们准会以为他是因故晕厥了而不是已经死掉了，因为他的躯体几乎完好无损。是从周贵生身体下方不断生长出来的血枝击碎了人们的美好愿景。地面上纵横交错的血枝像是一群盲目的爬虫。随着血枝的扩张，一种熟悉的腥味在空气中弥漫开来，人们纷纷掩口捂鼻、面露厌恶之色，却并不退下，似乎成心等着周贵生从地上站起来将他们斥退。

卷裹在众人之中的林东注意到周的左手与身体基本垂直，右手却插在裤袋里。他挠着后脑勺说：

"他的右手怎么会插在裤袋里呢？"

林东的发言立马引起了大家的兴趣。据烟民们说，一开始他们谁也没看见楼顶上有人，要是看见了，他们会早早地把他劝下，假如劝说无效，他们定会叫来厂区的治安巡逻队。死人毕竟不是什么好事。再者死的人也不少了。厂区的一百多栋生产大楼从窗户到走廊都陆陆续续安装了钢丝防坠网，天台通口也全部封死，围墙上种满碎玻璃碴儿，除非长出一对翅膀，否则人是不大可能到达顶楼的。当然，这种理论上的不可能已被周贵生证明为实际上的可能。可以推测，烟民们借着十分钟如厕时间来到了露天吸烟区，而那时周贵生已经破解了重重关卡顺利登上了顶楼。也许他看见了下面吞云吐雾的工友们，也许他没看见，很显然，他并不打算通知他们，他徒手（从周破损的左手可以看出）攀上了遍种玻璃碴儿的围墙，站定了，然后向前迈了一小步。

"这小子真他妈的不积德，连招呼都不打一个，'嘭'的一声跟炸雷似的，没病也得叫他吓出病来。"一个染着一头黄发的烟民夸张地扶着胸口控诉道。他的烟还夹在手上，却并无烟气升起，像是熄灭了。通常情况下，一支点着的烟是不会无端熄灭的。他补充道：

"你们看，老子的烟都吓灭了。"

一个红发的烟民这时站了出来，他脖子上和脑门上的血管迅速暴起，指着地上的周贵生发表了与黄头发烟民截然不同的看法：

"你们别听他疯狗乱叫，这个人掉下来根本没动静，就算有也顶多像是一件衣服落在了地上。"

红发烟民的表态很快得到了另一个蓝发烟民的支持，蓝发烟民咂着嘴做思索状，说：

"顶多像是一件湿衣服落在了地上。"

听过蓝发烟民的表述，众人的眼神开始渺远起来，纷纷回忆或想象着一件湿衣服落在了地上的情境。时间仿佛戛然止住，人们的思绪朝着同一个方向奔涌而去。阳光强烈，地上血流迟滞。有人往后腾挪了几步。所有人都往后腾挪了几步。人们受到惊扰的思绪从远处拉回，不约而同地落在了林东的提问上——周贵生的右手怎么会插在裤袋里。这个问题远比他落下来动静的大小更值得深究。

不难发现林东的提问其实由以下三方面构成：

周的右手为什么插在裤袋里；

他的右手是在坠落之前还是坠落途中插进裤袋的；

他的裤袋里有什么。

人们很快意识到问题的第三点才是关键所在，只要探明了周的裤袋，其他两点都将变得无关紧要。可是谁愿意去翻查死者的裤袋呢？林东的线长丁登洋，因一头天然鬈发、一个鹰钩大鼻、一张刀削似的长脸，得了绰号"洋鬼子"。洋鬼子在指派了三个线员均遭拒绝后把目光投向了林东的好友李彬彬。他挑着眼睛不怀好意地说：

"李彬彬，你刚刚不是跑得挺快的嘛！你去！"

贴靠在林东身旁一直沉默不语的李彬彬简直不敢相信自己听到了什么，他抓手勾背羞羞答答地四下里偷瞄着，目光最终落在林东肩上。

"东……东哥。"

林东看着李彬彬无辜的脸上汗如雨下，不知从哪里冒出了一阵勇气，尖着嗓子叫道：

"你、你这是强权，你这是暴政。我要举报你！"

众人没有料到林东会有如此之大的反应，一个个像看着一只不明生物似的看着他。一旁的李彬彬如痴如醉地望了林东一会儿，然后颤颤巍巍地扯了扯他的衣服下摆。其实不用李彬彬提醒，话一出口，林东便知自己酿下了大错。他双腿正软着，李彬彬再一扯，他差点儿一个趔趄瘫倒在地。

洋鬼子一听"举报"二字，一张大长脸由黄而青，由青而黑，只见他张皇失措地说：

"不去算了，不去算了。"

围观的人们见堂堂一任线长竟向自己手下的线员服了软，已经高度灼热的激情被瞬间引爆，一个个像打了鸡血似的"嗷嗷"叫起来。

洋鬼子在大家的"喝彩"声中想亮出线长权威，几次将胸脯挺了出来，却又几次收了回去。他不住地拿眼去扫视躺在地上的周贵生，提醒人们地上的这个躺在血泊中的人才是真正的焦点。哪知众人不领情，热情高涨地簇拥在林东身后，那阵仗像是要将林东送上搏命擂台。场面就这样僵持着。一开始，林东在众人的煽风点火下仿佛一头被点着了尾巴的公牛，即使前面是铜墙铁壁他也毫不退缩，但当他看到洋鬼子的失魂落魄时却突然有些于心不忍起来。他要是真和洋鬼子干这一架，洋鬼子的线长也就做到头了。

所有人都在等待着，随着时间一分一秒地推移，人们的耐心随之流逝，最后，一辆闪烁着耀眼彩灯的厂区治安巡逻车呼啸而至结束了人们的等待。即便现在有谁愿意去翻查周贵生的裤袋也没机会了，认识到这点后，遗憾像三月疯长的春草般爬上了人们的脸庞。蓝白相间的巡逻车尚未停稳，治安队员们便像一团乌云似的逼压过来。他们一个个虎背熊腰、训练有素，一手半按在腰带前，一手摸索着警棍。前后不到半分钟，治安队员们挥舞着手中的警棍像驱赶一群小鸡仔似的轰散了围观的人们。这期间，他们有过极为短暂的停顿。他们看到了身披天蓝色静电衣的洋鬼子。天蓝色静电衣是厂区干部身份的象征，洋鬼子的天蓝色静电衣在白色静电衣的海洋里扎眼得像是要漂起来。

人流迅速朝着生产大楼涌去。人们的脸上逐渐呈现出原有的波澜不惊，至少从表情上看不出他们是刚刚见证完一具尸体，午间浓浓的睡意强势登场。在他们身后，治安队员已拉好黄色警戒线，做跨立姿势拱卫在周贵生周围。

林东趁无人注意悄悄地望了望洋鬼子，这次他竟意外地发现副线长鲁琴小鸟依人般偎依在他身旁。洋鬼子身高一米七八，体形纤细，他每走一步，鲁琴都得紧走两步方能跟上。线上的人都说这个广西女人长得像桂林山水，她的美丽可想而知。美丽女人鲁琴不顾众人白眼，牢牢地将洋鬼子的手臂搂抱胸前，几乎算是夹在了她的双乳之间。鲁琴对此无知无觉，可恨的是作为当事人的洋鬼子对此竟也无知无觉。鲁琴几近疯狂的举动把线上的男工们吓坏了，在她抱起洋鬼子手臂的那一刻，线上的男工们都无一例外地体会到了一种爱情覆灭的绝望与悲哀。而就在半个小时前，洋鬼子还拒鲁琴于千里之外的。洋鬼子很早就当着他们的面说过：

"我不会喜欢她，我河北，她广西，我们水土不服。"

糊涂女人鲁琴忽略了线上所有男工对她的爱慕对洋鬼子锲而不舍，可洋鬼子偏偏又对她视而不见。线上的女工告诉男工们说鲁琴认定了洋鬼子才是好男人，她们每次都神采奕奕地搬出鲁琴的原话：

"送上门的都不要，一般男人哪里有这种气度？"

临近工作车间的时候，人们终于看到鲁琴松开了洋鬼子的手。鲁琴往后退了退，然后又上前了一小步，觉得距离合适了定住。洋鬼子在鲁琴的注视下走上了线长控制台，他脸上的活色已经恢复，待所有线员各就各位，他一如既往地扫视了一下全场，右手压了压做安静状，左手随即推上红色电闸启动了流水线。做完这些动作后，洋鬼子的两道目光像两只甩出的鱼钩似的准确地钩住了林东，然后对他微微一笑。

"你死定啦！他在对你发笑呢?！"李彬彬惊悚地对林东说。

林东当然看到了洋鬼子在对他发笑，他也知道李彬彬此语是出于对他的关切而非落井下石，尽管林东总是能理解并包容李彬彬，但他的话还是让林东生出一种要揍人的冲动。林东凶狠狠地回应道：

"你他妈给我闭嘴，我又不是瞎子！"

骂过李彬彬后林东感觉自己累极了，粘着一层绿皮的流水线在他面前悠然流淌，他的双手机械地重复着自己的分内动作，他忽然觉得老睁着眼睛有些多余。他真的闭上了眼睛。

二

十六岁初中毕业后林东在十字街上摆了一年小摊，卖些盗版的中外文学名著和课辅资料（主要是《新华字典》），原以为能混个半饱，谁想最后却落了个血本无归。课辅资料好歹销了些出去，文学名著却一直无人问津。有一天林东看着那堆边角渐损的名著心里有些过意不去，便随手捡了一本《水浒》读，自此一发不可收拾。如果那时你从十字街上走过，你准能看见尘土飞扬的马路边上有个青年在埋头看书，这个人便是林东。"创业"彻底失败的前几天，林东的父亲，一个声名远播的老酒鬼把儿子叫到了跟前。林东的母亲五年前因病去世后他就一直单着。不是他愿意单着，而是根本没有女人愿意踏进这个一穷二白的家。老酒鬼酒气冲天地对他的儿子说：

"东儿啊！你说爸像不像个喝茅台的人？"

林东不知父亲用意何在，顿了顿，说：

"不像。"

接着老酒鬼又问：

"那你说你像不像个读书人？"

林东这才恍然大悟，他老早便知道父亲嫌他在街上读书给他丢脸了。林东本想说像气一气他，没等他开口，老酒鬼又自顾自说起来：

"老话讲得好，命里只合八斗米，跑遍天下不满升，你看我，我也不要喝茅台、五粮液，只要不是工业酒精，我什么酒都能下肚……叫你不念书这样的话我没有说过，是你自己没有考上，能怪谁呢？钱和背景这两样东西家里都没有，不是到了我手上才没有，你爷爷那代就没留下……你老弟现在又念到了初三，说是稳进县一中，进了县一中，家里的钱也就不是钱了。你看和你一届的阿德和阿诚他们，人家都挣回这个数了。"

老酒鬼摇头晃脑地和林东比划着手指，林东将他的手按了回去，说：

"你醉啦！"

三天后林东跟着街上一位表叔离开了十字街。那天他弟弟林南从学校里请了假专程去送他，林南小他哥哥一岁，个头却与哥哥一般高。路上他们兄弟俩几乎没说什么话，上车的时候林南突然拽住了哥哥的衣服，泣不成声地说：

"哥，对不起，算我欠你的。"

林东听了弟弟的话泪水就在眼眶里打转了。他伤感地说：

"你不欠我的，是我们欠了他的。好好读书，要不然看哥不敲烂你的屁股。"

林南没有给他哥哥敲烂屁股的机会，他不仅顺利考上了县一中，后来还上了一所省内重点大学。而林东则开始了漫长的打工生涯，这是不容商量的事情，弟弟要念书，父亲要喝酒，他能做的也只是不让弟弟失学、不让父亲喝低廉的工业酒精。出来的头一年他因年龄偏小进不了正规的厂子，只好赖在表叔谋生的工地上干活。工头也是永州人，就像歌里唱的：

老乡见老乡

两眼泪汪汪

问一问老乡

你过得怎么样

心情好不好啊

工作忙不忙

……

出门在外，逢着老乡，自然一切方便。果然，工头让林东留了下来。他抓了抓林东瘦弱的肩膀给他分配了工地上最为清闲的一份差事——操控升降机。林东自己倒是愿意在这个工位上一直干下去的，可惜好景不长，到了年末工头就撤掉了他的岗位，说他要么跟表叔一样去拖水泥斗车，要么另寻出路。林东当然知道一双常年被水泥、石灰腐蚀的手是如何惨不忍睹，所以他毅然选择了后者。离开那天工头把林东送到了工地门口，他有力的大手在时隔半年后再次落在林东的肩膀上。他压低了嗓子对林东说：

"我也是没有办法。"

这时林东已经知道工头的一个远亲顶替了他，工头的取舍完全在情理之中。他说："能收留我半年，我已经很知足了。"

"你现在年轻，又识字，趁早进个厂，熬个三五年也就能当上官了。"工头说。

走出工地后林东通过一次招聘找了一家玩具厂。毕竟这是林东拥有的第一份真正意义上的工作，进厂那天他激动得忘乎所以将内裤穿反，以至于在这历史性的一天里他的小老弟竟在煎熬中度过。走进生产车间后他看见了无数年纪与自己相仿的青工，但他的到来并没有引起他们的注意。他们忙碌地往返于堆积成山的物料和流水线之间，一些刚从锅炉里推出来的物料还冒着热气，将整个车间蒸腾得烟雾弥漫，不一会儿林东便置身在一片浓雾之中了。他看见浓雾像水流一样朝自己漫过来，这时领他进车间的一个人事部小姑娘拿笔戳了戳他的肩膀，说：

"你最好先把你的鼻子捂上，然后再慢慢放开。"

"为什么？"林东迷惑地问道。

"你照做就是，我走了。"人事部的小姑娘说完拧头便走。

林东正迟疑着要不要捂住鼻子，忽然感觉到自己的鼻子像是被针刺了似的疼痛起来。这会儿再去捂鼻子为时已晚，林东将袖子掩盖在鼻子上却不敢用力，直觉告诉他稍一使劲他的鼻子将会从脸上掉落。两天后，林东百般无奈地走进了人事部。线上的人劝他说两天都熬过来了，再坚持一下也就适应了。他撩起衣服让他们看他身上成片的红疹，他们没有表现出任何惊讶，反而轻蔑地说：

"瞧你这身细皮嫩肉，你应该像小雅一样去坐办公室。"

小雅便是那个领着林东去车间报到的小姑娘。退厂这天她再次接待了林东。他的到来像是在她的意料之中，她从他手上接过工作服后，说：

"你以为我跟你开玩笑？我没跟你开玩笑。"

从玩具厂出来后林东已经身无分文了。入厂不足三十天辞工一律扣发工资，这也就是说他此番不仅分文未得，连先前交纳的两百块钱保证金都倒赔了。林东如丧家之犬般回到了表叔的住处。在这座陌生的城市里，除了表叔那间不足十平方米的出租屋，他无处可去。表叔对他的再度光临既没有表示出欢迎也没有显露出不满，他用一张破烂不堪的黑布重新为林东隔出了一个空间。晚上吃饭的时候他将一块带皮的五花肉按进了林东的碗里，意味深长地说：

"阿东啊，进厂不是讨老婆，不合适还可以再换的。"

表叔话一出口立马得到了表婶的热烈响应。表婶是个二婚女人，腰身不错，黑色痦子在一张不大的脸上星罗棋布。这个从未对林东展露过笑容的女人在这天居然慈眉善目地对他说：

"你表叔的话在理，进厂不是讨老婆，不合适就换，总会有合适的。"

那时林东正觉心灰意冷、人生无望，听了二人的宽慰心里好受了许多。表叔的话放在今天看来自然滑稽，因为现在老婆不合适也是可以换的，或者你可以不换，却去找无数个小老婆，让大老婆生不如死。但在那段困难时期，林东觉得表叔的开导尤为紧要。白天的时间林东尽量不待在家里，早上喝碗白开水就出门，中午随便吃两个馒头对付，到了夜里再如鬼影般一声不响地溜回床上。大多数时候，等他夜里回来表叔表婶都已经结束肉搏进入了梦乡。不过事情总有例外，或是他回来得早了，或是表叔回来得晚了，碰上他们正在屋里吭哧吭哧肉搏，有再大的胆林东也不敢去扫他们的雅兴，于是他便会趴在屋门上屏息静听，一般说来，表叔差不多的时候林东也差不多了。

这样白天游荡、晚上听房的生活一直持续到次年春天。在那个万物勃发的季节里表叔表婶肉搏战的节奏越来越紧凑，有时明明已经鸣金收兵结束战役，可不多会儿，他们的床板又猛烈地摇晃起来。黑布帘子这边的林东对他们的行为虽有怨言，却也只能化怨言为行动，将两只手指再度伸到裤裆里了事。

　　林东的体重从原先的一百一锐减到了九十，当他的体重跌破八十五的时候他意识到自己该离开了。于是在一个春光明媚的上午，他独自收拾了铺盖一声不响地离开了表叔表婶的生活。走的时候他一直想象着他们发现他不在将会做出怎样的反应，他猜他们不会吃惊于他一声不响地离去，他们会一把扯掉那块碍眼的黑布，然后双双倒向他那张单薄的床板。从表叔家里出来后林东先后进了一家温州人开的钟表厂和一家福建人开的箱包厂，在箱包厂干了半年又进了一家广东本地人开的灯管厂，另有半年跟着一个永州同乡安装铝合金门窗，直到去年才进了如今做事的这家拥有十万员工的大型电子厂。

　　进到这家拥有十万员工的大厂后林东首先考虑到的是关于排泄的问题。十万人就算每人每天只拉一次、一次只拉一枚鸟蛋大的粪便都能拉出一座山丘来。既然拉出来的都是一座山丘，那吃下去的就更了不得啦！事实证明，他的考虑并非杞人忧天，吃饭和排泄确实是困扰工友们的两大难题，每天排队花去的时间几乎是他们蹲坑耗时的三倍以上。林东还想过如果有一天大家都厌倦了排队情况会怎样？结论其实不外乎两条，要么踩死别人要么被人踩死。当然，前者的可能性微乎其微。

　　比起吃饭和排泄，睡觉是唯一一件可以让人省心的问题。厂区到宿舍区将近五里路，新进的员工一开始总是抱怨这段路途太过遥远，但用不了多久他们就习惯并享受它了。线上的工作虽不辛苦，磨的却是精神，死气沉沉地在流水线上坐了一天后，你会发现原来寻常的迈腿走路会是一件如此美妙的事情。走完五里路回到宿舍后，林东总要在床上先躺上一躺，这短暂的假寐将成为他一天中最为愉悦的时光。每当此时，林东总会感觉到自己仍是幸福的，除了这张床铺，外面的城市没有一厘米属于他，而这张床铺无论它是怎样的不堪入目，他不点头谁也不敢把屁股放过来。

"我要先躺一会儿，你别跟我说话。"李彬彬刚张开嘴露出他那口齐整的老鼠牙就被林东打断了下来。

"不是，我是说……"

李彬彬憋屈得涨红了脸。他永远不会知道正是因为他这张极易涨红的脸让许多女人对他望而却步，哪个女人愿意跟一个动辄脸红脖子粗的男人谈恋爱呢？要是没有林东的鼎力相助，他连刘萍香的脚指头都碰不上。刘萍香是他现在的女友。

李彬彬被林东凶过后眼睛立马就闪亮成一片，见林东对他不理不睬，索性甩门而去。林东心说你小子居然会给我甩门了，有种啊！上午我骂了你，现在算是扯平了。正值六月天，宿舍里的风扇在最大挡位上卖力气，吹得林东的额头一紧一紧，他伸了个懒腰，在床上摆出一个"大"字，不多会儿，手脚便停留在他的感觉之外了。

"周贵生！"林东惊呼一声从床上弹了起来。这个名字像一道闪电似的劈中了他的思维，才一下午的工夫，他竟把这个可怜的亡友抛之脑后了。他回想起其实在刚走进宿舍的时候他就看见了周贵生在后段那个干净整洁的床铺。那张床铺太打眼了。宿舍是一成不变地脏乱，毛巾、袜子、内裤随处搭放，地上的垃圾经年累月无人清扫，旧皮箱、废鞋盒、塑胶桶、洗脸盆将过道阻塞，只有周贵生的角落是干净整洁的。他向来是个爱干净的人。他的一切都在，他不在了。李彬彬刚才欲言又止是否就为此事？林东心里懊悔不已。

"彬彬。"林东无助地喊道，下体一阵阵耸动，一股热流像是随时要溢出来。

李彬彬的声音冷冷地从门外透进来：

"你不是要先躺会儿吗？"

“现在怎么办？”

“刚才我要说你不让，”李彬彬说，“现在又来问我，我还偏不说了。”

“咋办？”一个比李彬彬的声音更为冷漠的声音从宿舍后段冷不丁响起，将林东和李彬彬吓得差点儿搂住了对方。好不容易回过神来，方知是与周贵生邻铺的一个河南人在说话。同处一室大半年时间，他们还互相叫不上名字。河南人本月轮的是夜班，这会儿正起身。

河南人慢慢悠悠地从床上坐起来，漫不经心地弹开了大腿上的几只吸血臭虫，扫了一眼邻铺，说：

“能咋办，把他的东西分了吧！这个被单我就不要了，你们尽管拿去，但是这个竹制凉枕得归我，这天睡棉芯枕头爱出汗。”河南人转身将周贵生的凉枕抱到了自己床上，“洗发水、洗衣粉、沐浴露这些能分的我们就每人分一点，扔了也可惜。喂！你去看看他的柜子，我记得他好像有个看黄色小电影的 MP5……”

林东和李彬彬傻傻地愣在原地听着河南人像分配自己的财物似的分配着周贵生的东西，此人白天昏睡，又是怎样得知了消息？听他的口气，他好像为这一天筹划了好久。可转念一想，他说的话又何尝不对呢？周贵生已经用不着这些东西了，扔掉确实可惜。他们知道他有个女朋友，她是不会想见到这些遗物的，至于他的家人就更不会记挂这些东西了，睹物更伤情，何况死亡赔偿金会准时准点打到他们账上。迟疑间，河南人趿着一双流行的日本木屐走到了宿舍前端的储物柜前，没费什么工夫就撬开了周贵生的柜子。

“嗬！我就说了有嘛！”河南人挥舞着手中一个长方形的小铁盒神气地说，“这小子！”

“那边人还没冷透，老兄你这样是不是太不客气了……”

钝刀

不知河南人是没有听到林东说话还是故意不接他的茬儿，自顾自在柜子里刨食着，很快，他又翻出了几本黄色书刊和几张裸体海报。虽然在单身男工的宿舍里这些物品十分常见，但林东和李彬彬还是小小地吃了一惊。周贵生可是有女朋友的人。在宿舍区门口他们见过她几次，尽管记不清她的相貌，但大体上他们仍可以确定她是个蛮不错的女人。

河南人乜斜着眼，淫笑着对他们说：

"要不要？不要我就扔啦！"

"要、要！"李彬彬犹豫地从河南人手中接过了东西。

"你不是有刘萍香吗？"林东鄙夷地说，"小心她让你做不成男人哇。"

李彬彬瞬间涨红了脸，说：

"这都是艺术品。"

"拿就拿呗，扯什么艺术。"河南人不屑地说。

"大家都是男人，没什么难为情的。"林东故作轻松地说，心里却为刘萍香惋惜不已。那么标致个女人，白爱他一场了。他想自己要是有这么个女人爱慕，别说不看色情书刊和小电影，让他在路上见到女人目不斜视都不在话下。

在凉枕和MP5之后，河南人又将一台过时的诺基亚直板手机、几副耳麦、一条金属项链、一个耐克牌遮阳帽据为己有，其他稍有用处却不值钱的杂物则统统堆在了一个纸盒子里，最后还大气地说：

"这些你们都拿去，都拿去！"

"我什么都不要。"林东从地上捡起了几本日记模样的小册子，"除了这几个本子。"

"你劳苦功高，都归你吧！"李彬彬说。

"你们呀太客气了！"河南人笑着说，忙不迭地将盒子搬到了自己床上。

林东和李彬彬无奈地相视一笑，各自回到了床上。每天下班后，他们总要先躺上一躺。

三

林东喜欢鲁琴不是一天两天的事了，这在线上几乎算不上秘密。线上那些已婚或者未婚的男人们也喜欢鲁琴，但他们的喜欢多少有些跟风意思，而林东则是动了真心的。

第一次见到鲁琴的时候林东就被她的美丽惊呆了。那天厂区人力资源的一个小干事将他领到车间后便把他交给了鲁琴，要求鲁琴分配工位并负责管带。那时林东还不知道鲁琴的名字，只觉得眼前这个女人光彩夺目得让他睁不开眼。他大胆地学着社会上那些小混混的口吻说：

"这位美女，你好靓啊！"

鲁琴轻蔑地瞟了林东一眼，说：

"多谢夸奖，我还怕你认生，你嘴倒挺溜。"

林东给鲁琴的第一印象就以一个"溜"字定格了，这直接导致在日后的相处里他没法平等地跟她进行沟通，无论林东做出怎样的努力，鲁琴都置若罔闻，甚至对此有些得意洋洋。在她眼里，林东难道与其他男人有任何区别吗？林东想鲁琴对自己毫不上心也就算了，这都是自作孽，可随着时间的推进，一个更为严重的后果逐渐凸显出来——线上没有女工愿意靠近他了。李彬彬在林东为他将刘萍香追到手后曾经安慰他说："我看线上的女人就没一个配得上你东哥的。"李彬彬涨得通红的脸让林东无法相信他的话，但李的话反而提醒了他，在线上那些女工眼里自己已然是一坨臭狗屎了。

同林东喜欢鲁琴不是秘密一样，鲁琴喜欢线长洋鬼子也不是什么秘密。鲁琴如此"癖好"真是让人伤透了脑筋。小学没毕业的洋鬼子虽人高马大，却连线上所有人的名字都写不全，能当上线长，全仗了他的工龄。在他那张阴沉的长脸上你永远也别想找到一丝笑容，仿佛全世界都是他的敌人。没有人清楚鲁琴对洋鬼子的好感缘何而起，如果说洋鬼子大大方方接受了鲁琴那就算了，不管旁人怎么议论，爱情终究是两个当事人之间的事情。即使他们不祝福洋鬼子，但至少会祝福鲁琴。可洋鬼子偏偏对鲁琴不屑一顾，甚至公开宣言自己不会接受她。正所谓饱汉子不知饿汉子饥，人家想得的费尽心思得不到，乖乖送到他嘴上他还就不吃！排除洋鬼子往日对他们的严厉与苛刻，他暴殄天物的可恶行径都已经到了人神共愤的地步。

这一切叫人有什么办法呢？周贵生的死却无意改变了这一现状。

那天返回车间的时候，鲁琴紧紧挽住了洋鬼子的手臂，而洋鬼子居然没有推开鲁琴，这里面的意思再明显不过了。有了亲密的挽手行动后，洋鬼子和鲁琴二人的恋情迅速发展起来，不到一周时间，便有消息传出，说是他们已经开始约会了。

眼看败局已定，线上不少男工纷纷开始撤退，他们觉得洋鬼子和鲁琴从挽手到约会用了一周，从约会再发展到上床也不会远了。撤退的男工们都迅速找到了女友，一时间，线上出现了前所未有的喜庆气氛。这时候林东的苦日子也开始了。

洋鬼子没有忘记那一箭之仇，而副线长鲁琴则夫唱妇随、与他一致对外。在好不容易抓住林东浪费几块物料的把柄后，洋鬼子对林东展开了他的报复行动。他当着全车间人的面大义凛然地训斥道：

"林东你给我注意了！积少成多这样简单的道理你难道不懂

吗？要是线上每个人都像你一样浪费物料，那请问我们的厂还办不办得下去？我们拿着厂里发的工资，做事就要对得起这份钱，要是有人对不起这份钱，那就抱歉了，请你尽早卷铺盖走人。

"线上是干活的地方，某些人啊，有情绪可以，但请不要带到线上来，谁要是不想做了随时可以走人，厂里不会少你一分钱工资，我们厂有十万员工，每天进进出出的就有好几千，多一个不多，少一个不少，不要一颗老鼠屎打坏了一锅汤。

"我知道线上有些人对我是有意见的，但只要我一天做你的线长，你就必须一天服从我，这可不是在地摊上买东西，可以商量，可以挑挑拣拣，在这里，还是那句话，谁不服从谁滚蛋……"

洋鬼子训林东话的时候鲁琴就孤星捧月似的杵在他身旁，并且以不时地点头来表示她的认可。洋鬼子给自己扣的帽子戴在谁头上都合适，所以林东几无还手之力。骂完林东之后他又饶有兴致地将矛头对准了李彬彬，洋鬼子对林东还多少有些收敛，对人尽可欺的李彬彬就肆无忌惮了：

"李彬彬你说你一个大男人，撒泡尿却用了十分钟，十分钟，叫一个女人去生儿子都够啦！你要是得了妇科病趁早去医院检查，否则就别在这儿给我磨洋工！"

线上谁都知道林东跟李彬彬好得穿一条裤子，洋鬼子吼的是李彬彬，其实账还是算在林东头上。林东见李彬彬委屈得脸色猩红、拳头紧握、似有火山爆发之势，急忙凑在他耳边轻声说：

"忍一时风平浪静吧，是哥拖累你了。"

俗话说，与天斗，与地斗，莫与官斗。在流水线上，没听说过谁怕厂长，就像没听说过谁不怕线长。从得罪洋鬼子的那天起林东就知道这一刻迟早会到来，他想，你要整就整吧，总不能还把我吃了！洋鬼子轻而易举胜出四个回合后，林东和线上的人都以为他要放他一马了，毕竟大家共事一条流水线，抬头不见低头

钝刀

见，闹太僵了彼此尴尬。最关键的是，林东并没有举报他。

这天临下工的时候车间里渐渐嘈杂起来。厂里明文规定上班时间员工禁止交谈，并设立了纪律巡视制度，逮着一次，不论轻重，一律罚款五十。制度是死的，人是活的。巡视员们大多是些文化水平相对高些的小年轻，自己也正在管不住嘴的年纪，所以巡视起来自然是睁一只眼闭一只眼，走个过场，有时在线上遇着老乡还会聊上一阵。说来这天林东也活该倒霉。车间里轮值巡视的正好是和洋鬼子同乡的一个小妹，她平时在线上的人气仅次于鲁琴，线上的人都叫她小美女。这位小美女在洋鬼子的特殊关照下盯上林东了。

林东下游坐的是李彬彬，他们的交谈往往简短扼要。他上游坐的是福建人何胜文，此人堪称话痨，善讲黄色笑话和神鬼故事，每说到精彩处，必眉飞色舞、手舞足蹈，福建普通话与台湾腔串联并用，让听者有身临其境之感。男人聊天时一般比较忌讳与自己老婆相关的话题，何胜文却偏是个另类，他一天不同人说自己的老婆，嘴角便要怄出火泡。离下工还有十分钟时，他又将自己的老婆搬了出来：

"你是不知道我老婆她懒到了什么程度，我看全中国、全地球都找不出第二个比她更懒的女人了！"

"怎么个懒法？"林东一向是何胜文的忠实听众。一来他的永州普通话与他福建普通话相差无几，一个半斤，一个八两，谁的屁股都不干净；二来林东是个喜欢倾听胜过倾诉的人，他总能从别人的故事里找到快乐就像他从书中找到快乐。

"她不上班、不做家务、连楼也不下，整天就窝在出租房里看影碟，我每天工作累死累活还要跑上跑下给她带饭菜、租影碟，影碟不好看、饭菜不合胃口，她连骂我的精力都没有，蒙上被子倒头便睡。"

"我的天！嫂子够彪悍啊！"

"我们结婚的时候她一百二，结婚三年，一百二变成二百一了，你可能不知道这多出来的九十斤是什么概念，这么说吧，以前我趴在她身上手脚都得撑着床，现在趴在她身上，我整个人都腾空啦！"

"嫂子不容易，文哥你更不容易！"

"嗬！有什么办法！就昨天吧，我下工回家见屋子脏就拖地，你也知道之前家里的卫生一直是我包干。那会儿我老婆正坐在床沿上一边嗑瓜子一边看碟。我说，老婆，老公要拖地了。她说，你拖你的，关我什么事？我又说，老婆，辛苦你把脚抬一下，你的脚挡住我了。她说，你是死人吗？你自己不知道抬？"

何胜文说着说着，两行眼泪却突然挂了下来。林东见状赶紧收住松弛的嘴脸，正想着法子劝慰这个伤心男人，后背忽然感觉到一阵火烤似的灼热。

"你们两个知不知道上班时间严禁交谈？"

林东回过头，发现是穿天蓝色静电衣的小美女站在了身后。于是赔着笑，讨好地说：

"小美女，我们错了，下不为例，下不为例。"

这时林东对洋鬼子的阴谋尚不知情，心里只是纳闷怎么今日厂里既无领导视察又无外宾参观，巡视员怎么就跟他们较起真儿来。见林东满脸疑惑，李彬彬用脚踢了踢他，向他示意洋鬼子和鲁琴正站在不远处朝这边冷笑。

"废话少说，把工号报上来，各扣五十！"小美女一改往日的和善，义正词严地说。

"没这么严重吧，小美女！"何胜文从刚才的情绪中抽回身来，"大家都是出来打工的，为点芝麻小事何必跟我们过不去？"

"严重不严重你说了算？别浪费我时间，报号！"小美女扶稳了胸前的红色登记本威严地扫视着全场。

看来小美女这次是铁了心要同他们撕破脸皮了，林东和何胜文也就破罐子破摔了。小美女的王牌是罚款，罚过款她手中便无牌可打了。

"五十就五十，被霉神盯上，破个财消灾吧！"林东愤愤地说，这一天班几乎算是白上了。

"哥哥我奉劝你小小年纪多做好事，不然担心以后生了儿子没屁眼。"何胜文也不客气地说。

小美女尽管被林东和何胜文气得嘴皮子一鼓一鼓，却也没着儿再来治他们，狠狠地剜了二人一眼后便欲哭无泪地走向了洋鬼子和鲁琴。才害过李彬彬挨骂，这会儿又害何胜文被罚，林东满怀歉意地对何胜文说：

"胜文老哥，对不住了，晚上赏个脸，我请你和嫂子吃个宵夜。"

"说这话就见外了，线上的人都知道你没有错，是他斤斤计较，不像个男人。"何胜文说，"不过话说回来，你要是能把你嫂子请下楼来，我倒愿意叫你做大哥，哈哈！"

下工后，何胜文向林东和李彬彬说起了他的情史。他的叙述以一句流行语开了头：

"冲动是魔鬼啊！"

何胜文说他这辈子做得最错误的事情就是认识了现在这个已经成为了他老婆的女人。三年前他还是个情窦初开的有志青年，一次在一个陌生群里偶然点开一个网名为"搁浅的美人鱼"的女生，两人一来二去聊得火热，大有相见恨晚之感，当下就约了时间、地点见面。当时他想自己是个男的，反正吃不了亏。几天后，二人见面了。

"你就是美人鱼？"

"是呀是呀！你是受伤的火柴？"

"我就是受伤的火柴，你真漂亮。"

"你真帅！"

何胜文见赴约的妹子相貌尚可，说话的声音绵绵软软，几乎要使人化掉，一对大乳更是摄人心魂，何胜文也由此更加确信了自己的艳福不浅。于是他大着胆子说：

"路上太吵，要不我们去宾馆吧？那里没有人打扰。"

"你的地盘听你的。"

二人从宾馆里出来已经是三天后了。那天天气似乎不错，和煦的阳光使他们刚去过火气的身体再度升温，他们决定结婚。一年后，一个男婴呱呱落地，待儿子满月后，他不得不带着美人鱼老婆从福建来到了广东打工，直到这时他的美人鱼老婆方才显露出好吃懒做的本性。她明知自己一无学历二无技术，偏要他给她找一份既不辛苦又能挣钱的工作。他本想说既不辛苦又能挣钱那你就只有去卖×了，话到了嘴边却说不出口，他倒不是怕她生气，以他对她的了解，她说不准真会去卖呢！他咬着牙，拍了拍胸脯：

"你不愿意工作就待着吧，反正我出来身边也需要一个洗衣、做饭的人。"

"老公你真好！老婆爱死你了！"

"我也爱你。"

说到最后何胜文的眼眶又湿了，这个不到三十岁的男人发达的泪腺让林东和李彬彬无比惊讶。他们劝他说尽早跟这个女人离了吧，这也是个女人？何胜文苦笑着说他又何尝不想离婚，但他可不敢为此背上一条人命。原来他老早就向他的美人鱼老婆提出过离婚，可她不是寻死觅活地要跳楼，就是穷凶极恶地扬言要与他同归于尽。何胜文为此已经付出了三条刀疤的代价。

"不瞒你们说，我本以为第十三个是我。"何胜文说，"没想到被周贵生这小子抢先一步了。"

"胜文老哥，你别吓我们。"

何胜文爽朗地笑了几声，他这种不合时宜的笑在他们看来近乎恐怖了。林东和李彬彬不敢想象这个素来幽默、甚至被称为"话痨"的男人内心里竟如此悲观，难道周贵生还不是那串数字的终结者？难道他们还会看到第十四个、第十五个……一阵阵冷汗从脊背上冒出来。林东小心翼翼地说：

"胜文老哥，你不能再学他！"

"哪能，他恰好提醒了我！人嘛，还是那句话，好死不如赖活着。"何胜文在长久的停顿后说，"我不能让我的儿子没有父亲。"

"不说那些不开心的了。"何胜文像个大哥似的搂了搂他们的肩膀。只听他唱道：

人倒霉来卵生疮，
买了个电筒它不收光，
买了匹野马它不跑川，
……

大街上人流如潮，五万年轻的工人从生产车间里涌出奔向宿舍，五万人从宿舍里涌出奔向生产车间。此刻，十万人，交汇了。

四

六月末一个夕阳温暖的傍晚，在宿舍区门口，一个陌生的女人拦住了林东。说是陌生，林东看着竟也有几分眼熟。她像招呼一位阔别已久的老朋友似的让林东停下了脚步。

"请问你是林东吗？"

林东无法确定眼前这位身材高挑、着装时髦、鼻梁上搁着一副硕大太阳镜的女人是否在同他说话，见周围并无其他人响应，便果断地将满面狐疑的李彬彬推入了门禁。然后按捺住内心的狂喜，故作镇定地说：

"你是在和我说话吗？"

时髦女人单手取下太阳镜，别在了手袋上，拢了拢长刘海儿，将一张精致的脸在他眼前展露无遗。她说她叫向娟，问林东可不可以陪她随便走走。

也许林东早就猜到了这个女人是周贵生的"前女友"，但他一直在回避这样一个事实。是的，他们曾经见过几面。这里见面的意思仅仅是指林东看到了她。那时她差不多也站在这个门口。那时她等的是周贵生。直到女人亲口说出她的名字时，他才不得不承认眼前这个女人只能是她了。至于她是怎样知道他并将他准确拦下却无从得知。

"我知道这个名字。"

向娟一听林东说知道她的名字，立马停住脚来看林东，一口绵长的气徐徐呼出。种种迹象表明，他们接下来的"随便走走"将不会轻松，若中途撤出，林东心里又是极不情愿。与周贵生虽同处一室达半年之久，但他们之间的对话绝对没有超过三次。林东很清楚地记得第一次是他向自己借一只万能充电器，他借给了他。第二次是林东不小心撞翻了一盆清水弄湿了周贵生的被褥向他致歉，他说没关系。第三次对话发生在周"坠楼"前一个月，那天下工回到宿舍后周贵生的心情有些糟糕，躺在床上一首接一首地听低音摇滚乐。尽管他戴着耳麦，在宿舍门外仍能听到种种乐器的敲击声。睡前周泡了一桶方便面吃，却意外地咬到了舌头，血流如注。后来周突然走到了林东的床铺前问他有没有烟。

"你有没有烟，给我一支。"这便是周贵生生前对林东说的最后一句话。当时林东的回答是，没有。林东想自己与周贵生显然是陌生的，然而现在，他的"前任"却主动邀他随便走走，天知道接下来会发生什么。

街市上人来人往川流不息，林东和向娟之间的距离越来越短，到了后来，几乎每走三步，他们的身体就会不可避免地碰触一下。刚开始，他们彼此还认生，好不容易憋出几句话来也像冬日的羊粪一般干涩。林东提议去吃烤串，向娟对此不置可否，脚步却随着他走向了一条小吃街。吃罢烤串林东又给她买了一碗豆腐乳、一杯奶茶。在林东的殷勤伺候下，向娟阴郁的心情终于逐渐明朗起来。这时他们已经可以像老朋友那样亲切交谈。向娟说话的时候总是先看一眼林东然后立马将目光挪开，而林东则始终保持着对她的热烈注视。向娟是贵州人，相比秀丽如画的贵州，桂林山水在林东心中已经无限遥远了。

从小吃街出来，喧嚣的大街继续着它的喧嚣。向娟把一个严肃的问题抛给了林东：

"我们走去哪里呢？"

林东脑海里一片茫然。在这座寸土寸金的现代化大都市里公园绿地已经十分稀少，他们所在的工业园区除了几棵装点门面的行道树外更是片绿难寻，不算付费的网吧、餐馆和奶茶店，他们几乎无处可去。林东耸了耸肩，毫无意义地重复了一遍向娟的话：

"是啊！我们走去哪里呢？"

不知不觉间夜幕已经降临，五颜六色的霓虹灯远远近近地闪烁起来，将行路匆匆的人们涂抹得辉煌无比。林东和向娟行至一家名为"爱转角"的私人旅馆前不约而同地停下了脚步。他们彼此心里都清楚，即使不在"爱转角"门前停下他们也会在其他的什么"角"前停下。在拥有数百万青工的工业园区里，私人小旅馆几乎遍地开花，与私人小旅馆相映成趣的则是多如牛毛的专业人流医院。在"爱转角"门前停下时，向娟紧紧挽住了林东的手。那一刻，林东似乎理解了洋鬼子当时为何没有推开鲁琴。

突如其来的"爱情"让林东有些手足无措。一进房门，他和向娟立刻拥吻在了一起。林东上次碰女人可以追溯到两年以前，那时他和第一任女朋友李露兰同居了一个月，关于这件事情后面马上就会说到。在李露兰之后，林东基本上用手解决自己，所以毫不避讳地说林东对女人是渴望的。而向娟的反应为何也如此热烈？她小巧的嘴像只滑轮似的在林东的嘴唇上流动，两只手有力地圈住他的脖颈，整个身体恨不能像张烙饼似的全部摊在他身上。林东笨手笨脚地褪掉了向娟的米黄色小衬衫和紫色蕾丝胸罩，她的乳房盈盈可握，略有些坚硬，他把一只滚烫的手掌敷了上去，另一只手托住她的臀部，轻轻地像放一尊极易破碎的空心冰雕似的把她送到了床上，然后本能地完成了一个功能正常的男人面对一个自己并不讨厌，甚至有些喜欢的异性时应有的动作。

在向娟温暖湿润的身体里稍作逗留后，林东便不可逆转地溃败下来。尽管过程是短暂的，但他和向娟都已疲惫至极。林东觉得这个时候他应该抱住她，然而他们却默契地平躺着，像两块脱水后晾在檐下的腊肉似的，他们之间的距离既伸手可触，仿佛又无从逾越。林东一遍一遍地回想刚才发生的一切，如果不是已经疲软的身体，他几乎难以相信眼前铁证如山的事实。刷着橘红色墙漆的房间里灯光暖昧，地上衣物杂乱，在门把手旁的一张过胶纸片上分明写着：有安全套出售，大盒十八元（十个），小盒十元（五个）。

林东看了看墙上的挂钟，正好九点五十，这也就是说他跟向娟相识不过五个小时就从街上走到了床上，虽说这是许多工友从认识到交欢的通有时限，有的甚至从交欢到决定结婚也不过五个小时，但林东始终认为自己骨子里还算是个传统男人，否则他怎会干熬了两年？如果说他之前保持克制是因为没有遇上对的人并对她产生爱情，那如今向娟是这个对的人吗？自己对她又是否产生了爱情？

"林东，你做我男朋友吧！"向娟突然从床上坐起来。她将枕头竖在背后，目光坚定地看着林东。

"啊？！"林东不假思索地说，"让我考虑考虑。"

向娟一听林东说考虑考虑顿时火冒三丈，她把背后的枕头抽出往他面前狠狠一摔，顾不得扯上被单遮盖住裸露的身体，声嘶力竭地骂道：

"你他妈的把我上了才说考虑考虑，你上之前怎么不说考虑考虑？你以为我就那么贱？"

向娟的直白让林东羞红了脸，他倒不是在乎她骂娘，一个"上"字将他心里萌生的"爱情"瞬间扼杀。"我不是这个意思，你误会了。"

"你不是这个意思？"向娟一把扯过被子，流着泪赌气地说，"你能是什么意思？！"

"我没你说的那么坏。"

"那你要考虑什么？你看不上我吗？"

"我也不知我要考虑什么。"

"你介意他！"向娟斩钉截铁地说，"我就知道，没有人会不介意，他的路是他自己选的，没有人逼他，谁他妈的都别想把责任推给我，谁都别想！路是他自己选的……"

"没有人怪你，你是你，他是他，你和他分手是正确的，他连自己的生命都不爱惜怎么有资格来爱惜你呢？"下午散步的时候向娟告诉林东她在周贵生"坠楼"前一个月就和他分手了，也就在那天，周贵生无意咬破了自己的舌头。

林东的劝慰单薄而无力，向娟的泪水依然奔泻如流。周的轻生给她带来了莫大的冲击，尽管那时她与他已经毫无瓜葛，但他们原先的朋友难免会把罪责归咎于她，是她的薄情寡义给了他致命一击，这样一条理由似乎让人更易于接受。看到向娟像只伤痕累累的小猫似的蜷缩在床角，林东的心里突然对她生出无限爱怜。他张开双臂，郑重地说：

“娟，让我抱着你吧！”

“你发誓你真的不介意！”向娟目光呆滞地看着林东，身体略微朝他倾着。

“我发誓。这样可以了吧？你看你哭起来多丑。”

“你还要发誓你永远爱我。”向娟噘着嘴说，短暂的相处已让林东相信她是个孩子气很重，而且严重缺乏安全感的女人。

“这可不好说，别说永远，明天是怎样的我们都不知道。”林东说。

向娟对林东的回答虽有不满，却无力反驳，于是不甘地追问道：

“我是你第几个女人？”

接下来的夜晚他们的话题便围绕着林东的第一任女朋友李露兰展开。向娟对林东的过去表现出了浓厚的兴趣，她有时甚至反客为主地问道：“你确定你没有记错？你确定事情当初是这个样子？你确定……”不管向娟是否定还是肯定自己的讲述，林东都愿意把这当成一个良好的信号。她已经开始了解他。于是他抱着一个女人讲起了他和另一个女人的故事。

从温州人开的那家钟表厂出来后，林东进了一家福建人开的箱包厂。箱包厂历来是女工云集的地方，他入厂的第一天就结识了后来成为他女朋友的永州同乡李露兰。李露兰是他第一任女友，这一点是确凿无疑的。李露兰说林东也是她第一任男友，起初林东信以为真，但后来他却意外地获取了她的 QQ 密码并在她的一个私人相册里发现了她和另一个男人的亲吻照。对这个惊天发现林东一直守口如瓶，只是等他想揭穿她的谎言时他们的爱情短跑已经接近了终点。

李露兰是典型的南方小女人，五官清秀，皮肤红润，身材娇小玲珑，说话温婉曲折，办事干净利落。上工头一天她就邀请林东吃宵夜，说是难得在外面遇见老乡，一定要尽个情谊。林东那时在温州人的厂里已经待过些时日，思想上多多少少沾染了一些温州人的机巧。说话听声，锣鼓听音，心想这个女人八成是对自己有意，初来乍到人生地不熟，多一个人照应总不会是坏事，便爽快应了约。李露兰请过几次客后林东又回请了几次，一周下来，他们的感情也从夜宵摊上酝酿出来了。他们的结合在车间里一时传为佳话，许多人都劝他们趁热打铁请个假回家把证领了。这时李露兰脸上准会羞红一片，说还早还早，彼此了解还不够深入。

李露兰的回答正中一群好事者的下怀。他们嬉皮笑脸地说："你们还没有深入了解啊，这可得好好批评林东啦！不能马虎的千万不能马虎，该深入的是一定要深入的……"

林东听着一头雾水，私底下问李露兰大家笑什么。李露兰照着他的胸口就是一拳，直骂他臭流氓。林东和李露兰的深入了解发生在两个月后，但了解的结果却让他大失所望。李露兰一口咬定她的处女膜是小时候玩"跳木马"扯破的。她信誓旦旦地说："你要是不相信我可以立马死给你看！"

"我信、我信。"林东惶恐地说，"这有什么紧要的。"

也许李露兰认为林东在这个问题上从来就没有真正相信过她，但她不知道的是，在发现她和另一个陌生男人的接吻照之前，林东其实是相信她的。林东当时心里之所以感到失望是因为他决心娶她，为了让自己的相信更加坚定他甚至上网查阅了许多资料，数据显示那样的案例并不在少数。

有了几次身体接触后，李露兰提出了同居的想法，她觉得老去外面住旅馆太费钱，租个房子不仅可以省去开房的钱还可以做做饭菜，节省下一大笔开支。在搬进出租屋那天，她搂着林东的脖子高兴地说：

"以后我们结婚了有的是花钱的地方。"

同居的那段日子里，他们无心上班，每天下工后总是急急地往家里赶。这样的节奏每每都让林东想起了当初寄居在表叔表姊家的那段时光，一想到那张黑布帘子他总是分外卖力。筋疲力竭之后他们不会昏昏睡去，而是相互依偎着设计他们的未来。比如说什么时候领证、什么时候办酒、什么时候生养小孩，又比如他们不可能一辈子在外打工，最迟应该不会超过三十五岁回家，回了家要干些什么呢？既不能坐吃山空也不能啃老，种庄稼自然不会，就是多少会点儿也不愿下那苦力气，那究竟是在十字街上做点小买卖还是趁着手不抖眼不花学门手艺……在设计未来的时候，他们觉得未来不过是小时候随意玩弄的泥巴，他们要它成为什么样子它就会是什么样子。直到爱情破碎，他们方才明白未来的一切都是不可设计的，它以它原来的面目永远挺立前方。

李露兰在林东眼中从来就不是一个一无是处的女人，相反，她身上有太多让林东留恋的东西，林东甚至可以不过问她的过去、不在乎她的欺骗，但这个女人最终还是离他远去了。

在他们共同生活的第十五天，他们的福建老板在厂里公布了一个消息，他一位年近六旬、新近丧偶、资产过亿的台湾老舅希望在大陆觅得一位善解人意的青春女性共享晚年。这个消息像一颗重磅炸弹似的将厂里上上下下搅得翻天覆地，一天下来，厂里大部分女性都上交了玉照报了名，连食堂五十多岁的老阿姨都冲锋在列，又是涂脂抹粉，又是拉皮去皱，交出的玉照只合三十来岁。男人们先天性地与此事绝缘，整天唉声叹气，只恨爹妈当初没把自己生成个女儿身。

当时许多人打趣地问李露兰：

"你怎么不交照片报名？你要是交了，也省得厂里那些老阿姨劳神费力啦！"

李露兰见别人拿这事逗趣，怒气冲天地回道：

"那种事我可做不出！"

林东眼见李露兰就要引发一场口角，急忙把她拦下，解释道：

"我刚惹她生气，正在气头上呢，她的话你们别往心里去。"

众人不便计较，纷纷转口道：

"也不知道你上辈子积了什么德，便宜你小子了。"

半个月后，福建老板把林东唤进了他的办公室。他客气地给林东倒了一杯茶，仔细地询问了他的工龄和家庭情况。林东回答得一塌糊涂，把半年说成了"半颠"，把老家永州说成了"永抽"。福建老板看出了他的紧张，说：

"你胆子要大些，我的办公室以后你会经常来的。"

"老板你有什么事情尽管吩、吩咐。"

"这次请你来是要你帮我个忙啊！"福建老板洒脱地在旋转椅上飞了一圈又徐徐停下，说，"你要有个心理准备。"

"准备什么？"

"这个我就不明说了吧，李露兰这几天就会动身去台湾。"

"她没报名。"林东尴尬地笑着说，"你们搞错啦！"

"你太天真了！"福建老板摇了摇头，打开了右手边一个抽屉，"这里是一万块钱，算是那边的一点小意思，这完全是良心钱，你命好！"

"不会的，不可能。"

"你嫌不够？我本来说直接给你提个线长，怕你服不了众，那就从副线长……"

林东仿佛丧失了听觉似的木然地走出了老板办公室，线上已经不见了李露兰的踪影，他一路狂奔回家，到了门口分明听见屋子里窸窸窣窣地响，但他却没有了再敲门的勇气。

"感觉像在拍电影。"这是向娟听完林东的故事后给出的总体评价，在整个故事中她颇纠结于那一万块钱的去向，"那一万块钱你真没拿？"

"没有。"

"你真傻！"向娟一半责备一半愤怒地说，"他们抢走了你的女人，你拿他们一万块钱算什么！"

"是啊，我真傻！"

"就算你不拿钱，也不应该辞工。说不定你现在都是线长了。"

"是啊，说不定都是线长了。"

向娟见林东的情绪一直低迷着，转身抱住了他，动情地说："我们都是可怜的人。"

"不！我们现在是幸福的！"林东正色道。

五

向娟出来的时间要比林东早上两年。她十五岁到广东后就一直在同乡开的一家小超市里当营业员。向娟下面有两个妹妹，一个弟弟。正是在弟弟出生那年她来到了广东。

"我这个弟弟要是早出来几年我就享福了。"在"爱转角"门口向娟满腔怨气地说道。她说自打她工作开始就没见过自己的工资，她的父母对她的老板早有交代，除了每月定额给她些零花，其余尽数寄回。工作五年，却连自己每月的薪水有多少都不知道，这在林东听了不免惊骇。

"他们把你当成摇钱树了。"

林东明明站在向娟的立场上替她鸣不平，没想却反遭了向娟的驳斥：

"你这人怎么说话的，你才是摇钱树呢！"

向娟拉下脸来疾步朝前走去，很快便消失在人海之中。林东看着向娟风火离去的背影，心想女人的心思真叫人琢磨不透，他以为向娟和李露兰会是截然不同的两类女人，事实证明其实她们相差无几。当初李露兰信誓旦旦地跟他说没报名，最后却一声不响地跑去了宝岛。如今向娟对他又忽好忽坏，一句不喜欢还是将他抛下。正在林东不知进退之时，迎面却走来了一个熟人，避开已经来不及，他只好硬着头皮走了上去。来的正是李彬彬的女友刘萍香，出"爱转角"往左三百来米有一家义乌人开的地下小商场，她在那里上班。刘萍香满头雾水地将林东忽红忽白的脸看了又看，问：

"东哥，你怎么会在这里？"

的确，林东不应该出现在这个地方，这条街不管是离他的宿舍区还是厂区都隔了好几条街，他怎么能一大清早出现在这里呢？林东下意识地朝刘萍香身后的人流张望了一会儿，最后决定暂时不把自己跟向娟的事情告诉她。

"是啊，我怎么会在这里呢……"林东喃喃地说，"你、你不是驻店员工吗？这时候怎么也在街上？"

刘萍香遭到林东的反问后惊慌失措地说：

"我、我刚出来吃了早餐。"

"我也是出来吃早餐的！"

林东不相信刘萍香刚吃过早餐正如他无法相信自己的谎言，

从刘萍香呼出的气息中他只嗅到一股清香的牙膏味，她的嘴角甚至还残留着几丝不易察觉的白色泡沫。林东说：

"你们这条街的米粉好吃，我们那边包子好吃。"

刘萍香尴尬地笑了笑，没有再接林东的话茬儿，撂下一句"回头见"便匆匆而去。

回到线上后林东迫不及待地把他的关切告诉了李彬彬。林东知道李彬彬是个胆小怕事的人，所以说话时也就格外小心，力求既反映了问题又保全自己的旁观者身份。刘萍香到底是李彬彬的女朋友，哪个男人都不希望从另一个男人口中听到有关自己女朋友的是是非非。林东首先肯定了刘萍香的为人，她诚恳、正派、善良，在爱情里一心一意，是中国好女友的典范，是中国好老婆的标杆。见李彬彬听得眉开眼笑、乐不可支，他随即将话锋一转，说：

"但是她今天早上骗了我。"

李彬彬像是从半空中突然摔落到地面，面部僵成一个"羊"字，仿佛一个便秘已久的老人正蹲在粪坑上艰难地打开肛门。没等李彬彬继续发问，林东便把自己和在网上认识的"新女友"向娟在外过夜的事情简单交代了一下，然后便提到了早上和刘萍香的相遇。他秉着实事求是的态度说明了当时的情况：刘萍香是驻店员工却在大清早出现在街上；我问她在街上干什么，她回答我说刚吃了早餐；我不相信刚吃过早餐的口腔会散发着清香的牙膏味，嘴角会残留泡沫。

李彬彬对林东的话存在着理解困难，瞪着一双牛眼急急地问：

"哥呀你能不能简单概括一下，我有些晕。"

"我前面就说过了，我说刘萍香骗了我。"林东说，"她骗了我就是骗了你。"

"为什么骗了你就是骗了我？"

"好吧！你说刘萍香是不是那个地下义乌小商场的驻店员工？店里包吃包住？"

"是驻店员工，是包吃包住。"

"那她晚上住哪里？"

"当然是住店里的员工宿舍啊！"

"既然她晚上睡在店里，那她早上起来会在哪里？"

"还是店里啊！"

"可她一大清早出现在了街上。"

"她可能吃早餐去了。"

"我跟你想的一样，我也以为她吃早餐去了，问题是她没有。"

"你什么意思？"

"我的意思是她昨天晚上肯定没睡在店里。"

"她不睡店里能睡哪里？"

"你得小心她啦！女人学坏很容易。"

"你他妈什么意思？"李彬彬腾地一下子从椅子上站了起来，指着林东的鼻子骂道，"你不要血口喷人！"

这会儿离流水线开动没多久，线员们都一副严阵以待的模样，却突然见生性文弱的李彬彬将凳子掀翻在地，一个个惊讶得目瞪口呆。

"有话好好说、有话好好说嘛，没有什么是不能解决的。"何胜文看事态不对急忙出来劝架。

"你还敢骂我了？我好心好意提醒你，你反倒狗咬吕洞宾，要是其他人，老子才懒得管呢！"林东狠狠地说。

李彬彬似乎把林东的话听进了耳朵，从地上扶起了凳子。林东正想让李彬彬向自己道歉，却瞥见鲁琴面含微笑大摇大摆地朝他们走了过来。林东很愿意相信她的到来是出于一片善心而不是受了洋鬼子指派。鲁琴热心地说：

"你们在吵什么？千万不要在线上打架，打架是会被开除的哦！"

如果鲁琴说完这几句话便走，林东一定会原谅她对他之前的种种伤害，没想到她却接着说："差点儿忘了，丁线长还叫我提醒你们，线上的仪器都很贵，先看看自己能否赔得起再打。"

在鲁琴的温柔攻势下，林东几次要张嘴回应，却一时语塞，一张脸憋成了猪肝色。让林东始料未及的是李彬彬赶在他前面炸裂了：

"你给我滚开！贱人！"

这一刻，线上所有人都看傻了，平时老实本分得三脚踹不出个屁来的李彬彬今天不仅掀了凳子、吼了林东，最后还骂了副线长鲁琴，鲁琴是何许人也？线长洋鬼子的女人啊！副线长鲁琴挨了骂后直挺挺地愣在原地，两只眼睛一动不动，眼泪却唰唰地往外流淌。

"彬彬，你冷静些！"林东深知像李彬彬这种性格温顺的人，要么一直四平八稳、波澜不惊，一旦爆发必定惊天动地。他小心翼翼地绕至李彬彬和鲁琴中间，在这个时候，线上除了他也没谁能拦下李彬彬这头愤怒的狮子了。"她是副线长，你好歹给她留点面子，我们好男不跟女斗，你不要上火。"

林东的劝解刚起作用，李彬彬的气势稍微弱了些，之前一直未见踪影的线长洋鬼子却不知从哪个犄角旮旯里突然冒了出来。他明知故问道：

"李彬彬，你刚才在骂谁，有本事你再骂一遍？"

李彬彬见洋鬼子挑衅，摆出一副视死如归的架势。他定定地看着线长洋鬼子，一字一句地说：

"我、骂、她、贱、人。"

说时迟那时快，洋鬼子不等李彬彬话音落下抬起一只脚便朝他腹部踢去。洋鬼子身形虽然瘦高，这一脚怕是也不会轻到哪里去。李彬彬一时躲闪不及，肚子上实实地吃了一脚，却是面不改色，大有鱼死网破之势。他推开了前来搀扶的工友，缓缓地从地上站了起来，轻蔑地对着洋鬼子笑了笑。洋鬼子靠着线台吃惊地看着李彬彬毫发未伤地从地上爬起来，正欲再次使用他的大脚，未及站稳，李彬彬竟疯也似的扑了上来，一把搂住了他的双腿，顺势往上一抬，洋鬼子便像一截朽木般向后倒去。洋鬼子倒地后李彬彬对他一阵穷追猛打，不一会儿二人就转战到了线台底下。眼见就要出人命，线上的男人们才幡然醒悟，纷纷钻入线台，揪腿的揪腿，拉手的拉手，费了一阵牛劲才将二人分开。

冲突发生后，其他几条线上的数千名线员都朝这边围拢过来。车间里秩序大乱，女人们尖叫着，男人们对女人们的尖叫则回以更为热烈的干号。刚开始还有线长在声嘶力竭地呼唤自己的线员回到工位上：

"擅自离岗扣五十啊！"

许多线员都听到了线长们的喊话，他们大笑着回应道：

"别扣五十，五十太少啦！扣五百吧！"

"扣五千吧！"

"扣五万吧！"

线长们遭了戏弄正欲发作，忽有人跑去告诉他们听说是丁登洋线长揍了自己线员打了。线长揍了线员打，这不是摆明了要造反？！于是他们顾不得关闭流水线便急急过来驰援洋鬼子，无奈他们势单力薄，且不说驰援洋鬼子，甚至连最外围的人墙都无法渗透……

李彬彬被众人从线台底下拉出来后滔滔不绝地控诉道：

"我已经忍你很久啦！我掉个镊子你骂我眼睛长在屁股上，我不小心漏安一个零件你骂我活死人，我去趟厕所时间稍微久了点儿你骂我得了妇科病，我他妈的打娘胎里出来都没受过这么多气！你以为你是老几，不就当了个破线长嘛，真敢把自己当根葱，你这个小学都没毕业、连老子的名字都不会写的东西……"

在场的线员们听了李彬彬的控诉纷纷点头不止，想着平日里自己的线长对自己的种种，一个个不由自主感慨得涕泪横流，一边就折回身去寻自己的线长讨说法。

线长们嗅着气味不对自然也不傻，刚才还扒着人墙，这会儿就无处可寻了。几分钟后，他们返回了车间。领阵的是大腹便便的车间主管，主管在多位线长的撑扶下踩上了两张凳子。他恶狠狠地扫视了一眼车间，将大手一挥，震耳欲聋地喊道：

"给你们一分钟时间，一分钟后不在工位上的统统开除！"

几个线长删繁就简地学舌道：

"统统开除、统统开除！"

没有人怀疑主管的决心，这座大厂每天新进员工都足够配置一个上千人规模的生产车间，开除几百号人自是不在话下。黑压压的人堆由外而内松动起来，似乎还不到一分钟时间，大家各归各位。

车间里重新寂静下来。洋鬼子的后脑勺摔裂了，他一只手捂着伤口一只手握成拳状靠着线台，一条大长腿不知是因为愤怒而痉挛还是因为痉挛而愤怒，时不时抽动几下，提醒着人们回忆刚才那出色的一脚。在他的身后，一摊刺眼的鲜血已经凝结。一旁的李彬彬则像是刚参加完一场长跑比赛，他的目光在洋鬼子抽搐的大长腿上长久地逗留，像是提防着它再次出其不意地朝自己飞来。一群厂区治安员和两个穿白大褂的医生来到他们身边的时候犹豫了一会儿，最后，治安员走向了李彬彬，医生走向了洋鬼子。

林东再次见到李彬彬是在厂区医务室里。李彬彬像一个迎接远客的主人似的拿着他的手握了又握，而他则像个刚光顾了李彬彬家的小偷，面对这位毫不知情的主家林东恨不能自己给自己戴上一副手铐。

也许别的人可以不知情，但林东比任何人都清楚洋鬼子只不过是压垮骆驼的最后一根稻草。如果他不多嘴刘萍香的事情李彬彬就不会动怒，鲁琴也就不会抓着机会煽风点火，洋鬼子更不会英雄救美同李彬彬大动干戈。等他们俩真干起架来了，林东却袖手旁观，既没有与自己的好兄弟并肩作战，也没有顾及到他的前程从中劝解，不说加油鼓劲，甚至连一句"不要打啦！"这样的话都没有。林东对李彬彬说：

"我没脸来见你了。"

"东哥你这是说的什么话！"李彬彬躺在床上欠着腰说，"打得太过瘾啦！我这么大没打过一次架，这次居然也没吃着亏，你去看看洋鬼子，那叫一个惨！"

早在外间，厂区的值班医生就向林东表露了他的震惊，文弱瘦小的李彬彬竟将人高马大的洋鬼子揍得鼻青脸肿、后脑壳上缝了六针，而自己只受了一些皮外伤，腹部虽然挨了一脚，却也并无大碍。医生按捺住内心的激动重重地拍了拍林东的肩膀：

"你这朋友真有两下子！"

洋鬼子的惨败恐怕是所有人都没有预料到的，线上的人除了鲁琴估计也没谁希望看到他能神气活现地从地上爬起来。正如那个年轻医生说的，李彬彬真有两下子。自洋鬼子对他展开报复行动以来，几乎每隔几天他就得被揪出来骂上一顿，还连累李彬彬和何胜文也跟他遭罪，如果遇上哪天洋鬼子没来找茬儿，他反会整天坐立不安。厂方在斗殴事件发生后迅速对两个当事人做出了处置，丁登洋系一线之长，无视车间管理条例，率先动手引发肢体冲突，做开除处理，并列入招聘黑名单，终身不得再进入本

　　　　　　　　　　　　　　小的海　｜

厂。线员李彬彬亦做开除处理，列入招聘黑名单，终身不得再进本厂。

"听说他头上缝了六针。"林东无法确定李彬彬是否已经知晓他被开除的消息，看着他满脸的豪情与愉悦，林东提前体会到了分别的痛楚。

"你们都知道啦？！"李彬彬喜出望外地说，"大家都很解气吧，忍他很久了。"

"你下手太重了。"

"太重了？"李彬彬对林东的说法显然十分不满，轻哼了一声，将脸向一侧偏去，"没把他摔出个脑震荡还算便宜他了。"

"线上的人都说你人不可貌相，发起狠来人鬼怕你三分。"林东兜着手在李彬彬身旁坐下，"刘萍香知道情况了没有？"

"嗬！我刚打电话告诉她说我把线长揍了一顿，她死活不信，说什么我要是敢和别人打架她就敢把手机吃下去，后来我让她马上到厂区医务室接我，如果她请了假这会儿就应该在路上了。"李彬彬说，"什么事都有第一次嘛！"

"她来了就好。"与这波澜壮阔的一天相比，刘萍香的那个谎言已经无足轻重了。

李彬彬像突然记起什么似的突然搭住了林东的肩膀，说：

"东哥，你想不想去看看洋鬼子的㞞样？他就在走廊尽头的那间病房里，那个医生怕我们到了这里还打，所以把我们隔得很开。"

"去看他？"

其实在离开车间之前林东就去问了鲁琴要不要一起去看她的大英雄。当时鲁琴似乎没听明白他的话，仰着一张满是泪痕的脸无助地望着他，既没有说去，也没说不去。洋鬼子和李彬彬前脚被治安队带走，鲁琴后脚就被车间组长唤去了办公室。鲁琴呆愣的眼神从僵硬中逐渐苏醒过来，她抬起袖子揩干眼泪，没有理会林东，而是信步走到了线长控制台，目光黯淡地扫视了一眼全场，吃力地推上了红色电闸，流水线轰然开动。

林东穿过漫长的走廊来到了最后一间病房前，透过无色玻璃，他看见昔日里风光无限的洋鬼子此刻正落寞地躺在一张窄床上。

"是林东吗？"洋鬼子微弱的声音从里间传来，"我知道你会来看我。"

林东硬着头皮推门进去。洋鬼子果然伤势不轻，头上包扎着白布，一张大长脸看着竟短了一半不止。"我没什么意思，只是来看看，你别误会。"

"呵呵！"洋鬼子咧着青肿的嘴怪异地笑了一声，"没关系，不重要。"

"那我走了。"林东开始有些后悔走进这个房间，他嘴上说没什么意思，这叫他自己都难以相信。

"你先别走。"洋鬼子吃力地抬了抬手臂，指着墙角的一条塑料方凳说，"你去搬个凳子过来，我有几句话要跟你讲。"

"我站着就好。"林东说。

"其实……其实我知道你没举报我。我的事情根本用不着举报。"洋鬼子说。

"既然你知道我没去举报你，为什么还要报复我？"林东愤怒地说，"也许我真应该去举报你！"

"对不起！"洋鬼子说，"我也不知道自己为什么老是针对你，以前我们的关系并不差。"

"都过去了。"林东说。

"你人很好。"洋鬼子说。

"你说完了吗？说完了我就走了，李彬彬还在那边等我。"林东转身要走。

洋鬼子没有再说话，等林东走到门边，他却突然冒出一句：

"鲁琴就交给你了。"

林东敲了敲自己的耳朵，"你说什么？"

洋鬼子没有理会林东的诧异，不无悲戚地说：

"我把鲁琴交给你了。"

"你疯啦！"林东吼道。

"你放心，我没有碰过她。"洋鬼子把目光从床尾调转过来，直视着林东，"鲁琴是个好女人。"

"你真的疯了！"

"我和她没有未来了，厂里是不会留我的。"洋鬼子说，"我现在只想回家！我五年没回过家了……"

"或许你可以跟厂里求情，他们会网开一面？"

"你以为你是谁？"

洋鬼子把头深深地埋进了被子里，巨大的抽噎声使他宽大单薄的背脊猛烈地抖动着。比起熬了数年的职位来，鲁琴显然让他更为不舍。如果他和鲁琴没有开始过，他现在总还能找到几条令自己欣喜起来的借口，但事实是鲁琴的胳膊在他的手弯里绕了半个月，而如今他的手弯将回归空旷。洋鬼子捏着鼻子擤出几管浓涕，对林东说：

"你要待她好！"

"我有女朋友啦！"林东欲哭无泪地回道，"就在不久前我找了个贵州女孩儿。"

林东没有告诉洋鬼子他现在的女友其实就是周贵生的前任，他说他们感情还不错，即使他仍是单身，他也断不会接受洋鬼子的"馈赠"。鲁琴好，他的向娟也不差。他反反复复跟洋鬼子强调鲁琴不是一盘菜，可以随便转个桌，感情也不是一盒烟，谁抽都一样。洋鬼子对林东的说法很不以为然，他说：

"鲁琴如果是一盘菜，我没下过筷；鲁琴如果是一盒烟，我没开过包。"

林东见水越搅越浑，索性不再打各种比喻，他说：

"鲁琴不是菜也不是烟，她是一个活生生的人，人是有感情的，你怎么知道她不会辞了工跟你回河北呢？你们随便做点什么小生意，哪怕是摆个水果摊，完全可以东山再起啊。"

洋鬼子被林东的话惊得一愣，用不解的眼神看着他，说：

"人家现在已经是正线长啦！"

六

李彬彬走的那天林东从厂里请了假送他。出了宿舍区门禁，李彬彬拖着栏杆包一言不发闷头往刘萍香所在的街道走。林东不知道他是要去同刘萍香复合还是道别。那天，刘萍香得知李彬彬被开除后果断地选择了分手，她甚至都没有询问过多的细节，没有走近李彬彬察看他的伤势，没有直视李彬彬和林东，也没有接受他们的直视。她抓着手机的右手往左手的掌心里一砸，说，分手吧！然后便甩上了房门。过了好久，李彬彬才对那扇紧闭的房门挤出一句话：

"我不男人你说我不男人，我男人了，你跑了。"

林东小心翼翼地跟在李彬彬后面走着。闷头行走的李彬彬在刘萍香工作的义乌地下商场门口猛然刹住，他不知从身上哪个地方摸出了一支烟，拍着林东的肩膀说：

"我进去办点事。"

林东恍若隔世般望着李彬彬，不知所以地低了低身子，在李彬彬完全消失在义乌地下商场门口那一瞬，他的心才突然紧了一下，一个荒诞的想法在他头脑中一经闪出便挥之不去了：难不成李彬彬要和刘萍香来个同归于尽？他无法得到的，别人也休想得到。林东忽然记起李彬彬手上一直拿着一个运动水壶，也许水壶里装的根本就不是水，是硫酸？难怪李彬彬唇皮尽裂也不见他在路上喝过一口！林东被自己的想法吓得心脏突突直跳，他顾不上照看行李，三步两步跳下台阶，不等站定，他的目光就敏锐地捕捉到了李彬彬的身影。

李彬彬正同商场一位前台收银员吵得不可开交，两个人隔着半米来宽的柜台打着口水战。

一个说："自己的女人都管不住，来这里要什么狠！"

一个说："你再滥说信不信我撕烂你的嘴。"

一个说："撕烂我的嘴？摸摸你自己长了几个脑袋！"

一个说："你再说说试试，我老早不想活啦！"

一个说："不想活你去'坠楼'啊，又没人捆住你的脚。"

……

围观的人愈来愈多，后来的人只听见"坠楼"一个关键词，不停地向前排打听这一男一女究竟谁要坠楼，既然坠楼怎么不去天台。在外围的林东忽然看见一个老板模样的人带着几个腰上别了狼牙棒的仓管风风火火往前台赶，他这才意识到大事不妙，见缝插针绕到了李彬彬身旁，一把从李彬彬手上夺过了运动水壶，轻轻地放在了年轻女收银员面前，不温不火地说：

"你知道这里面装的是什么吗？"

女收银员被问得如坠云雾，迷瞪着双眼说：

"什么？装了什么？"

林东顿顿地吐出了两个字：

"硫、酸。"

趁众人呆傻之际，林东拖着李彬彬就往外跑。在商场门口，他们没有看见几分钟前还搁在围栏边上的行李。林东还犹豫着是

钝刀

否要停下来寻找一番，李彬彬连忙甩手说算了、算了，丢了干净。听得身后脚步杂乱，二人又是一阵狂奔。越过三条街区后，他们终于体力不支倚着一个破旧的电话亭再也迈不动半步。林东揩干脸上的汗水正要问李彬彬那个运动水壶里是否真的盛了硫酸，却见李彬彬三番五次抬起袖子揩脸，细一看，李彬彬揩的竟不是汗，而是泪。林东以为李彬彬是因丢了行李而伤心落泪，内疚地说：

"都怪我，我回去找，你在这里等着。"

李彬彬哭得更凶了。一张小圆嘴被两侧的肌肉无限牵扯过去，几乎成了一条直线。两管清亮的鼻涕像黏腻的胶水似的悬垂下来，随着他身体的抽搐前后左右甩荡着。

"她……真的……学坏了！"

"谁？"

"她真的学坏了……"

李彬彬说的不会是别人，林东醒悟到，如此想来刘萍香自然也就是刚才那场争吵的导火索。李彬彬在商场里没找见刘萍香，便向前台女收银员打听她的下落，谁想女收银员的答复并不客气，甚至有些挖苦，李彬彬正是从收银员口中证实了刘萍香学坏的事实。林东记起那天早上他从"爱转角"出来后和刘萍香意外地邂逅，那时他心里虽已产生怀疑，回到厂里后也如实汇报给了李彬彬，但当他亲耳听到李彬彬说刘萍香学坏了一时却难以接受。他知道男人有钱就变坏、女人变坏就有钱的流行说法，也目睹了身旁不少女工的一夜暴富，今天你还看见她们用的直板诺基亚，明天就用上了苹果4，后天就不来上工了；不止女工，有些身形壮硕或者长相白净可人的男工，今天还穿二十元一件的地摊货，第二天便脚踏蜘蛛王皮鞋、身披七匹狼男装，再往后同样销声匿迹、人间蒸发。林东不知是该替刘萍香感到惋惜还是同李彬彬分享悲伤，只说：

"也许她有她的难处，你得看开些。"

"她有难处可以跟我说，她不是要钱吗，我可以去卖血、去卖肾啊……"李彬彬左手撑着膝盖，右手扶在腰际，不自觉地往里抠按了几下，仿佛那侧的肾器已然消失。

"事情不是你说的那样简单。"林东无力地说。

"女人啊……"李彬彬感叹道，"东哥你走吧，我回家了。"

李彬彬回乡后的第五天林东再次见到了刘萍香。这一次相遇仍在"爱转角"，时间却从清晨改到了深夜。事后每每回忆起在"爱转角"度过的第二个夜晚，林东心里都像揉进了一把碎玻璃似的痛不堪忍。

那天他和向娟连晚饭都没顾上吃便急不可耐地一头钻进了"爱转角"。他们要了同一个房间，没等老板下楼就像两只寻水的涸鱼般迫不及待地亲吻起来。林东尽管已经见识过向娟曼妙的胴体，但真切地抱着她时还是不禁两股战战，几欲瘫倒。他一只手托着向娟的脖颈，一只手解开了她的衬衫前扣，他激动地把手按在那对饱满的胸乳上正待进一步动作，未料竟不战而溃败走了麦城。向娟一开始还不明白状况，以为是自己嘴上下力太狠咬伤了林东，一脸无辜，直到她看见林东洇湿的裤子才恍然大悟，立即笑得捧腹。

林东尴尴尬尬站也不是，坐也不是，双手交叉遮在私处，仿佛遭了宫刑般无地自容，勾头低脸像个犯了错的小学生似的，一边嗫嚅道：

"我去趟卫生间。"

林东关上房门后如释重负地喘了口气，恨铁不成钢地拍弹着私处走进位于楼道最末端的楼层公共卫生间。等他洗罢回来，向娟已经一丝不挂地在床上躺定，一双眼睛直勾勾地看着林东。

"你过来。"

林东头脑一阵晕眩，差点儿问出了"过去干什么"这样的呆话。他哆哆嗦嗦褪着衣裤，谁想阳物却在擦碰间再度挺立，起起伏伏，动动荡荡，大有一雪前耻之势。林东喜出望外地说：

"我又行啦！"

天色暗下来，房间里一派朦胧之气，涂红漆的墙壁皮面油亮，映着灯光荧荧生彩。林东把头从向娟双乳间抽出来后便久久地注视着对面的红色墙皮，表情漠然地似乎沉浸在一种连他自己也说不清道不明的心绪里。林东不知怎么就想到了李彬彬，便对向娟说起了他被开除的前因后果。他说李彬彬回乡后还惦记他这个兄弟给他打电话，而他却没主动联系过他一次。李彬彬电话里说他打算在县一中附近租个门面开间小饭馆，专门请掌勺师傅成本高，自己那两下子又上不了台面，正不知如何是好，特问林东讨主意。林东当时支招说开不了小饭馆就开粉面馆，多多少少还是会有些赚头，关键在于下粉炒面不要什么技术，把家里五六十的老娘搬出来都能很快上手。

一想到李彬彬的粉面馆或许已经开了起来，林东的眼眶便不禁湿润了，他的难过并非因为李彬彬或者他的粉面馆，林东想到了自己曾经在十字街上摆的那片书摊。十字街上三日一圩，每逢圩日林东就会早早地拖着一箱子书提着一块尼龙布占住中心小学门前那个炙手可热的摊位，在林东的书摊边上，一个居无定所的中年汉子前后卖过老鼠药、速效壮阳丸和断指再生粉。林东记得在他彻底收摊那天中年汉子摆出了两样新品——艺术扑克牌和艺术打火机，所谓艺术即一丝不挂。圩集上的男人们闻风而动，里里外外将汉子的摊位围了个水泄不通。林东用一本《奇门遁甲》和一本《孙子兵法》换到了一副扑克牌、一个打火机。

不明就里的向娟见林东无缘无故淌起泪来，疑疑惑惑既不敢问也不好劝，搂着林东的双手暗暗加力，像是要把他塞进自己的胸腔里。

"我没事。"林东说。他考虑着是否要告诉向娟他之前开过书摊之后还想开书摊，但他对向娟毫无信心，他想向娟准会惊得合不上嘴，一片愁云惨雾地对他说："就你，还卖书？！"

"我可能是太孤独了。"林东垫高后背反抱住了向娟，为自己的郁郁寡欢找了一个合适的借口，"身边连个可以说话的人都没有，每天一回寝室就像回到墓穴一样，嘴巴寂寞得要长草。"

"你是太孤独啦。"向娟怜爱地说道，"我自己在店里一天到晚呱啦个不停，想歇歇不住，都没想到你会那么孤独，可是你又不能带手机进车间，要不然我们就可以煲电话粥了。"

"也许久了就会习惯的。"林东说，"这不是什么大不了的事。"

向娟犹疑地望了望林东，扭过身子捉住了他的手臂：

"那……我们干脆在外面租个房子？三天两头往外面跑也费钱。"

"啊？！"尽管闪电同居十分普遍，但林东还是有点不适应这个节奏，"会不会太快了点？"

"快？我以为我老土，没想到你比我还老土。"向娟挖苦似的说，"我看你是舍不得那点房租钱吧！"

林东不知向娟以怎样的逻辑说出了这样一番话，只觉如鲠在喉。向娟见林东不语，还以为自己估中了他的心思，慷慨地说：

"你要实在不愿意，那房租钱平摊，这样总可以了吧？不过，水电费嘛还得是你出。"

林东胸闷气短，脸似白蜡。向娟急了，腾地从床上坐起来，吼道：

"天呐！这样了你还不情愿？你到底是不是个男人！"

林东觉得向娟下一步很可能要掀床板，急急解释道：

"这根本不是钱的问题！"

"不是钱的问题是什么问题？我看你就是得了便宜还卖乖！"向娟上气不接下气地说，"别给点阳光你就灿烂，给点河水你就泛滥。"

林东嘴上说同居不是钱的问题，但他的思维偏还就叫"钱"字俘获了。他在心里嘀咕着，一个月房租少说五百，一年就是六千，两个人住在一起不开伙还好，开了伙自然柴米油盐、锅碗瓢盆样样齐备，即使不开伙，好友往来也少不了吃吃喝喝，逢年过节得买这送那……最后，林东甚至想到了安全套，如果真和向娟同居了，光买安全套都是一笔不小的花销！

"你还笑？"向娟察觉到了林东脸上一丝稍纵即逝的笑意，怒不可遏地喊道。

"我没笑。"林东不敢把安全套的事情全盘托出，"我的意思是我们在外租了房子差不多就是过日子了，你做好了和我一起生活的准备了吗？"

"住一起当然就是过日子了。"向娟软了声气道，脸颊泛起一层微红，缓缓伸出右手，在林东的腰际狠狠掐了一下。

"你看你把我当成什么人了！"

说罢二人又是一阵亲热，林东压着向娟将她的双手放至床头执意要再玩一次。向娟身体一抖便将他甩了下来，凶巴巴地说：

"你不要命了？！"

两人卿卿我我、说说笑笑转眼就到了深夜，一看表，已是第二日的凌晨一点。二人不仅晚饭未吃，加之体力消耗甚大，此时早已饿得前胸贴后背。林东虽百般不愿但还是耐不住向娟软磨硬泡外出寻吃找食。

半个小时后，林东拎着两碗蛋炒饭、两个烤鸡腿屁颠屁颠地跑上了楼。他住的楼层一共有六个房间，三三相对，他的房间挨着楼梯口，就在他刚把手放上球形旋转锁正欲开门时，一个似有似无的声音使他停下了动作。林东敛声屏气在楼道里走了一转，除了他和向娟住的那间，有四间房已偃旗息鼓，只有靠近公共盥洗室的一间房里战事正酣。

走廊里橘红色的灯光在空气中凝结着，林东踩着虚浮缥缈的步子迈向了那个往外传递出欢声浪叫的房间，他单指勾住手中的塑料袋架着门框把耳朵贴了上去。一个粗重的男声吭吭哧哧，像一头愤怒的犍牛正倾泻着对土地的不满；一个尖细的女声回环婉转、时高时低，迎合着犍牛的撞击把身体推向高潮。林东的耳朵像遭遇突发洪水的河道似的很快堵塞，随即又响起一阵蜂鸣般的聒噪之音，他往后退了几步，手却仍依依不舍地抓着门框不肯放松，他只得再次将已经堵塞的耳朵贴了过去。这一次他既没有听到粗重的男声也没有听到尖细的女声，他猛烈地甩着脑袋试图把耳腔腾空，此法立竿见影，他的耳腔马上收获了一种远古般的寂静与空旷。信心满满的林东第三次把耳朵凑了上去。

林东寂静而空旷的耳朵刚要闪亮登场却被他的眼睛夺去了风头，他的眼睛看见了一个东西在动，准确说来，是他的眼睛看见房门上的圆形锁把在朝一侧缓慢拧去。林东愣愣地看着锁把转动，脑海里一片混沌，体内的血液也出奇地冷静。他只是下意识地后退了几步，在他后退的过程中，一个女人的脸庞从门后逐渐显现出来。朦胧的灯光和女人脸上夸张的妆容迟缓了林东的判断，不知是一分钟还是几分钟后他才艰难地说出了三个字：

"萍、萍香。"

那个被林东称为"萍香"的女人似乎对他的言语甚是疑惑，她好像太久没有听到别人这样叫她了。白天她的名字是刘萍香，在夜晚，她的名字是刘彩儿。刘彩儿波澜不惊地反手合上了房门，有条不紊地说：

"这位先生，你认错人了。"

林东定定地看着浓妆艳抹的刘萍香心如刀绞，泪堤轰然坍塌。他哀声道：

"萍香你为什么要这样做啊？彬彬那么爱你。"

李彬彬的"出现"让刘彩儿的心理防线不触而溃，泪水冲刷掉脂粉，刘彩儿隐去，刘萍香出现。泪流满面的刘萍香嘴唇紧咬，头颅上仰，身体微微颤抖，伴随着地板的一声闷响，她像一个突然被抽去支撑的骨架似的跪坐在了林东眼前。

"你……认……认错人啦……"

"告诉我，为什么？"林东靠着墙壁万念俱灰地说，"你原来不是这样的。"

"对、对不起。"刘萍香勉为其难地支起身子，"我对不起彬彬。"

"你没有对不起他，你对不起你自己。"林东说。

"我、我也是没有办法了。"刘萍香说。

刘萍香告诉林东半年前她父亲在山上采石放炮时不慎从崖上摔下，落了个半身不遂，家底折腾一空。她母亲生怕她早早嫁人，为她两个即将成年的弟弟举债造起了一栋新屋，说是等她把家里的欠账悉数还上才准她成家。一开始她死活不答应母亲的条件，她母亲不急不躁，过了三天，又给她打来了电话，她一接通，却听见了父亲的声音。她父亲说他躺在床上三天没吃到一口米了，求女儿给他一条活路……

"我知道了，你别说了。"林东恳求道。

刘萍香似乎没有听到林东的请求，声音由哀哑转为平淡：

"他们不是要我还债嘛，好哇！我就去卖×喽，张开两条腿，财源滚滚来，他们养的女儿连他们自己都不心疼我心疼个×？头一个月我就给他们打了六千，填单的时候我手都没抖一下。第二个月我又打了六千，我以为这回他们会打个电话问我哪来的这么多钱，我二十四小时开着手机，晚上睡觉都把手机系在腕上，可是直到今天他们也没给我打过一个电话……"

"萍香你别再说了！"

"我白天上班，晚上卖×，虽然累点，但如果我想早一点结束这一切就必须得这样，反正没人认识我，那个圈子里多一个少一个根本无人在意。我干上这行不久后我的同事和老板还是知道了，一天下班前我的老板把我叫到了他的办公室，他怪我没有早告诉他，他说可以包养我，现在他也还不嫌弃。我答应了。谁知那个肥仔是个变态狂，他说他在色情片里见过女人可以用×吸烟，他逼我照做，我不干，他就拿啤酒瓶戳我那里……"

"我求你啦……"

"那天早上在街上撞见你我就知道我和李彬彬要结束了。他跟我在一起这么久实在苦了他了，我竟然傻到没让他碰我，我干净的时候不敢让他碰，那是因为我想等结婚了才把完整的自己献给他，等我脏了更加不敢让他碰了，我不配了！他什么事情都听我的，我准他拉手他才敢拉手，我准他亲我他才敢亲我。我曾经自私地想如果你们都不知情，我又没染上脏病，那我还是和他结婚，我愿意像只狗一样伺候他一辈子。直到那天早上我撞见你才打消了这个念头。我已经脏了。"

刘萍香缓缓地从地上站起来，双手揩干了脸上的泪迹后搂在了胸前。她见林东的嘴角嚅动着，以为他要说出什么劝慰的话来，又补充了一句：

"太脏了。"

林东望着天花板上梦幻的橘红色彩灯深吸了几口气，稍稍平复了心绪，然后从口袋里掏出了一沓东西：

"这是五百块钱，你先收下。"

"你这、这是什么意思？"刘萍香红肿的眼皮沉沉地塌下来，只露出一道比鞋带还要窄小的缝隙，"我不、不缺你这几百块钱，大、大家都不容易。"

"我知道我帮不了你多少，有一分是一分。"林东把钱推到了刘萍香面前。

"拿回去！"刘萍香毫不客气地扫开了林东的手，"说说你怎么又在'爱转角'，难道你也和他们一样是出来找乐子的？"

"我谈女朋友了。"林东指着身旁的一个房间说，"贵州人，超市职员……"

"我相信你。"刘萍香打断了林东的阐述，"我问你一个问题，你如实回答我。"

"什么问题？"

"你喜欢过我，是吗？"

"是吧！"

"那现在呢？"

林东没有回答刘萍香，只说了一句毫不相关的话便退回了房间。

"时间不早了。"

回到房间后林东以为向娟已经熟睡，没想到向娟却突然从床上坐了起来，神色庄重地对他说道：

"亲爱的，我们到底要不要在外面租房呢？"

"租。"

周贵生日记摘录：

　　××年××月××日　天气　阴　周一
　　今天天气不是很好，上午下了半天雨，中午停了，下午又开始下，阴了一个多月，身上都要发梅（霉）了。
　　昨天去药店里买了一合（盒）皮炎平，感觉没什么用，还是 yǎng（痒），唉！没办法，问了几个老乡，他们说生石灰可以消毒杀 jūn（菌），可是去哪里才能弄到呢？等过年了，一定要记得从家里带一包过来。

宿舍里来了两个新人，好像是湖南的，但是他们说的话我听不太懂。有一个个子高一点，有一个 ǎi（矮）一点，个子高一点的那个来了就开始看书。

明天我就去买本新华字点（典），好多字都不会写。

×× 年 ×× 月 ×× 日　天气　晴　周四

每天上班无聊得要死，天气太热，臭虫咬了这里咬那里，好都好不过来，痒死人，老坐着不动，那个地方又长出了两片湿正（疹），医生说要打吊针消炎，我不干，他们就想壮（赚）我的钱，先买肥皂洗两天再说。

今天坐在线上，因为下面痒，就老是动来动去，洋鬼子看我不双（爽），叫我去拉物料，一天拉下来，手都起泡了。

娟这几天发神经，一点点小事也要和我吵架，一定要她 yíng（赢）了才放过我。

我想好了，她明天要是再和我吵，我也要发次火给她看一下。

×× 年 ×× 月 ×× 日　天气　阴　周六

家里下半年要起房子了，我今天把所有的存的钱都打了回去，房子起好了就可以取（娶）老婆了，听说村里今年好多人家里都起了新房子，都是三层四层，我的钱起一层，大哥的钱起一层，老人家没有钱，两层也过得去了。

钝 刀

我想住弟（第）二层。

××年××月××日　天气　晴　周三
三个月没有写日记了，感觉什么都没意思。
在一起皮（彼）此折磨了那么久，分手了。

××年××月××日　天气　晴　周一
林东比我好，他喜欢看书，娟跟他在一起不会吃
亏，他喜欢鲁琴，鲁琴不喜欢他，昨天晚上，我从他手
机里搞到了照片，到时候我就发过去。
就这样吧！

保证书

一

"李杜，哥摊上大事了。"

多半年没有联系过的好友雷鸣在五月的一个黄昏给我打来一个泣不成声的电话。那会儿我刚从女生公寓楼上下来，怀里搂着个让我心情糟糕到极点的布箱子。这只箱子还是大一入学时中国移动送的，红底蓝格，每一个得到它的人都像是如获至宝。当我们明白羊毛出在羊身上的道理时，我们的生活已被牢牢绑定。我单手单膝撑住布箱子，万难地从裤兜里掏出了手机，用脑袋和肩膀夹住了，然后像一只骄傲的螃蟹似的横行出了公寓大厅。

"有事说事，别哭哭啼啼的。"我强忍住悲伤大言不惭地说，"像个女人。"

"我不小心睡了个女人。"

雷鸣更大言不惭地说。不小心都能把个女人给睡了，若是小心了还不成了女人公敌？若在平时，我可能会不管咸淡地同他扯上一阵，但这天显然不行。

"管你睡了没睡，我没工夫陪你瞎聊。"

雷鸣一听我是要挂断电话的语气，急急吸住鼻涕，委屈地说："其实、其实是我被那个女人给睡啦！"

直到这时我才幡然醒悟：十几年来跟女孩子搭句话都会面红耳赤的雷鸣，如今已经敢拿和女人睡觉这样的事来和我开玩笑了。而我，一个在情场上摸爬滚打多年的老江湖，居然抱着一堆爱情遗物哭哭啼啼地走在街上丢人现眼。一时间，我几乎无法接受这个现实。如此一来，我本能地更愿意相信雷鸣是被一个女人给睡了而不是睡了一个女人，尽管从物理属性来看二者之间的差别微乎其微。

我把布箱子甩在路边的一张木条椅上，气急败坏地说：

"这他妈也算事儿？多少男人每天巴望着被女人睡呢！难不成你还觉着自己亏啦？"

雷鸣在那边顿了顿，然后像受了同学欺负去老师那里告状的孩子一样细数起了那个女人的罪责：

"我说不陪她去开房，她非拽着我去。我说我就送到门口，她非要拉我进去喝几杯。我说就喝一杯，她说好事要成双，成双了又说要四季发财。我知道再接下去肯定是六六大顺，六杯下去我说醉了，要走，她又说清楚自己醉了的人肯定还没醉……"

"说重点！"

"后面就脱衣服了。"

"谁脱谁的？"

"她的衣服是她脱的，我的衣服也是她脱的。"

"然后呢？"

"她身子一光，我就天旋地转了……"

随着雷鸣描述的深入，我对他被睡了的说法的认同感不断加强。我甚至可以想象出此前连女人手指头都没碰过的雷鸣面对那个女人的裸体时的全部慌张。男人迟迟早早总会经历这种慌张，就像一个士兵总得上过战场才能像个样子。虽然到目前为止我不能说这对雷鸣而言是什么好事，但这也并非什么坏事。

"你小子艳福不浅啊，果然是不鸣则已，一鸣惊人，头一回就开了门也见了山，小弟甘拜下风、自叹不如！"我在条椅上坐下。这张条椅由十二块木条组成，供屁股坐的五条，供背靠的七条。每一块木条上都或深或浅地刻着些大同小异的字，不是某某某爱某某某一生一世，就是某某某一生一世爱某某某。这其中最有创意的一条是一个心形框了"山无棱天地合乃敢与君绝"十一个字，下面留着两个大写的英文字母——LZ。这不正是我和钟琳姓氏的缩写吗？这绝不是我的杰作，我也无心谴责这种不文明行为，可我仍想从哪里找把斧子把它劈掉。

"什么时候带上嫂子让我开开眼？"

"问题就在这里！"雷鸣连说对对对，"问题就在这里！"

"什么问题？"

雷鸣干咳了两声：

"那种女人，你敢娶回家？"

"呃……从理论上来说，我是不敢的。但你好歹是和人家睡了，这个又得另当别论。"

"不仅仅是睡了，现在她还怀上了。"

"一箭双雕、一石二鸟哇！这下老婆孩子都有了。"没等我开口发表感慨，雷鸣便抢去了话头。他说前些天下班的时候那个叫江秀的女人扔了一沓检查单给他，用涂了粉红色指甲油的食指戳着他的胸口道：

"五周半了，你看着办！"

"她让我看着办，你说我能怎么办？第二天我跟她说让她做我女朋友，过段时间工作稍微清闲些就请个假带她回老家领证办酒。她已经怀了我的种，我再怎么不情愿也得看我崽的面子不是？我以为她会欢喜得不行，谁知那女人挥手就赏了我一个嘴巴子，说我癞蛤蟆想吃天鹅肉——不知天高地厚。"

"她来翻脸，求之不得呢！"我不断地想象着雷鸣遇上的到底是个怎样的女人，她可以先厚颜无耻地夺了雷鸣的处男之身，怀孕后又理直气壮地赏他耳光。最后我得出的结论是雷鸣已经不只是遇人不淑，那个叫江秀的女人绝对是来者不善了。"只要孩子一流，这事就一了百了，这种事现在不是多着吗？前段时间报纸上还说我们又多了一项世界第一，年人工流产一千三百万人次，多你这一个不多，少你这一个不少。"

"这就是为什么我打电话给你。"

"你不会找我借钱吧？我还有一个月就要彻底从学校滚蛋，眼看就要流落街头了！"

"我知道你没钱，我自己借到一半了。"

"她要多少？"

"五万。"

"五万？去美国流都花不了这么多！"如此狮子大开口，充分印证了我对那个女人来势的精准分析。

"所以我想到你了。"

"我？你想让我怎么帮你？"

"砍价……"

"砍价？！"

"你不是中文系的大才子吗？省级辩论赛都能拿名次，校级辩论赛'三连冠'，对付一个初中文化的女人还能难得住你？"

"辩论和砍价是两码事！"

二

我和雷鸣的友谊贯穿了我们的整个中学时代，所以我才敢信誓旦旦地说他和哪几个女生有过交谈我都能用手指头勾出来。其

　　　　　　　　　　　　　　　　　小的海 |

中和他来往最为密切的是一个叫兰旭彩的女生，这个女生后来成了我的第一任女友。我父亲和雷鸣的父亲是县氮肥厂的同事，九十年代氮肥厂倒闭后我父亲经营起了一家炒货摊，雷鸣父亲的单车维修铺子开在我家边上，炒货摊另一侧便是兰旭彩家的米粉店。

虽说近水楼台先得月，兰旭彩成了我首任女友这件事没有影响我和雷鸣的友谊，但我心里一直有愧。高中毕业后我考上省会一所二本院校，兰旭彩去了北京一所军事院校，雷鸣落榜。兰旭彩早早去了北京。她走的时候没向我道别，半个月后来了一封信，信中基本表述了两个意思：一、她和我以前是好朋友，以后还是；二、劝雷鸣要继续念书，要有一技之长才不会被时代所淘汰。

我将信的后半部分撕了下来给雷鸣，正是这张小小的浸透着我泪水的纸片改变了雷鸣的人生选择。他本已收拾妥当准备南下广东打工，后来改变主意和我一道去了省会。他选了一所大专学热门的现代物流，而我则如愿以偿地进入了中文系。大一的时候我们往来甚密，许多个周末我们租了自行车在陌生的城市里苍蝇一样乱窜。这座城市的西边有大片大片的河滩，河滩上生长着密密麻麻的芦苇，我们在里面煨红薯、烤玉米，吃饱喝足就顺势躺在芦苇上看城市的天空。后来这个骑行队伍又扩大到老乡会，几十号人一溜儿拉出去就很有些巡街的味道了。大二时我渐渐淡出了朋友圈。我恋爱了。如果将兰旭彩说成是我"首任"女友是我的一厢情愿，那么钟琳成为首任自然是毫厘不差了。

现在我还能记起第一次带钟琳去见雷鸣时的情景。那个时候这座城市的地铁尚未建成通车，我和钟琳转了三趟公交历时两小时四十五分钟到达了雷鸣的学校。在一片栽着小叶黄杨的绿化带前，我和钟琳相隔一米来远兜手站着。正是秋末冬初，天气很有些冷意。她那天穿一件淡蓝色风衣，一头秀发披至腰际，左七右三分开的长刘海儿刚好将一张清丽的脸庞廓住。每次说话前她总要先将七分这边的刘海儿往耳后搭一下。

"你干吗不把头发束起来？"

"冷。"

"可是不束起来会很麻烦。"

"呵呵，是吗，又没麻烦你。"

"总之，是个麻烦吧……"

在来的路上我几次试图牵住钟琳的手都未能成功，两人之间的对话既干硬又针锋相对，我心里打着退堂鼓决定在雷鸣出现时再去牵一次她的手，这一次钟琳竟然没有躲闪。后来我问她为什么三番五次拒绝我牵她的手，这让我多少有些难堪。她回答说：

"牵手容易相守难，所以我希望我们的牵手要困难些再困难些，或许相守就易了。"

时隔三年，我乘地铁仅用十五分钟就抵达了雷鸣的学校。他如今工作的地方离学校不过百十米，我想着再去校门口看看就打了电话让雷鸣过来找我。时值炎夏，我神色黯然地蹲在路边，校门口那片绿化带里的植物已经换栽成刺玫瑰和三叶草，刺玫瑰的深红和三叶草的淡绿在烈日的暴晒下油光闪闪。我想估计是换了校领导，可我想不明白为什么领导们总喜欢拿这些绿植做文章，看着眼前的刺玫瑰和三叶草我不禁为它们担心起来，刺玫瑰和三叶草如果知道自己即将到来的命运是否更愿意现在死去？我眼睛有些涩涩的，强烈阳光让我更觉刺痛。三年前那片小叶黄杨确切是荡然无存了，我脑海里忽然闪过那天穿淡蓝色风衣的钟琳和她垂在腰际的长发。我很想和什么人说说话，可我的身边空无一人。在来之前我对雷鸣说我是凑巧到 S 区面试一家培训学校的作文教师，免得他过于内疚。

"李杜李杜，你来了，终于来了。"雷鸣骑着一台破破烂烂的电单车出现在我面前，一边摘着头盔，一边喜不自禁地说。他的头发在高中时显露出少年白的趋势，经了几年的发展已银灰成一片，再加上他面容憔悴，整个人看起来就很有些凄楚了。

"你出了事，我当然要来。"我拍了拍雷鸣的肩，他肩膀软软绵绵的，里面像塞着棉絮，"不过说实话，我心里也没底。"

"不知怎么，你一来，我好像就有依靠了。"雷鸣脸上冷不丁地挂下了两行泪水。

在一家兰州拉面馆里，雷鸣给我点了一碗牛肉面给自己点了一碗素卤面。我说什么都不肯吃牛肉面，雷鸣也死活不吃，两人争执不下，最后只得让店老板把牛肉面换成素卤面。没想店老板却说：

"牛肉面换成素卤面可以，但换的素卤面得按牛肉面的价钱收。"

雷鸣本想节约开支，没想花了一碗牛肉面的价钱却只吃到了一碗素卤面，还惹了一店人怪看。恰在这时一个异常嘹亮的铃声在雷鸣口袋里响了起来，他手忙脚乱地隔着裤子挂断了电话。我问他是不是不敢接那个女人的电话，雷鸣说为了筹款他已经忍痛把一台新买了不久的智能机折旧出手了，怕我不信便从口袋里小心翼翼地滑出了一个有着巨大按键的老人机。

"实在没脸把这机子拿出来。"

"寒酸到这地步，也太夸张了吧！"在智能大屏手机泛滥的3G时代，雷鸣手中的老人机无异于当年板砖一样的大哥大。我一时没忍住喷出几口面来。

素卤面和诺基亚老人机让沉重的气氛轻松了不少，我趁机凑到雷鸣耳边细声说：

"爽不爽？"

"太快了，还没进去就出来了。"

"第一次都差不多啦！一共干了几次？"

"两次。"

"一次两万五呐！"

"一次两万五！"

一提及钱，雷鸣脸上刚刚才泛起的活色立即又消遁了。以他目前的工资水平，除去花销，两年下来也勉强能剩个五万。这也就意味着一次放纵轻而易举地让他两年的艰辛付诸东流，而那个叫江秀的女人只需往手术台上一躺然后便心安理得地坐享其成。我忍不住问：

"那个女人到底是何方神圣？"

雷鸣说江秀是新入职的员工，面试那天他正好在场。从简历上他得知江秀年纪与自己相仿，初中学历，此前做过电信公司话务员、淘宝客服和酒店前台。面试主官问过江秀一个问题之后便决定聘用她。

"你为什么选择我们这样一个完全陌生的行业？"

江秀略微思索了一番，挺了挺上身，眼神里撒出一张网：

"现代物流正在深刻地改变着我们的世界，顺之者昌，逆之者亡。"

雷鸣第一次同江秀接触是在半个月后朋友的生日聚会上，正是这个夜晚开启了雷鸣的受难之旅。作为最后一位来客，江秀一到便迅速占据了主场。江秀第一杯为表迟到的歉意，一饮而尽；第二杯敬寿星，又是滴酒不剩；第三杯感谢大家数日来的关照，仍面不改色。三杯喝下来大家纷纷敬起了江秀，江秀自然来者不拒。有一个人没有敬她，雷鸣。向来滴酒不沾的雷鸣见过江秀喝酒的架势后，推说自己酒精过敏硬是没碰酒杯。他看着她将一杯杯白酒像灌白开水似的灌进了喉管，他怀疑江秀的肚子不是肚子，而是一只生来只为盛酒的巨大容器。

聚会结束时，雷鸣不仅垫付了花销，因为这时他的同事已经无法分辨出一张纸巾和一张钞票的差别。然后雷鸣又义不容辞地将一个个烂醉如泥的同事送上了的士，最后一个离场的是江秀。雷鸣在忙活的时候江秀四脚朝天地瘫在沙发上，等他准备进来搀她时，却见江秀像个没事人似的跷着二郎腿喝着果汁。

"雷哥，你来了。"

"你……你……"尽管江秀叫出了他的名字，但雷鸣还是退到门口再三确认自己是否走对了包厢。

"辛苦你送我去宾馆开间房，我这两天正在搬家，新窝旧巢都没法住。"江秀说，"你把剩下的酒水什么都打包，别浪费了。"

没等雷鸣同意，江秀早已舞着身子站了起来。雷鸣赶紧抢步将她扳住，说让他来，要她老老实实坐着喝果汁解酒。后来在去找宾馆的一路上江秀都在说雷鸣是个好人。

"我没见过比你更老实的人了，在聚会上我听你总共就说了三句话，生日快乐、开心开心、散吧。"

"我说了其他话的，是你没听到。"雷鸣扶着江秀步履维艰地在午夜的大街上行进，他原以为别人会向他们投来怪异的目光，可路人们似乎对此早已司空见惯，一个个行色匆匆。"你真能喝，我头一回见女孩子拿白酒当水喝。"

"我还能喝，等会儿我们接着来……"

送江秀到了宾馆后，雷鸣用自己的身份证给她登记了房间。这个时候江秀好像清醒了不少，说她是个讲信用的人，明天一定把房费还给雷鸣，让他不要担心，因为她知道他怕她明天不认账。

"都说男人的话不能信，女人的话就能信吗？第二天她不仅将房费的事忘得一干二净，路上见着我竟也像个没事人似的。我心想人家或许不好意思，于是我就找上了门，结果却换来一通臭骂。"出了拉面馆，雷鸣激动地连拍了几下大腿。

"这、这得辩证地看。"

雷鸣并不理会我，继续着他的倾诉：

"她说要么我出五万，她把孩子流了，要么她把孩子生下来，让我做单身父亲。我一听登时就觉得我一生都叫她毁啦！我他妈的才二十二岁，抱个孩子谁还愿意嫁给我？后面我一想，她对我实在太仁慈了，别说五万，就是五十万我也得照付啊！毕业一年下来，我自己存了一万，再跟堂哥借了五千，两个要好的大学室友，一个七千，一个三千，公司同事两千，总共两万七。"

"还差两万三。"

"你知道我嘴笨，根本不是她的对手，李杜你不一样，你有三寸不烂之舌，你去跟她谈谈，说不定能给我打个折。"

"要我说，你一分钱都不用掏。"

雷鸣像看一个陌生人似的盯着我。

"你说什么？"

"房间是她让你开的，酒是她叫你喝的，衣服是她自己脱的。那么，我问你，你们那个的时候谁在上面？"

"她呀！"

"这就对了！"

"对什么对？"

"明摆着嘛，你不是被睡了，你是被强奸了！"

雷鸣一下就软在了原地。

三

"你带个人来是什么意思？"

江秀的声音从一间公寓的楼梯口处传来，颇有几分先声夺人的意味。我和雷鸣互相使了个眼色，气定神闲地端坐在楼前的石凳上，并不应声。此前我交代雷鸣作壁上观，不到万不得已免开尊口。什么事一到他嘴上，有理也吃哑巴亏。

"你好，我是他老弟。"我礼节性地站了起来，友好地点了点头，"请坐。"

"大学生?"江秀冷冷地反问道。从外表上看，她属于典型的南方女子，五官紧凑，身材娇小玲珑，给人一种能一手握住的感觉。她似乎刚睡醒，脸上残存着些许倦意，以至于她看我时眼睛里满满的敌意都因此淡了几分。

"下个月毕业。"话一出口我就后悔了，在校大学生的身份只能证明我的不经世事，不得不承认，尚未开战，这个叫江秀的女人就已开始让我失去分寸。"我……我和我哥两个人这些年念书花了家里很多钱。"

江秀似笑非笑地哼了一声，虎视眈眈地看着雷鸣。

"姓雷的，你找帮手就不能找个毛扎全了的?"

"呃……"雷鸣被江秀粗野的话语问了个措手不及，一张脸顷刻间涨红。

"大学生怎么啦?"我迫不及待地反驳道，"我大学念的法律。"

一听"法律"二字，江秀的脸忽地暗了一下。我得意洋洋地拿眼挑了一下雷鸣，有那么一瞬间连我自己都相信了自己的胡编乱造，一股法律所赋予的正气在我的胸腔里洪流般四下冲撞。我乘势追击道：

"你和我哥之间顶多算是一夜情，这事放在以前你们都可以抓去判个流氓罪，但放在当下就没什么稀奇的了，反正是你情我愿，又不是我哥以暴力方式逼迫你做了与你意愿相悖的事，所以对这件事情的性质你必须认识到位。

"我哥是个老实人，凡是与他相处过的没哪个不念他的好，他跟我说的时候也一直骂自己混蛋，知道你怀孕后更是内疚到几度想自我了断，但事情既然发生了总得有个解决的办法，他也愿意尽自己最大的努力补偿你的，手术费、营养费、误工费甚至连精神损失费，这些都可以平心静气地坐下来商量。

　　"你们同在一家公司上班，抬头不见低头见，这件事闹开了对大家都不好，而且对于一个女孩子来说，没有什么比名声更重要的了，即使你拖得起，你的肚子拖不起，我们今天不是为激化矛盾而来，你别误会，我们只想把这件事对彼此的伤害降到最低。"

　　见雷鸣频频在边上点头，我深感自己果然没有白念四年中文系。我沾沾自喜地从口袋里掏出烟来抽，然后漫不经心地看着江秀的眉头拧成了一团麻花。烟是我临时在路上买的，本想用来装装深沉，但现在看来似乎多此一举了。

　　"说完了？"江秀梗着脖子问。

　　"差、差不多了吧！"我说。

　　"我没有那么多钱。"雷鸣学着我也笨拙地点了一支烟。

　　"绕了那么远，还是钱的事儿。"

　　"你要价实在太离谱啦！"我说。

　　"那好，我一分钱也不要了。"

　　"真的？"雷鸣激动得从凳子上弹了起来。

　　江秀没有理睬雷鸣，慢慢悠悠地从凳子上起身，说：

　　"你们坐，凳子烫，我不能久坐，对胎儿不好。"

　　首次谈判以失败告终，雷鸣对我大失所望。江秀上楼后，他声泪俱下地对我说：

　　"你没和她谈之前，她只要钱，你和她谈完了，钱她是一分不要了，却是在要我的命。我看我还不如死了的好，我死了，她就什么也要不着了。"

"一点小事就寻死觅活，人若是都像你一样，这个物种早灭绝啦！"我深知雷鸣的话绝非戏说。雷鸣在家里排行老大，下面还有一双弟妹。高一时他母亲患上了糖尿病，一年四季不停药。他父亲的单车维修铺子还开着，却接连几个月也难得有次进账。现在即使是最穷困的乡下也找不出几户骑单车的人家了。这个不思进取的中年汉子用了很多年喟叹大家怎么就不骑单车了呢？想当年只有最富的人家里才买得起单车的呀！可是生活还要继续，他手也还算巧，清了一半的店面做纸扎生意，眼看就要停摆的家庭这才恢复一线生机。在这种情况下雷鸣申请国家助学贷款念完了大专。毕业后他像一个已经做好预备动作的马拉松选手，发令枪响过，他正欲全力冲刺的时候却被绊倒了。这次绊倒或许不是致命的，但是雷鸣在两年之内注定是站不起来了。

"直到现在我都没敢跟爸妈说，他们要是知道了，当场就会气死过去。从小到大，我连和女孩子说句话都脸红，你叫他们怎么相信我会去搞一夜情？不仅搞了一夜情还搞了个孩子出来，不仅搞了个孩子出来还叫那个女人从我身上搞走五万块！毕业一年来我只寄了一万块，前几天又叫雷俊偷偷地把这笔钱给我汇了过来。雷俊很懂事，不仅不问缘由，还说这学期有个香港富商到学校里捐助贫困学子，他评到了一等爱心款，有一千块钱，老师抽走两百还剩八百，如果我需要也可以立马汇给我……

"钱这个东西总还是可以挣的，留得青山在不怕没柴烧。

"以前你总笑我找不到女朋友，跟我说有女人的各种好处，那时我想既然给不了人家一个好的未来就别到处祸害，现在我算是他妈的知道错了！要是我早知道睡了江秀得付出这么大代价，之前我就应该多睡几个。我说她怎么两次都非得骑在我身上，还拿枕头蒙住我的脑袋不让我看她，你一说我才明白，我是被一个女人给强奸了！"

"雷哥，你别说了。"

我和雷鸣赶过来和江秀见面时天刚擦黑，到这会儿四周已是饭香阵阵。小区里已经有了出门遛狗的住户，那些毛发亮丽的小狗们穿着花点子衣服筛筛摇摇地从我们面前走过。

"狗都过得比我好。"一阵痛哭之后，雷鸣的情绪渐渐平息下来，他挤着嗓子朝一只脖子下悬了铜铃铛的狗啐了一口，当那只狗的主人投来愤怒的目光时，雷鸣若无其事地玩弄着打火机，打着，吹灭，打着，又吹灭。

我无法否认雷鸣的观点，但去承认狗过得比人好这样一个事实又心有不甘，只得换了一种既安慰雷鸣也安慰我自己的说法：

"狗过得再好也只是一只狗。"

晚上我借住在雷鸣与别人合租的出租房里。另外三位房客都是刚毕业一两年的大学生，有学经济管理的，在卖保险；有学计算机的，在淘宝做职业差评师；有学医药卫生的，在推销九龙神男士大力丸。他们对我的到来一致表示欢迎，欢迎之后卖保险的要我买一份保险，我说我还没找到工作，眼看就要流落街头了。一听说我尚无工作，做差评师的一个劲儿地鼓动我创业开网店，投资小风险低，只要我肯出钱他有能力在半年之内黑掉我百分之八十的同行，让我一枝独秀。我说我既无创业的勇气也无启动资金，对网店更是毫无兴致。差评师蔫着脑袋回了房间后，推销九龙神男士大力丸的挠着头皮问：

"你没有创业的勇气也没有启动资金，那你总有女朋友吧？！有女朋友就用得着我的大力丸，你可以先拿几粒试试，保证你回头找我。"

"以前有，现在没有了。"

三位房客相继摇头离开后，雷鸣满怀歉意地对我说：

"你别介意，他们对每个人都这样。"

"怎么会，现在就业压力这么大，大家都不容易。"

"那你说现在没有女朋友是骗他的吧？我前段时间还看见你在空间秀你和小琳的亲密照呢！你们在一起有四年没有？真好，这才是爱情。"

我苦笑着不知作何解释。雷鸣所说的空间亲密照是我和钟琳在公园池塘边的几张合影，一张是我们站立水边，她亭亭地依偎在我怀里，眼神从容而笃定。一张是我们席地而坐，双手紧扣，四目相对。一张是我们散漫地走在铺满鹅卵石的小径上，钟琳看着天边灿烂的晚霞，我看着她。这组艺术照在空间收获了数以百计的点赞和评论后，钟琳提出了分手。在她发信息叫我去女生楼搬那只箱子之前我曾经试图进入她的 QQ 空间，结果是我找遍了所有联系人都没有看见她的头像。她将我删除了。我上楼后钟琳并不在宿舍，那只包裹严实的布箱子放在她的书桌上，除了这只箱子，她的书桌空空如也。钟琳学的外贸英语，年初就找到了一份薪水十分可观的工作，她告诉我，不出一个月她就会办好出国签证。

在那个让我记忆终生的下午，钟琳的宿舍里还剩下她两个姐妹。她们穿着吊带睡裙吃着泡面看着韩剧，见我进来丝毫没有惊讶：

"你怎么才来？再晚几天那东西就被阿姨当成废品收走了。"

"不好意思，其实我拿走它，也不知道放在哪里。"

"是呵，这里很快就不再属于我们了。"

钟琳的两个姐妹感慨过一阵后责备起了我：

"这个点上来你应该给我们带几个外卖的，我们已经吃了三天的泡面啦！"

下楼后我接到了雷鸣那个电话，他向我哭诉自己的不幸遭遇，那我又向谁去哭诉我的遭遇呢？我望着那只盛满爱情遗物的布箱子一筹莫展。一开始我想去学校后山上刨个坑把它埋起来，但南方地区丰沛的雨水打消了我的念头。后来我又想在系部找个杂物间存起来，转念一想，杂物间也未必永远是杂物间，说不定什么时候就启用为教室或者办公室，那么等待它的还是垃圾车。我昏昏沉沉地在那张条椅上从黄昏坐到了夜晚，从灯火通明坐到了伸手不见五指，我再起身时居然将那只箱子忘得一干二净。第二天凌晨五点我火急火燎飞奔到女生宿舍楼下时，那只布箱子早已不复存在。

"三年，一切说没了就没了？"雷鸣说，"难怪那些照片我第二次去你空间硬是没找着。"

"你说得对，男人不可信，女人也不可信。"

"女人比男人更不可信。"

"自己也不可信。"我说，"到现在我都怀疑自己是故意把那只布箱子弄丢的。"

四

第二天是周末，吃过早餐后我便让雷鸣再与江秀约时间谈，雷鸣满脸狐疑地望着我，他说我的嘴上功夫他是见识了，可江秀油盐不进，要是再激怒她，真不知她会做出些什么事情来。电话一通，江秀先是一通咆哮，雷鸣开着外音把手机举得远远的，即使这样，我和雷鸣的耳朵还是被炸得嗡嗡响了好一阵。后来江秀软下了声势答应约见：

"见面可以，但我有一个条件。"

雷鸣诚惶诚恐地颤着嗓音问：

"什么条件？"

"叫你弟全程给我闭嘴！"

江秀挂断电话后，雷鸣欲哭无泪地看着我，说：

"这回不死也得脱层皮了。"

"不管怎样，坚持两项基本原则不动摇，第一，孩子万万不能让她生；第二，钱可以赔，但不能她单方面说了算。"

再三交代过两项基本原则后，我又反复跟雷鸣强调他的受害者身份，如果江秀仍是不依不饶，他尽可毫无顾忌地把脸拉下来，说是她强奸了他，她从他这儿不仅得不到一分钱，他还要告她性侵犯，让她尝尝牢饭的滋味。经过我的悉心调教，再次奔赴约见时雷鸣已是信心满满，他一改以往的愁眉苦脸，挑着眉毛对我说道：

"你买罐凉茶坐在边上慢慢喝，看我怎么应付她！"

九点半左右我们赶到上次约见的地点，这次是江秀等候我们，她身后站着一个戴一副大黑镜框长相乖巧的女生。

"这是我妹，今年研一。"不等我和雷鸣做出反应，江秀优雅地伸出她那根涂着粉红色指甲油的食指对我说，"你，给我全程闭嘴。"

我暗暗长嘘一声，深感此行又是凶多吉少。任谁也不会料到江秀能搬个研究生妹妹出来，如果雷鸣只与江秀较量尚有胜算，研究生的名头一出来，雷鸣心里估计早已溃不成军。我故作轻松地拍了一把雷鸣的屁股，两人就势坐下。

"你们好，我叫江丽。"

雷鸣生涩地笑了笑，应道：

"你好你好，你们真的很像。你姐之前没跟我说过你。"

"你还没资格知道那么多！"江秀没好气地说。

"你也闭嘴！"江丽跌下脸凶道，将我和雷鸣吓了个好歹。江秀挨了骂非但没有还嘴，反而顺从地低下了头，这叫我和雷鸣差点儿看傻了眼。

凶过姐姐后，江丽正了正衣领，轻咳了一声：

"我姐把所有的事都告诉我了，我知道你叫雷鸣，这是你弟，学法律的，你们昨天晚上在外面约谈的时候我没有出来露面，没想到你们越谈越远，现在你有什么给我说什么，别耽误大家的时间。"

"坚持两项基本原则不动摇。"雷鸣不假思索地将我的原话说了出来，江秀和江丽自然听得一头雾水，两姐妹几乎是异口同声地说：

"什么两项基本原则？"

雷鸣尴尬地挠了挠头，干咳了好几声：

"呃……一个是孩子绝对不能生下来，另一个是钱我拿不出那么多。"

"这就是你的两项基本原则？"江丽吊着嘴角轻蔑地问道。

"是、是吧！"孤立无援的雷鸣用眼睛剜了我几下。

江丽没有理会雷鸣，缓慢地将脸转向了我：

"这些都是你教他的吧？！"

"你姐让我闭嘴。"我不敢直视江丽，眼神往她两侧瞟。

江丽哼了一声，目光紧盯雷鸣：

"你是不是以为这孩子生下来对我姐有什么好处？你雷鸣有什么值得她做出这样的牺牲？我承认我姐有些行为是欠考虑，但如今实实在在的受害人是她，她这段时间哪天早上刷牙不是反胃到快将胃呕出来？"

"我也不想看到她那么难受，所以孩子早流早好。"雷鸣小心翼翼地说。

"是我们不愿意流吗？是你斤斤计较那点钱财！五万多吗？你知不知道流产对一个女人身体的伤害有多大？手术期间出多少

血先不说，术后还得连出半个月的血，你们男人去受受？"

"我倒宁愿怀孕的人是我……"只听声音，我便知道雷鸣的眼眶又开始含起了泪水。

江丽似乎不敢相信一个大男人那么容易流泪，她向江秀发问道：

"这样的男人你是怎么看上的？"

江秀耷拉着脑袋没有回答，倒是雷鸣冷不丁地一声吼了出来：

"我他妈的一分钱也不要出，我是受害者，是我被强奸啦！我要告你们！"

江秀和江丽一动不动地像被钉在了空气里，两人半张着嘴你望我、我望你，将近有一分钟的时间，时光仿佛停滞了。江丽率先从僵局中清醒过来：

"你听到他说什么了吗？"

江秀恍惚了一会儿，说：

"这么下流的话你也说得出？"

"房是你叫我开的，开了房你又让我送到房间门口，送到门口我要走，你非要拉我进去喝几杯，我说就喝一杯，你说好事要成双，成双了又说要四季发财，四季发财之后又要六六大顺，六杯下去我说醉了，要走，你又说清楚自己醉了的人肯定还没醉……"

江秀的呜咽打断了雷鸣的叙述，这时候我顾不得她的禁令，问道：

"你还要我哥继续往下说吗？"

江丽如受重挫地收住了挺拔的胸膛，右腿架在左腿上，像触电了似的剧烈抖动着。

"他说的全是真的？"

江秀默不作声，一头黑发遮下来掩盖住了她的脸庞。江丽殷切地期盼着姐姐反驳雷鸣，但江秀没有如她所愿，她像中弹一般猛地往后一倾，捶着自己的额头道：

"你太让我失望了。"

至此，局势完全改观，奇怪的是我和雷鸣没有感受到丝毫的喜悦，当我看着低声抽泣的江秀竟有些于心不忍。

"你也别太责怪你姐，大家毕竟朋友一场，我们愿意拿出两万聊表心意，哥，你同意吗？"

"当然可以！"雷鸣使劲点着头，颈椎骨啪啪一通响。

"等等，让我想想。"江丽用指甲刺着太阳穴，道，"你说我姐强奸你了？她一个弱女子，你一个五大三粗的男子汉，她怎么就强奸你了？"

"在你姐之前我没碰过女人。"

"这不就对了！正是因为你没有碰过女人，所以你的心里和你的身体对女人充满欲望，你明知酒后乱性还答应喝酒，就是想乘机占有我姐，腿在你身上，我姐又没拿绳子捆住你，你任何时候都可以甩手走掉，但是你没有，你很明白也很期待即将发生的一切。我的话说到你心里了吧？"

雷鸣听得一愣一愣的，语无伦次地解释道：

"她的、我的衣服是她脱的，我的、她的衣服也是她脱的。"

江丽听过雷鸣的说辞静了数秒，然后一个箭步蹿到雷鸣跟前，二话不说就开始解他的衬衫扣子。雷鸣被江丽突然的动作吓得一边条件反射性地往后闪躲，一边大呼："你干吗，你干吗！"

江丽终止她的突袭回到石桌上，笑着问：

"你刚才为什么要躲？"

雷鸣心有余悸地双手护在胸前，答道：

"你脱我衣服，我当然要躲啊！"

一见雷鸣的丑态，江丽咧嘴笑了：

"当时我姐脱你衣服，你怎么不躲？"

"我、我……"

眼看雷鸣就要全线溃败，我再也按捺不住情绪，失控地喊道：

"我们都已经愿意拿出两万补偿你姐身体上受的伤害了，你还想怎样？"

"我不想怎样，我只是受不了你们把自己说成受害者。这种事，哪有男人吃亏的。"江丽说，"我也不是故意刁难你们，这样吧，两万就两万，不过你们得答应我签一份东西。"

"什么东西？"

"保证书。"

"保证书？保证什么？"

"其实也没什么，是手术都会有风险，凡事怕万一，我也是考虑到我姐的身体和她的将来，不对，她的身体就是她的将来。手术我们可以立即做，但你们必须保证对我姐的身体在手术过程中以及手术后的任何有可能发生的伤害负责，假如这类手术的成功率为99.99%，你们只需为余下的0.01%负责，这个要求不过分吧？"

"闻所未闻。"我艰难地从麻木的脑海搜罗出一个成语。

"你们别急着答复我，我给你们两天时间考虑，两天后再见。"

江丽拉扯着江秀走了，我和雷鸣像两尊雕塑似的僵在五月的清晨微微发烫的两张石凳上。

对于江丽所说的保证书，我和雷鸣有着截然不同的看法。雷鸣觉得她的要求再合情理不过：

"我们、她们都不愿意出事，但这哪说得准呢？医生也不敢打包票，我赔她两万块钱，屁股是干净了，假如出了事，你让江秀一个女人怎么办？她还要嫁人吧？她还要生育吧？那时候你让她找谁去哭？"

雷鸣的态度没有令我感到意外，他对人向来如此。记得高中有一年，雷鸣在路上走着却被一个女生骑车撞到了沟里去，那个女生是个学车的新手，车也是新车。女生及时跳车没有受伤，雷鸣却被撞断了一根肋骨，那个女生非但没有道歉，反倒让雷鸣赔了修车钱。事后雷鸣对我说：

"人家不是故意的，再说谁没有个学车的时候？"

我深知雷鸣一旦认定了什么后他人是难以动摇的，但这次他的遭遇显然不是折断一根肋骨那么简单，骨头伤了给些时日总会好，江丽说的保证书看似简简单单一张纸、一个指模，但保不住雷鸣就会为此砸进整个未来。

"万一手术大出血，江秀不幸死掉了，那你是要坐牢的！"

"坐牢就坐牢，有罪的人不进监狱，造监狱干什么？"

"万一手术导致江秀失去生育功能，这可是钱财无法弥补的，你又怎么办？"

"钱财弥补不了，我拿命抵。我家里还有弟弟妹妹，后继有人了。"

"如果她真失去生育能力，倒不用你抵上一条命，怕只怕她今后赖着嫁给你。"

"她嫁我就娶，无论怎么说，她也曾经怀过我的种。"

我和雷鸣的谈话愈到最后火药味愈浓，我们像两只斗鸡一样谁也不肯退让，这时候我的角色开始尴尬起来。

"我替你想，你替她想，这到底算怎么回事？！"

"你是我最好的兄弟，我当然知道你处处替我着想，但中国有个成语是什么无什么非？我一下子记不起来了。"

"无可厚非！"

"对，就是无可厚非，江丽的要求在我看来就是无可厚非。"

"好，行，你伟大，是我道德败坏、品格缺失。"我窝火地喊道，引得几个同与我们在江滨漫步的行人纷纷停下了脚步。"你那么伟大，干吗还叫我过来帮你砍价？人家要五万你就赔五万嘛，你要是觉得过意不去，你赔十万嘛，我是一点儿不介意。"

"李杜……"雷鸣哽咽着红了眼，"我也是觉得她不容易。"

"她不容易你就容易了？你这不叫宅心仁厚，你这叫助纣为虐！怀一次两万，这次你让她尝到甜头，你敢说她以后不会再去坑别人？一次两万，五次十万，她一年什么都不用做，光怀几次孕就成富婆啦！"

我不知道自己头脑中怎么就有了这种想法，不仅雷鸣听了哑然失色，连我自己也为刚才的说法感到阵阵惊悚。

"她不是那样的人……"

"人心隔肚皮。"

"你别说了，我主意已定。"雷鸣定定地看着我，眼神里荡起一种壮士赴死般的泰然自若，"哥这次实在对不住你，连顿像样的饭都没请你吃上，还叫你在江秀她们面前受了气，过阵子吧，等这件事情解决了我一定亲自向你赔罪。"

"说什么赔罪的就生疏了。"我的胸口蓦然紧了一下，眼睛一阵酸刺，泪水就淌下脸来：

"你就是个傻子！"

五

三天后，学校举行毕业证以及学位证发放仪式，校长指定我为学生代表撰写发言稿。系部领导专意为我腾出一间办公室，并命辅导员全程跟踪服务。年近花甲的系主任平素即待我不薄，四年下来，我旷课无数，但在他的工作日志上只有我发表作品的记录而无旷课节数的登载。他每次和我说话必以同一句感叹开场：

"李杜啊，你这名字取得好！"

我则不厌其烦又毕恭毕敬地告诉他：

"主任，我父亲姓李，母亲姓杜，他们图轻快，又没文化，所以给我起名李杜。"

"好、好。"主任缓缓落座，小抿一口茶，扶了扶老花镜，"学生代表的发言稿历年来都出自中文系，上一届的稿子是你师兄省作家协会会员唐、唐生海捉笔，这一届就是你啦！"

"学生备感荣幸，一定不辜负您及校领导的厚望。"

从主任办公室退出来，五月的第一场暴雨倾盆而下。我看着中文系对面的外教楼，心想钟琳是不会出现在毕业典礼上了，以往我的每一篇稿子她都是第一位读者，而从此以后，她的眼界将与我的文字完全隔绝，一想到昔日种种，我心痛到几乎不能自持。恰在这时，我口袋里的手机响了起来，屏幕上赫然显示着我对钟琳的昵称——爱～唯一，我屏住呼吸，万难地从口中挤出两个字：

"你好！"

我意外地没有听到钟琳的哭泣，手机的听筒里是死一般的沉寂，大约一分钟后，手机屏幕亮起，钟琳挂断了电话。再过一分钟，我的手机收到一条简讯：

"来看看我，说不定是最后一次了。省人民医院心血管内一科307床。永远爱你的琳子。"

号啕大哭。认识的和不认识我的人在我身边停下来，问：

"李杜，你怎么了啦？"

我的痛哭惊动了主任，他颤颤巍巍地朝我走过来，说：

"你是高兴还是难过？"

我没顾得上回答他们，一头扎进了雨中。

在省人民医院的心血管内一科我见到了阔别数月的钟琳。我悄无声息地在钟琳床边蹲下，她半蜷着身子正安详地睡着，苍白的脸上泪痕遍布。

"你来了。"

"你需要我，我就会在。"

"我以为再也见不到你了……"

钟琳说她从一开始就知道和我在一起是个错误。她患有先天性心脏病，不仅体弱多病，连每个普通女人所具备的生育功能于她而言都是一种幻想。前段时间她发现自己的病情有所加重，每天夜里睡下，她都怕自己第二天再也见不到太阳，再也见不到我，所以她选择彻底退出我的生活，她坚信我的未来没有她也一样能走好，甚至走得更好。

"能和你爱过，陪你一起走过最美好的大学时光，我已经知足了，未来的路，我没有资格再陪你走下去。"

"生不了我们就不生，欧美国家多少人选择一辈子不要孩子，人家过得多好！"我忽然想起了雷鸣和江秀，他们那么地不经意都能创造出一个生命，一个宝贵的生命啊，等待他的却是一把刮刀。

"可我们不是外国人，我们从古至今讲究不孝有三，无后为大，更何况你还是家里的独子。"

"我不管……"

"你别傻！我的手术预约在明天，进了那扇门，还不知能不能再出来。"

"你一定会没事的！"

"无关紧要。"钟琳说，"你以后，好好工作，好好恋爱，好好生活，一个男人，要拿得起，放得下，别让我看不起你。"

"……"

"你回去吧!"

我像一具腐尸似的知觉全无地走在医院低矮的廊道里，每一束刺眼的灯光都仿佛穿过了我的身体从一面照射到了另外一面。我感觉自己要飘起来。在我就要离地的瞬间，一个声音叫住了我:

"大学生!"

我的神志慢慢复归我的身体，我认出了眼前的女人——江秀。我想说话，但我尚未感知到我的嘴在什么位置。

"你这是死了老爹还是死了老娘?"

见我不应声，江秀又追问道:

"你这身衣服是淋湿的还是哭湿的?"

江秀拿手在我眼前切了几下，然后我感觉到她扯了扯我的衣服下摆。

"你明明活着，怎么却像是死了?"江秀说，"要不要我给你叫个医生，这里是医院，医生最多的地方。"

"我、我很好，我没事。"泪腺收缩，我的视线渐渐清晰起来，我第一次那么明晰地感到心脏在胸腔里的强烈跳动。

江秀半信半疑地看着我，说:

"我的手术十分顺利，五分钟，不对不对，顶多三分钟就完事了，手术后要连着打三天的消炎药水，今天是最后一天了。"

"顺利就好。"

"你和你哥是不是非常恨我?"不等我回答，江秀自问自答道，"我知道你们肯定恨我恨得咬牙切齿，人流手术不过两千多，其他乱七八糟的加起来也不满三千，可我却要你们赔了两万。"

"开始是五万。"

"没错，是五万，我知道你哥拿不出，所以我给你们打了个折。"

"打了折也还贵得离谱。"

"我也是没有办法。"江秀指了指自己的胸脯，说，"你知道么，这里面长了个瘤子，这是一个女人身上最好的地方，在最好的地方却长了一个最坏的东西。"

"呃……"

"我前三任男朋友都因为这个跟我分了手。"

"很遗憾。"

"你哥是个好人。"

江秀从包里翻出了一沓钱，推到我手里：

"我退你们五千。"

见我无动于衷，江秀帮助我的手指握紧了那沓钞票，确信它们不会轻易散落后，又从挎包的侧兜找出了一张纸，说：

"这是你哥签的保证书，我自己压根儿没想到这东西，都是我妹自作主张，不过她也是为我好，现在我当着你的面把这份保证书撕了，你哥已经仁至义尽，即使我的身体以后出现什么毛病，我也绝不会纠缠他。"

江秀三下五除二将保证书撕成碎片，扔进了垃圾箱里。

"一切就这么过去了。"江秀像个姐姐那样拍了拍我的手臂，"你还是赶紧去找个医生看看。"

"我会的，谢谢。"

江秀的身影消失在走廊尽头，我像是突然想起了什么，拧头疯也似的跑到钟琳的病床前，气喘如牛地说：

"我、我要和你签一份保证书。"

"什么保证书？"

杏香街

一

在那场秋雨的尾巴上一辆墨绿色越野车缓缓驶入了杏香街。正是上灯时分，街上行人寂寥。雨后的石板路洁净有加，青黑如镜，曲曲折折依着道路两旁低矮、古朴的木质建筑绵延了数百米之远。越野车没有往杏香街的深里走，而是在街当口静默下来，纹丝不动仿佛一具风吹雨蚀的巨大石磨，许久以前便盘踞在了那里。

杏香街中学语文教师石竹月趁着在办公室里等雨的时光备好了下周一的课，这会儿才下得街来。杏香街中学坐落在半山腰上，几幢新世纪后建成的教学楼如今看来有些灰尘扑扑，楼顶的回廊檐角皆用米黄色的琉璃瓦装饰，远远望去，宛如一顶巨型草帽。学校旧址原在临着春陵河的一处低洼地上，九八年的洪水将土筑的几间校舍冲得连墙基都不剩。那一年，街上和校舍一同被洪水吞没的还有两条鲜活的生命，一个是中学校长许建勖的次子许柏宁，另一个是石竹月唯一的弟弟石杰。有人说二人之所以下水是为着比试水性，也有人说是为着打捞一个什么新奇物件，二人在岸上相互扯拉着，最后却都落了水。终竟为何，杏香街上的人们不得而知，许家与石家自此交恶倒是铁打的事实。石竹月每天离校前总免不了在下山的一个转角处凝望身后那几溜结实的三层平房几眼，她的凝望是怕它们再次被山洪掳去吗？似乎不，她相信，除非天塌地陷，她的学校都将安然无恙。石竹月的眼眶湿润了，她说不清这是种怎样的情绪。然而，她想要改掉这个习惯的决心却是坚定了。

从山上下来，还未完全转入正街，石竹月就看见了那辆挂着"湘A"牌照的墨绿色越野车。"长沙来的？！"石竹月嘴上喃喃道。她的吃惊并非出于对长沙的陌生，她正是在长沙求学四年后回的杏香街，一晃十年，见着这辆远道而来的车石竹月心里蓦然生出了几分故友重逢般的暖意。走近那辆庞然大物时，石竹月难以按捺住内心的喜悦，冥冥之中，她隐约觉得这辆车是为她而来的，那它到底肩负着怎样的使命呢？虽明知不妥，强烈的好奇心还是将石竹月往车窗上引去。前两次石竹月向里探视的目光都被反光贴膜实实截回，第三次她学了巧，绕至汽车挡风玻璃前，双手扣着湿滑的镜面拢成半圆形，或许是因为车内光线过于黑暗，石竹月仍一无所获。如此一来，石竹月便笑自己多少是有些癫狂了。从长沙到这座湘南山区小镇将近五百公里的路程，又逢着连日阴雨绵绵，谁会跑到这偏远地界来寻她？当初石竹月大学毕业后决心回到家乡时就有同学警告她，在大城市生活，寂寞是一时的，回到农村，寂寞是一生的。十年过去，石竹月觉得她的朋友们的赠言或许是对的，但她并不认为自己的选择就是错。石竹月正欲悻悻离去，刚走出没几步，她身后的车门顿开，一个略显沙哑的声音唤住了她：

"竹月。"

石竹月脑中一阵嗡响，她本能地告诉自己不要回头、不要回头，双脚挣扎着朝前迈却又像被板结的泥土困住的犁铧似的，进退不能。她骨节僵硬地立在原地，如有千蚁噬身，使她恨不能拿支松油火把将周身燎上一遍。那个声音就像是一支火柴，一下子便将她划燃了。即使不回头，石竹月也知道那个人正目光如炬地盯视着她，可她终究是不愿见他。当那个声音再度从石竹月身后响起时，她不顾一切挣脱了地面的束缚，双手握拳，疾步跑向前去。借着夜色浓重，石竹月舍远求近，匆忙拐进了一条小巷，浑身再没有了一丝力气，蹲倚着墙角，掩面而泣。

不知过了多久，石竹月渐渐从泪水的浸泡中解脱出来。她想自己或许应该回过头去看一眼他的，或许应该泰然自若地注视他同时也接受他的注视，两人应客客气气地互相问候，然后她再邀他上家里坐一坐，她的家，种种陈设虽简陋不堪，但干净整洁是不差的。以前念书的时候他常嚷着要喝她家乡特有的油茶，苦于没有机会，他这个心愿也就一直未能实现。如今他来了，她却把他扔在那里独自躲开了。五百公里长途，以他的性格是不会专意停下车来吃饭的，这会儿定是又累又饿。三十多岁能拥有一辆自己的车，他混得倒是不赖。可听他的声音却是沧桑了，干他那个职业的，烟自然抽得勤快，身体大概是不那么如意的……且出去见他嘛，他既然来了，心里应是有底的。

这么想着，石竹月起身往正街上走去了。

范文海看着石竹月从视线里消失，情不自禁抬高的手，又不置可否地放下了。从长沙到这座湘南山区小镇的路上，他无数次设想与石竹月阔别十年后的重逢场景，每一次设想都无一例外地让他潸然泪下。他已有许多年未曾哭泣，而今，泪水溢出眼眶的感觉却让他着迷。大半个月前范文海偶遇了来长沙办事的大学同窗林家星，从他口中得知了石竹月扎根家乡山区教育十年未变的消息。从那时起，他便开始策划这次出行。"寻月"的念头并非第一次出现在他的脑海中，只是这一次，他觉得不能再拖延了。

成行前，他特意回了一趟之前念书的大学，在当初他和石竹月决定结束爱情的田径场上呆坐了一个下午。起身时，他才发现自己早已被遍地的烟头围困。时隔十载，他仍清晰地感受到了那个遥远的夏天残留的炙热。

"他们都在谈分手的事，我们是不是也该谈谈？"

石竹月讲这话时范文海以为她在说笑。四年下来，石竹月提分手的次数倒是不可胜数，与"虱多不痒，债多不愁"一样，分手说多了其真实意味也就淡了。

"好，谈，怎么谈？"

石竹月拨开了脸上几缕被汗水洇湿的头发，两道细眉时敛时舒，嘴唇发紫，面部几无表情。她扫视着田径场三三两两走着的路人，猛然抬起了头，用眼神狠狠咬住一只从天际掠过的飞鸟，顿顿地说：

"文海，我们……散了吧！"

范文海心里惊了一下，但尚未失却方寸。他在判断石竹月的话真假几何，判断的结果使他的胸口一阵阵泛冷。范文海觉得她欺骗了他，这半年来，她一直强颜欢笑。他们吃饭、散步、逛街、做爱，从表面上看起来他们和睦如初，然而范文海总能准确地感知到这些时间里石竹月的心不在焉。他忽然又记起几周前的毕业旅行，到达阳明山国家森林公园的那天晚上他们住进了山脚下的阳明宾馆，热烈地做爱进行到最后却以石竹月不可抑止的哭泣告终。他蹲跪在床边问是不是弄疼她了，不住地骂自己该死。石竹月蒙着被子不吭一声，只抛给他一个抽搐着的光洁而丰腴的脊背。如今范文海恍然大悟，她早意识到那是他们最后一次结合了。范文海恨自己竟如此后知后觉，他深吸了一口气，双手无力地搭在胸前，试图隐藏自己兵荒马乱的心绪。

"你看着我说。"

"你应该明白。"

"是你父亲的意思吗？"

"我们没法……"

"你只需要告诉我是或者不是。"

"这不重要，我相信你应该早知道到会有这么一天。"

"是呵。"

大约是大四下学期刚开学不久，石竹月在一次争吵中提及了一个让范文海久久无法释然的分手缘由。石竹月弟弟石杰早夭后，她的家庭便常年沉浸在一种无以复加的悲伤之中。石杰的早夭意味着石家香火的断绝，在相对传统而闭塞的湘南地区，这是天大的事。石竹月父亲的意思十分明确，他之所以送她念大学也是为了让她能不那么费力地寻个深山里的上门郎，接续石家宗脉。要范文海做上门郎的话石竹月倒是只字未提，正因她在此事上的缄默，范文海也一直妄想着得过且过。范文海起初以为竹月断不至于因此与他分道扬镳。为所谓的"香火"放弃挚爱，听起来总像个笑话。然而，当"散了"二字恳切凝重地从石竹月口中说出时，范文海忽然觉得竹月要是不因此与他诀别反而有些不可理喻了。

"只要你想好了，初恋嘛，有几对走到最后的？！"范文海没想到之前看起来令他无法接受的分手如今却是这般顺理成章，他的心在坍塌，但他并不想在竹月面前完成这个过程。

"嗯，结束了！"

后来石竹月又说了许多话，范文海看见她的嘴唇回归了红润，他有种扑上去咬住那张嘴唇的冲动，但泛滥在身体里的巨大的疲乏感让他无能为力。当天夜里范文海在田径场上孤坐了一宿，第二天他便离了校到一家报社实习。在正式毕业的那日，范文海的手机上收到了石竹月一条短信：

"今天我回乡，能来送我吗？"

"就不送了，一路顺风。"范文海立马回复了，不一会儿他又觉着自己的语气有些故作的冷硬，即刻再编辑了一条："你好好保重，有机会，我去看你，十年，怎样？"

夜幕严实，街道两旁上灯的人家竟不多，偶有几声温和的犬吠刺破宁静释放着小镇的生气，<u>丝丝缕缕的饭香</u>，经了相当时间的串联合并已初具规模，迎着夜雾停在街道上空静止了似的，像是伸手可触一般。范文海看着石竹月徐徐朝自己走来，他因过度激动而全身微颤，无尽的话语在他的口腔里互相挤压踩踏，暂时的失语让他憋红了脸。

"饿坏了吧！"这是分别十年后石竹月对范文海说的第一句话。尽管她竭力控制着自己的语速和情感，但她的声音仍像是被一叶弹片拨出来的，短促中夹带着紧张。

范文海正焦急着，头晕脑眩，他不自觉地扶了车窗。是的，竹月对他说话了，她问他是否饿坏了。

"不……不饿，倒是冷。"范文海说，"长沙这个时候还是夏季，你们这儿已经俨然秋末冬初了。"

因为背着光，范文海看不真切石竹月的脸，单从脸部轮廓上来看，她是胖了。隔着一米左右的距离，范文海还是嗅到了石竹月身上的粉笔味道，这股味道让他不由得去想象竹月在讲台上的种种姿态了。一想到竹月执教十载，业已成了一位经验丰富、技法娴熟的中年教师，范文海便觉得时间真是个滑稽玩意儿，已经消逝的三千六百多个日夜是过得有多么漫不经心？令他和她无可争辩地步入了中年。他无奈地努了努嘴侧身转入车内打开了车厢顶灯，突然冒出的光亮使他和石竹月都本能地罩了罩眼。

"我们这是小地方，街上没有饭馆，没有旅店，不管你是否嫌弃，都只能去我家解决温饱问题了。"

见范文海没有应声，石竹月似有些不悦地说：

"怎么，你不会就走吧？"

范文海向后挪了挪，掏烟点火，一气呵成。

"哪就要走，只是，合适吗？"

二

漫长的雨期过后，空气里弥散着充盈的水分，远远近近的灯光都被消解了，杏香街上朦胧一片。在这片恍若隔世的缥缈朦胧中，石竹月将范文海领进了家门。

"石杰，妈妈回来了。"刚跨进堂屋范文海便听见石竹月朝屋里喊，他以为自己听错了，还没来得及多作思索，一个瘦高个儿男人就抱着一个大小孩从里屋走了出来。石竹月从男人怀里接过小孩后说：

"这位是省城来的大记者，我的大学同学。"

"你好、你好。"范文海面红耳赤地伸出手去握。他想如不出意外眼前这位身板单薄、面容清秀的男人便是石家的"上门郎"了，这是石竹月怀里的孩子被唤作石杰的唯一理由。"你别听竹月瞎说，混口饭吃而已，这次是出差路过你们这里，顺便看看老同学，还请多多关照。"

"要不要这么官方？！别吓着我们这些山里人了。"石竹月见她男人的脸红一阵白一阵，急忙站出来替他解围。

"番迎番迎。"石竹月的男人杨木生尴尬地笑着，一面掏出烟来敬。范文海接过看了，是两元一盒的红梅，这烟如今市面上已不多见了。

早在大学中文系《古代汉语》以及《语言学》的课堂上范文海就知道广大的湘南地区甚至湘以北的部分地区的口语中声母

f 和 h、l 和 n 发音是混淆不清的，所以当他听见石竹月的男人将"欢迎"说成"番迎"时不仅丝毫不以为怪，反而让他想起了石竹月初进大学时那口特色浓郁的地方普通话。这在相当长的一段时间令石竹月羞于与人交谈。范文海接过了红梅便掏出了自己的防风打火机给杨木生点，杨木生如临大敌地推辞了几次，最后还是不得不将烟头搁了出来。烟雾腾腾升起，两个男人就在堂屋坐下了。

杨木生将"欢迎"说成"番迎"时石竹月已经抱着儿子石杰进了里屋。她将石杰放在一张窄床上，扶过他的头吻了吻，贴着他的耳朵细声说："刚才妈妈差点儿让你叫叔叔了，差一点点呀，你要是真会叫该多好，可你连爸爸妈妈都不会叫呢！还叔叔，调皮蛋……"石杰的头不住地向一侧偏去，他饶有兴致地盯着床板与墙壁间的缝隙看，他听着妈妈对他说了一连串的话，像是对他有些不满？石杰的心情不免有些郁郁的，双手不耐烦地在空中拂了一把，重重地往身后一仰，睡去了。

"哎呀！你还发脾气了、你还发脾气了。"石竹月佯装着生气，挠了挠儿子的肚皮便起身去了灶房。

吃过一场沉闷无比的晚饭之后，石竹月撇开她的男人和儿子同范文海坐在了家门口。

"你也看到了，这就是命。"石竹月对范文海说。

范文海知道石竹月依父亲的意愿回了乡，"招"了男人，生了小孩，但他不知道她的孩子竟患着孤独症。"他勉强算个人罢了。"石竹月说。她回到杏香街的第二年经人"介绍"认识了杨木生，在此之前，她只听父亲说过离街上二十里远的山岭里有个小伙子很合他的意。他家里兄弟姊妹五个，他排行老幺。家里一贫如洗，他大哥二哥到了三十一二的年纪都没娶上媳妇。文化虽然差点，人还是有些样子。"能找上我堂堂一个大学生，他家祖坟冒了青烟了！"在那段特殊时期，杏香街上随处可以听见她的父亲向人吹擂。她坦言那个时候她心里仍未完全放下范文海，但她心里很清楚地知道这一步是她迟早要走的。让她十分意外的是见着杨木生的第一眼，她几乎就喜欢上了他。他安安静静的，在她面前如一个新嫁娘般颔首低眉，不敢多说一句话、多做一个动作，而最为关键的是他在沉默时身上竟透出几分文化人的气质。杨木生对她说的第一句话是："老斯（师）好！"紧接着便手足无措了。她的心登时便软化成泥。结婚三年后他们才怀上第一个孩子，产下来，男胎，却是死的。第四年她又有了肚子，接近临产期时她问父亲是不是还叫他/她石杰。她的父亲经了第一次打击早已憔悴下来，不得已不上街，即便上了街也灰头土脸地像做贼心虚似的一闪而过。叫吧，命里有时终须有，命里无时莫强求，这次再留不住，就是天意了！万幸！石杰终于是欢欢喜喜落了地，石家为了迎接这个姗姗来迟的宝贝疙瘩，在办满月酒那天专意请了一支五人的狩猎队去山里擒回了一只野猪，二十来张流水席将杏香街铺张得活色生香。长到一岁多的时候石杰的病症还没有显现出任何端倪，蹦是蹦，跳是跳，甚是招人喜欢。再往后众人忽地发现有些不对，这孩子眼神钝钝的不会看人，你同他说话他也全然不察，有时着急了，嘴里咕咕噜噜，却吐不出一个字来。她和父亲抱着石杰走遍了周边几个市县的大医院，得到的结论都只一条：孤独症，送北京都没用，只能养着他，让他活着。仅仅是活着。

"差一个月零七天，我杰崽就吃六岁的饭了！"石竹月说。

"真没想到，这些年你竟是这样。"范文海不觉哽咽了，他想自己若是事先知晓了情况是断不会有勇气来看竹月的，"伯父呢？"

"他早几年承包了几十亩林场，吃住就是山上，极少下街来。"石竹月说，"这杏香街，我也快待不下去了。"

"命运是太磨人了。"范文海找不出任何安慰的话语对竹月说。将生活中所有难以跨过的沟坎归结于命运的安排，这是最能令人接受并释怀的，若非如此，谁又能给出其他解释？"你父亲是无辜的，石杰是无辜的，你和杨大哥是无辜的，我们都是无辜的。"

石竹月冷冷地笑了笑，像是突然记起了什么似的，问道：

"你爱人呢？"

我没有爱人，范文海想说，他前后有过几任女朋友，但并无爱人。或许竹月指的爱人是他的妻子？他忽然又觉得"爱人"一词是再有趣不过了，爱人为什么一定是妻子？妻子也不一定就是爱人。

"你在笑什么？"

"没有，我还没结婚，哪来的爱人？"

"不会吧，你可不年轻了！"

"都不知道婚姻是什么，怎么结？"

"很多人不知道，他们都结了，也过得挺好。"

"那是你们。"话音未落，范文海便意识到自己的偏激，欠着身子解释道，"竹月，我不是针对你啊。"

石竹月长叹一声，手撑着条凳，微微往后仰着头，双腿交叉在前不住抖动着。

"其实你说的何尝不对，结婚近十年，我感觉自己身边只不过多了个人，因为这个人，又不可避免地多了些事，别的什么，我还真说不上。"

范文海一时答不上话，一口接一口地吸烟，婀娜婉转的烟气源源不断地从黄豆大的火光中释放出来，让人恍惚觉得那支白色的烟卷不过是根管子，它的另一端必是连接着一个盛放烟雾的大而无形的容器，经由这个渠道，无尽的烟雾被排放到这一侧的世界。范文海正凝视着手指间的火光，石竹月突然一把抢过了烟支，摁在脚底踩灭了。范文海愣愣地看着石竹月，四目相对，有那么一瞬，他想不起自己身在何处，他为什么要出现在这里，对面的这个脸部略有浮肿的女人又姓谁名谁。

"我、想问你件事。"石竹月说。

范文海木木地点了点头。

"如果我们没有分手，现在会不会早就结婚了？"

"会、会吧！"

夜里，范文海被安排睡在二楼临街的一个房间里。这栋两层的木楼很有些年月了，每落一脚都能带出涩涩的声响。有时候步子停了，声响仍在寂静里持续生发。无论是地板抑或是墙壁，均透着一股黑亮，拿手轻轻一摁，似乎感觉有水洇出来，仔细一看，却是错觉，指头上明明沾着一层细粉！一进屋，一张竹制凉床靠着右侧的壁板摆放着，床尾就是两扇朝外支起的方窗，杏香街上任何一丝响动，都声声入耳。

"将就着住一晚，乡里就这条件。"石竹月替范文海整理床铺时说，她男人杨木生就倚在门附和道："是呵、是呵。"

"这已经极好了，床是竹床，枕头是荞麦芯，风是自然风，又没蚊子吵扰，要是再下一场小雨，这一觉简直美上天了！"范文海向靠在门边的杨木生走了过去，敬了一支芙蓉王。杨木生诚惶诚恐地接了，不住地说烟好，散给他抽真是浪费。杨木生如此一说便令范文海脸上有些挂不住了，像自己心里的卑鄙突然被人照见。"你的红梅还有吗？还是红梅好抽些。"

"有的！"杨木生从上衣口袋里将整盒掏了出来塞进了范文海手里。

"那你得拿着我的。"

"这不得行、这不得行。你的贵。"

推让间，一楼石杰尖锐的哭声突然响起，石竹月率先反应过来操开两个男人三步并作两步蹿下楼去。待她下得楼，只见一个身影迅速撤离里屋向外奔去。她正欲大喊，喉咙里却像是塞满了稻草，不仅让她无从发声，更使她连连作呕。直到石竹月紧紧搂住惊魂未定的儿子石杰，她方回过神来，不由得暗暗庆幸自己没有失控地喊叫。

"怎么了、怎么了？"范文海和杨木生二人手忙脚乱地立在石竹月身后。

"没事，可能是做了什么噩梦。"石竹月把石杰的头按在胸口，一左一右，微微轻摇着，"噢噢，杰崽不哭，噢噢，杰崽不哭。"

范文海看着这一幕，眼底酸酸的，像是有泪要流出来。

堂屋门口，那个黑影并未离开。

许柏毅奇怪自己怎么就鬼使神差地进了竹月家。他这天本没有去看石杰的打算，可当他锁了店门路过竹月家时，脚却不由自主地拐了进去。以往这个点，石杰是早早睡下了，或是梦呓，或是磨牙，他踱到他床边，待上三五分钟便走。这天他像平素一样悄无声息地进了石家堂屋。在杏香街上，除了经营着小生意的门面，各家各户的堂屋门无论白天黑夜都是不会闭合的。竹月家里屋的灯一如既往地开着，许柏毅照例走到楼梯口仔细听着动静，两个男声混着楼板的吱呀作响清晰地传下来，他犹豫了一会儿之后还是单膝落地半跪在了石杰床边。

这是许柏毅贫瘠的生活中最为温馨的时刻。整条街的人都知道石杰姓石，却不知道石杰其实是他的种，是他和竹月的结晶，每每想到这里许柏毅就会激动得浑身上下震颤不已。短暂的激动过后，他就会恨，至于恨什么，他心里从未明晰过。恨九八年那场洪水？洪水将弟弟柏宁和竹月的弟弟石杰一并吞没，许家石家陷入决裂境地，他同竹月哪怕随便搭句话也会惹来父亲雷霆大发，而那时他正疯狂地暗恋着竹月。恨竹月？她考上了大学，一去四年，寒暑假见了他形同陌路，四年后，她回街，回街却是为了招婿。恨杨木生？他能嫁给竹月，可他许柏毅不能。父亲几年前突发脑溢血撒手西去了，他母亲只有他了。许柏毅觉得上天还是公平的，他没能拥有竹月，杨木生同样也拥有不了，呵，石家人盼着他延续宗脉，万万没想到他会是个废物，当竹月告诉他这个真相时，他差点儿晕厥在地。然而，造化终究是弄人，他和竹月的第一胎是死的，第二胎又半死不活，他和她都清楚，他们不能再往前走了，那将是更为黑暗的深渊。

很多次，许柏毅对自己说，这是最后一次了，这是最后一次了，他的探视是毫无意义的，若是被人撞见，后果更是不堪设想。他怎样，倒是无所谓，若是连累到竹月，那他真是死不足惜。每天晚上十点锁了店门，许柏毅都习惯性地走在右侧的路径上，两百四十七步，他将准确无误地到达竹月家门口。进去看看吧，反正也只是看看。这个理由总能说服许柏毅的双脚迈向石杰。许柏毅像个父亲那样爱怜地在石杰身边蹲下，轻轻抚一抚他的头发，指尖在他稚嫩的脸上逗留。爸爸又来看你了。爸爸又得走了。长久以来，许柏毅的秘密探视只有两次被竹月撞见，加上这一次，总共三次。这次他刚帮石杰掖好一个被角石杰便尖声哭叫起来，将他吓了个好歹。竹月紧接着从楼上奔下，几乎没给他留下逃窜的时间。许柏毅不知竹月为何这次那么惊惶，难道他还会做什么对石杰不好的事吗？许柏毅耐心地等候屋子里的人都上了楼，街上复归宁静，才掏出了手机，调至静音状态后便开始给竹月编发短信。

"对不起，是我。"

令许柏毅意想不到的是竹月竟然及时回复了：

"我知道是你，你老这样也不好。"

"每回都下决心不来看，每回都忍不住，我没有办法。"

"跟你说过很多遍了，我不可能和他离婚，你应该去组建属于你自己的家庭。"

"我没有逼你，我怎样是我的事。"

"你就是在逼我。"

"我没有……"

"别再这样下去了！！？？你要对自己负责，答应我。"

"我懂。"

"记住我说的话了，早些休息。"

"好，这就睡。"

许柏毅闭眼在杏香街上走着，陆地，空中，所有的光亮都已隐去，夜黑如墨。

三

第二日天微亮，最初的几声鸡鸣便将石竹月从睡梦中唤醒。这一夜，于石竹月而言，可谓艰难至极。三个男人的影像在她脑海中轮番上映，直令她的思维由疲惫到麻木，最后产生阵阵痛感。在这由内而外、从上至下的疼痛之中，石竹月几次失控地要哭出来，想一想，到底是忍住了。她多么希望被那场洪水吞没的不是石杰而是她自己。四周全是水。她看不清。她也无需看清。水流让她的身体优雅地翻转、下沉、起伏。没有边界。她感觉自己像只飞鸟，前所未有的自由……

石竹月强撑着废墟般的身体从床上坐了起来，气喘吁吁地像是刚结束了一场长跑。

"今天星期六呀，起这么早做什么？"杨木生揉着眼问。

"炒点油茶待客。"

"上午还去县里开个会。"

"不搭车了，就坐文……我老同学的车子去。"

经过范文海房间时，石竹月立在门口静静地看了会儿。范文海四仰八叉地一半的手脚搁在了床沿上，卡其色工装裤在一张条凳上垂着，上身衬衣未脱，七曲八扭地连扣子也崩开了几颗。石竹月记得他以前是不打鼾的，此刻，她的耳际却萦绕着他轻细的鼾声。她想如果等会儿对他说他如今睡觉打鼾，他必将头摇得像拨浪鼓，死活不肯承认。那她去把"罪证"录下来？这个念头只是在石竹月头脑中一晃而过，时间有限，她预料到整个上午自己都将异常忙碌。

茶饼、老姜、香米、菜籽油，材料都是现成的，茶的沁、姜的辛、米的香、油的盛，这四味经了火的慢烧，不到一刻钟，一锅黑浓凝厚的油茶便在石竹月手中大功告成。

"啊呀呀，香！香！"范文海不住地赞叹道。待下得楼，方才意识到石杰尚是酣睡之中，急忙噤了声，蹑手蹑脚凑到石竹月身边。"为这碗油茶，我可是等了十年。"

石竹月虎了一眼范文海：

"简单得很，你要是还想喝，带些材料回去，可惜，没人给你炒。"

范文海望着石竹月微微有些皱纹的眼角，心里凉了一下，笑着说：

"自己动手，丰衣足食嘛，只要你教，我就能学会。"

石竹月不再应声了，去了墙角的米缸里拿了些送茶的干果和红糖。

"上午带我去街上转转，或者去看看你的学校？"

"恐怕不能了！"

范文海不知道石竹月为何那么急着往县城赶。一路上都在催他快点、快点，像是稍稍迟了就会耽误什么了不得的事情。

　　"等下我还回来吗？"范文海不无担忧地问，他感觉石竹月似已对他下了逐客令。他原本是带了单反相机的，昨天下午抵达杏香街时天已擦黑，也就未能拍下些照片，想这日上午四处走走逛逛，却又被石竹月催着风驰电掣地赶路。从杏香街到县城大约六十里山道，范文海一度将车速提到了八十迈。

　　"等办完事后我自己坐中巴回，你就直接从县里回长沙了吧！"石竹月说。

　　"那你怎么不早说，我都没来得及跟杨大哥和杰崽道别。"范文海愤愤地埋怨道，"你说你也是，做什么都不事先给人通个气，总是那么随心所欲，这么多年了，真是一点儿没变。"

　　"有什么别好道，反正你们这辈子都不会再见第二次。"石竹月不依不饶地回应道。

　　"话不能按你这么说。"

　　"难道我说错了吗？"

　　"好好，你没错，是我错了。"

　　越野车在山道上奔驰着，静止的风被撕出了呼啸声。一轮秋阳不温不火地透过车窗照进来，黄荧荧的光像一只形状怪异的爬虫在车内游移不定。范文海嘴上无可奈何地哼哼了几下，突然笑出了声：

　　"哪次吵架不是我认错道歉，以前是，没想到现在还是。"

　　"太久没跟人争嘴，这种感觉好生疏了。"石竹月感慨道，她和杨木生一起生活近十年，竟从未有过口角之争，她的话就是圣旨，就是皇命，而他永远在遵照执行，在默然仰视。

　　"他是个好人，看得出来，他很爱你。"

　　"爱……是很爱！"石竹月摁着胸口泣不成声地说。

范文海不知竹月怎么突然就哭了起来，连忙踩了刹车，轻抚着她猛烈颤抖的肩膀安慰道：

"对不起、对不起，我又说错话了！"

石竹月软了身子向范文海侧倒而去，范文海顺势搂住了，假装镇定地拍着竹月的背脊，心里却是惊恐万分。他猜想竹月的伤感多半是因为石杰，她为着家族的"香火"放弃他、放弃城市回到故乡，顺利招了婿，却未能生下一个健康的孩子，一切的希望与努力都落了空，她父亲尽可以诸事不管独自住进山里避人言语，可她仍要孤立无援地在杏香街上撑起石家门面。

"竹月，我知道你的苦，要不什么都不管了，也不要了，跟我离开这个地方吧！"

石竹月缓缓抬起头，像是不认识范文海似的愣愣地望着他。泪水正在干涸，心湖正在平息。

"你不用安慰我，我不会离开他。"

"命运对我们开的这个玩笑，过火了。"

"文海，你知道吗？"

"知道什么？"

"我知道，最迟不挨过这个秋天，你一定会来找我。"石竹月苍白的脸上浮出了一丝笑意，"大半个月前林家星跟我说他在长沙遇见了你，从那时起，我就一直在等待你的到来。"

"是呵，他告诉了我很多关于你的事情，我真恨不能即刻见到你。"

"半个月前，我取掉了节育环。"

"节育环？你取掉节育环做什么？"

"我要你给我一个孩子。"

2014/8/13—2014/9/15

远方树叶

一

正月初七，我料理完姐姐的丧事便马不停蹄地赶往广东，我感觉自己正在慢慢陷入一片沼泽，呼吸变得越来越困难，直到火车呐喊着跑起来我才得以逃脱。厂里说只要在正月初十之前返回岗位上的都给发一百块奖金，但我绝非是奔着钱去的，而是担心自己真的会死在故乡，如果我已有六七十岁的年纪那死在故乡是我的福分，可我刚满二十岁，生活虽清苦得跟鱼胆似的，我也还是觉着没活够。我承认自己曾经多次萌生过自杀的念头，我没必要把自己标榜得多么坚强，我就是一个打工仔，我胸前口袋里装着二十一包的芙蓉王但我知道自己就是两块一包芙蓉的命，女朋友把我甩了我想过死，老板拖欠我的工钱我想过死，从宝马车里吐出来的浓痰偏砸在我脸上我也想过死。自从姐姐真的死了，我就不敢再想死了，因为我还有个父亲，我以后可以有老婆孩子，但他只有我了。

整个城市和厂区都有些空旷，冷清得让我感觉好像走错了地方。我扛着一箱方便面进了宿舍，几只老鼠对我的到来表现出强烈地不满，咔咔嚓嚓起兴地咒骂着，口水肆意喷溅下来。我猛地飞起一脚踹在门上，震得整栋楼好一阵嗡响，这态度一亮出来老鼠们方才服了软，心有不甘地晃荡着尾巴潇洒散去。我忽然记起村里老人说过，别看着死人躺在棺材里多么清静、多么舒坦，凭你多好的木材也比不过老鼠的尖牙利齿，什么王公贵族、平民百姓，到最后不都得落入老鼠的肚腹？现在好哇！有了火化，可烧着就不疼了吗……那也就是说，在千里之外，姐姐的坟上是否已经有成千上万只老鼠在夜以继日地啃噬着呢？三天，我想只怕过不了三天它们就会咬透姐姐的薄木板子，是的！姐姐那丑陋的面庞，那青紫的肌肤，那干瘪的乳房，那藏污纳垢的指甲和毛发，这些，这些都将成为你们的美食，我咆哮着——指过刚才老鼠消失的地方，啊……我可怜的姐姐啊……

二

也许从一开始我选择回乡过年就是个彻头彻尾的错误。收拾行李那天早上我刷牙的时候，才用不到一周的牙刷竟然折断了，由于惯性作用残柄在我嘴里戳了个大窟窿，害得我哇哇吐了半日血，水槽都变成了红色的大染缸。那些笑话我的工友们也似乎良心不安止住了笑，生怕沾上我的晦气。这之后我的皮箱拉链又坏了，怎么都紧不到一处，我只得用透明胶布把它裹了个遍，到了火车上才发现不对劲，硬是将一泡屎憋过了几个省。下站台的时候不经意脚落重了些，我感觉裤子忽然往下坠了一下，心想不好，到底还是出来了，跑进厕所一看，原来是上衣口袋里的防风打火机掉到了裤腿里。

不管怎样我终归是到家了，村里许多跟我一样在外打工的年轻人也回来了。他们昂首阔步地走在村巷里，头上弄着五颜六色的时髦发型，脖子上戴着粗大的金项链，两边的耳夹上插满了芙蓉王香烟。我以为自己看错了，这些人准是从外面来的老板，我忙低了头走路，可他们却一个个兴高采烈地叫着我的小名，小毛，小毛……我越是躲，他们越叫得欢快。于是我抱起行李飞快地往家跑，一跑起来才想起自己的皮箱里好像也装着散发着鸭毛气味的羽绒服和十元三条的金项链。

如我所愿，除去睡觉，其他所有的时间都是在受罪，而在父亲眼里我也本就是个罪人，母亲生下我后没瞧上一眼就撒手西去了。小的时候父亲打我骂我，我一声不敢吭，因为我觉得自己害死了母亲被打几下已经算是很便宜的事了。可等我知道生孩子大概是怎么一回事的时候，父亲再打骂我，我心里就觉着冤枉了，母亲的死能怪到我头上吗？就算她生的那个小孩不是我而是别人她就不会死了吗？更何况我还听说是母亲自己连滚带爬撑到了村里的接生太婆家，那时父亲这个大酒鬼还不知道在哪里逍遥呢！我心里有这些怨气我也不往外说，他打我我就拿一双眼睛直直地看着他，看着看着他就不打了，自己一个人坐到火塘前面去哭。这个时候姐姐没出嫁，所有人都没想过她居然会嫁得掉，谁会娶一个傻子做老婆？还是个歪脸咧嘴的傻子。我站在堂屋里看见傻子，不，看见姐姐像只蜗牛一样缓缓朝父亲蠕动了过去，手里捏着两个黑乎乎的饭团子，小心翼翼地递到了父亲身边，身体贴着父亲一拱一拱。父亲抬起头看了看，又放下了，灶火在他脸上乱舞，他突然一脚踢在灶膛的前壁上（我喜欢踢门就是从这儿遗传来的），姐姐受了惊吓尖着嗓子嘶叫着跑开，我被她撞翻在地，她跑到鸡窝那边又回过头来看我，我猜她是想倒回来拉我便赶紧站了起来。在外面别人如果欺负我，她会直接扑上去咬断那人的脖子，为此，这些年下来，我们家赔偿的医药费也是笔不小的数目，父亲恨姐姐似乎就说得过去了，我相信假如我有这样一个女儿我也会恨。

在家吃第一顿饭的时候，父亲的脸色还勉强能看，他问什么，我回答什么，家里没有电视，话音一停气氛就压抑得让人透不过气来，连肠胃的正常工作都感受到限制。我看见他浑身不自在，但我就是故意不出声，想，反正尴尬又不是我一个人的。

吃完饭后父亲便有些要送客的意思了，他似乎已经忘记了这儿也是我的家，可无论我站着还是坐着都觉得拘束，但是我能做什么呢？即使我出去溜达几天，最后我也还是要回来。我从箱包里取出洗脸帕与他的搭在一起，又翻出拖鞋很随意地丢在床板下，我做这些的时候刻意拿背对着他，但我知道他在看我，然后我冷不丁地掏出了一条金项链抛给他。

"金的？"父亲问，他眉毛凑在了一处，用空而远的眼神望着我，偌大的酒糟鼻红得像个萝卜。

"不清楚。"这样的回答显得多少有些没趣，我又补道，"一个朋友送的，多半是假的吧。"

父亲这才安静下来不再没完没了地咳嗽，我也心安理得地躺在了床上，屁眼还有些胀，但这并不妨碍我思考一个极为重大的问题：明天该怎么熬呢？！

三

姐姐出嫁那会儿刚满十八，我十七，可看起来我给姐姐做儿子都不过分，一来因为姐姐显老，浑身上下没一处带点白；二来因为父母生我太急，导致我十岁之前几乎没怎么长过个儿，走路都打飘，站着不动时就像空中晾了一件衣服，完全看不见人，十岁之后我的身体开始觉醒，好歹长了些，让我在人前也不至于过分悲伤。有天早上我起来后发现裤裆里板结了很大一片豆腐色的东西，我以为自己尿床了，但怎么会尿出这种奇怪的东西呢？难不成是患了什么绝症？我顿时觉得天都要塌了，我用指甲去抠，用洗碗的丝瓜棒子搓，但那片痕迹怎么也弄不掉，像是长在了布里，我着急得想哭，比绝症更严重的是这是我唯一的短裤。

就在这时，父亲领着一个陌生男人推开了屋门，我们家平时客人十分稀少，就数收电费的来的勤快，陌生人更是从未在这间屋子出现过。我意识到一定有什么事情要发生便急忙系好裤绳冲了出来。

"回去！"父亲大声吼道。

我遭了骂慢慢往后退，也总算跟那个陌生人打了个照面，我没能记住他的脸，却对他那两颗八字龅牙和长鼻毛印象深刻。显而易见他们的精力并不在我身上，于是我又迂回到他们身后不紧不慢地跟着，装出在撵鸡的样子，平素院里的鸡都特别话多，今天却一只只闷头土脑地趴在窝旁，见我使唤它们，都一个劲儿地朝我使眼色，我这才注意到这个陌生男人有点瘸，右腿比左腿短一大截，走起道儿来嘎吱嘎吱响，像是金属摩擦发出的声音，铁腿我是听说过的，耳闻目睹却还是第一次。我后悔家里没养只狗，要不然它准会撩开那人的裤腿让我看个明白。以前家里是有狗的，跟所有的人家一样给它取名叫旺财，旺财送我上学的路上被汽车给碾死了，它上午死在马路上，下午的时候我经过那段路，地上竟一点儿它的皮毛或血斑都寻不见，以至那时的我怀疑它是不是嫌我家长年累月没什么油水跑到天上享福去了。

那个即将成为我姐夫的男人在堂屋里坐了下来，左腿压在右腿上很悠闲地吃着烟，时不时挠挠毛发稀疏的头顶、咂巴几下嘴。父亲表现得毕恭毕敬，他也会给人倒茶递烟，只是样子笨拙得让人发笑。有那么一会儿他们俩谁也没说话，忽然那个男人从衣服里掏出一沓红色的钱来，往父亲面前推了推。那沓钱足足有一个牛掌那么厚，奇怪的是我并没有心动，我第一时间里想到了姐姐，在我们家能值这么多钱的只有这块地基，再有就是姐姐了。我曾想象过某一天姐姐被人领走时的场景，而如今这个场景就真实地摆在了我的面前，我站在门外，心里无比失落。也许失落这个词用在我这种人身上显得有些矫情，让人觉得滑稽和反感，但我真的感觉自己失去了很多。

姐姐今天比往常安静好多。她睡觉的地方在后院，与牛棚其实只隔开一道栅栏，我进去的时候她正拿着一根稻草秆挑逗着牛的大鼻子，她猛然回过头来看着我，牛也瞪圆了眼睛望着我，我被盯得浑身不舒服，老觉着自己是不是没穿衣服。正打算退出屋子，姐姐却咧开嘴笑了，起了身来拉我的手，牛也咳咳地大口往外喷着气，尾巴甩得啪啪响。

"姐……"我哽咽着说不出话，血液却拼命地往狭窄的脸上挤，随便拿个什么物件挑一下，我的脸就会像一个胀满气的皮球一样"嘭"的一声爆了。

一见我哭了，姐姐也急躁起来，啊啊呜呜地嘴角流出一线一线的口水，她先是紧紧抓住我的衣襟不放，然后又松开了去拉扯自己的头发。我去掰她的手，她的力气却比我大，我知道这样不是办法便强忍住恶心把鼻涕倒吸了进去，又揩干眼泪努力做出笑脸，我拍着姐姐的手背把她哄到床上一个稍微干净些的角落坐下。漆黑的被子和床单散发着一股浓重的馊霉味，我的眼眶又湿了。在没晓事之前，这里是我的天堂，屎尿随处厮姐姐都不会骂我，晚上也跟她睡在一起，记忆中父亲没来抱走过我，不知是懒得动弹还是很放心姐姐的照管。而如今坐在这张床上，我已经记不起上回坐在这儿是什么时候了，姐姐的脏手牢牢地扣着我的手，我却想把自己的手抽出来，我觉得我的手似乎更脏。

父亲背着手走了进来，先看了看姐姐再看了看我，他想掩藏住内心里的高兴，发狠地抽着烟，烟气温情地将他的脸笼罩。让我倍感意外的是那个铁腿男人竟没有跟进来，难道是我猜错了？

"走了?"我不甘地问道。

"嗯!下午才来接。"父亲的回答打消了我的疑虑,但我怎么也想不明白他为什么都不进来看一眼,这桩不是买卖的买卖无疑是基于钱的,他怎么可以放心到这个地步。后来他们村的人告诉我,铁腿需要的只是一个能生小人儿的女人,其他一概不在乎。由此可知他的不看当属明智之举,不给自己留有退路自然是需要极大的勇气的,我书虽念得少,但那个把帽子先扔过墙的故事还是知道的。

父亲变戏法儿似的从后腰掏出一面镜子和一把梳子给我,说:"给你姐梳扮梳扮。"

四

说是下午,直到傍晚时分铁腿的身影才出现在村前的马路上。把姐姐整理妥当后我已经精疲力竭,中午父亲又打发我去经销店买了几瓶好酒,席上硬压着我喝了几杯,这么一来困意就更浓了,我说去睡会儿,他说:"你还敢睡? 人家马上就到了,去! 到村口守着去。"不知道为什么,出了屋门我逢见的路人竟比我一年里逢见的还要多,他们无不向我投来热切的目光,有的叫着我的小名:"小毛哇,喝酒啦? 脸那么红。"有的人则大踏步走过来拍了拍我的肩膀就不见了。那会儿我的酒力正发作,一身酥酥的像没了骨头,也就懒得搭理他们,到了村口一溜儿坐在那棵枣树下便睡着了。我做了一个很长的梦,具体是什么内容我记不清了,但在梦的结尾处我仿佛听到了一阵咔咔嚓嚓的声响,我登时就醒转了过来,抬头一望,看见铁腿正在离我半里远的马路上艰难地行进着,一轮昏黄的太阳粘在他肩上,像个沉重的包袱。

"天都黑了!"我伸展着臂膀没好气地说。是个明白人都听出我的不满情绪，但谁知铁腿却像是才看见我似的打着啊哈，咕哝着说了一句什么话后便继续赶他的路，我挺了挺胸膛想要揍他，他已经走远了。

天一暗下来村巷里也基本空了，只有猫狗着急地往家赶，有的院子里叮叮哐哐响着，是在准备着夜饭，有的院子则闷在道路旁默无声息，想必主人是早早睡了。我恼火地跟在铁腿身后脸上忽然有些烧，酒劲儿早就过了，我似乎明白了铁腿的苦衷。

院门是开着的，父亲蹲在地上和糠，见我们进来也不作声，我盯着铁腿的光头，想，这下有好戏看了。

"这几天肚子老不舒服，路上拉了好几回，就迟了。"铁腿说话的时候双手不住地往外摊，白色的唾沫团子精准地落在父亲的灰发上。

"嗯！带她走吧。"父亲搓着手站了起来，糠渣扑扑落下，引得鸡们为此展开了一番殊死搏斗。父亲又突然停住看了看，说："让我小毛也跟过去？"

"这个……"

"我小毛送过去就回，我知道你那里住不下。"

"可以可以，这倒可以。"

父亲和铁腿商量着有关我的事却压根儿不看我的意思，我心里便恨恨的。中午吃酒的时候我已经知道铁腿他家在离我们这儿有将近二十多里路的一个小村子，没学过数学的人都知道这一个来回就是四十里，要说为了姐姐的幸福我付出也是应该的，我只是气不过他们大人的办事态度，等会儿姐姐不跟他走才好呢！

姐姐对我们一行三人的到来反应十分冷静，自顾自靠着墙壁玩弄手指，她似乎知道正在发生和将要发生的一切，而这一切并没有人教导过她，她的领悟是源自于女人的天性？小时候姐姐帮着我打跑别人，我感到骄傲，但今天心里的这种骄傲是我从未体会过的。有那么一刻，我固执地认为铁腿配不上姐姐，八字牙，吃颗大枣都能漏出来；长鼻毛，像鼻子下边随时带着两根黑色儿的吸管；铁腿就更加不消说了，每天睡觉前得脱下，第二天早上要费好大劲才能扣上，这会吓到姐姐吗？我不禁担心到，又忽然恨起父亲，见钱眼开的老东西，全不顾及姐姐的死活。

我在一旁杞人忧天的时候，铁腿伸出了手去牵姐姐的手，他竟然轻而易举地牵住了。我那不争气的姐姐抬头看了一眼铁腿就又垂下了头，驯顺得像一只羊羔。铁腿嘿嘿地对父亲笑了笑拉着姐姐就往外走，姐姐的步子先前还有些拘谨，后来就变得无比畅快了，好几次都差点儿把铁腿甩下。我记得父亲仅有的一次带姐姐去赶集，姐姐迈的就是这个步子。在院门旁他们俩停住了，默契地等候着父亲的交代。

父亲踱了几小步来到姐姐跟前，替她拢了拢散落的头发，说："女啊，在那边好好安生啊？！"父亲说完就哭了，姐姐满脸惊奇地注视着他，不多会儿铁腿就生硬地上来拉扯。

"火把就不用带了吧！"父亲举起袖子抹了脸又使劲往后甩了几下，不容分说地就从我手上将松浆火把夺了过去。

没火把怎么照路，我不回啦？四十好几里路呢！我委屈得想哭，就算你心情不好，就算你舍不得那几毛钱，但我好歹是你的儿子啊，你死了给你捧遗像的只能是我。这些话我憋在心里没敢说出来，但我的眼泪确实出来了。

"放心！今夜天上满月儿。"

五

那个漫长的夜晚我将终生铭记。我不停地走路，脚越走越痛，路却越走越长，仿佛没有终点。往那边去的二十里我还能坚持，虽然一路上我们三个人搭不上话，但身边毕竟有个活物，一对照，总能知道自己是个什么东西，从哪儿来到哪儿去。往家走这二十里就显得有些血腥了，刚别了他们我就在村口处的一个坡坎上跌了一跤，膝盖破了，下巴也烂了，我借着月光清理着膝盖上的碎石子，下巴上的血偏一顺儿往下滴，让我顾东顾不了西。我心里当时第一个想法不是责备父亲，而是纳闷自己身上哪来的这么多血。我感到欣喜异常并很快地忘记了疼痛，疼痛感在逐渐消失，饥饿感却排山倒海地压来，走出大概五里多路的样子，我想我可能就要死在这条路上了。

后来我把这个经历跟我的第一个女朋友说了，我一边说还一边挽起裤腿告诉她现在膝盖骨里还有没弄干净的沙石。她听完就直接笑得趴在了床上，因为合不拢嘴，枕巾都被她的口水濡湿了，除了口水还有一排牙印，牙印两边各一个深坑，那是她的虎牙的杰作。过了不知多久她终于笑累了，说："你怎么不知道拦个车，傻不拉叽地一个人受着伤走那么远，这种事也亏你做得出来……"我听不出她是在夸我还是骂我，我说是啊是啊，我真傻！三天之后我们便分了手。

我继续在脑海里搜索着那个晚上的记忆，似乎的确有很多车从我身旁驶过，但我也的确没有萌生过叫停它们的想法，我甚至无意去关注它们，我机械地睁眼抬腿，无论车从前边来，还是后边，它们的车灯光一打过，我的视线都会短路，世界只会更加漆黑。光明总是暂时的，那索性连片刻的光明也不要（这是我写在日记本首页上的一句话，没事总喜欢拿出来在工友面前炫耀，反正就是没有一个人相信我是原创，他们说现在人都可以克隆，还有啥不可以盗版的）。每转过一道弯、拐过一个角，我都幻想着村子就在前边，可希望总是落空。再者，出来走了这么久我也没有了时间观念。地理课上老师说太阳正好照在头顶上的时候就是

　　　　　　　　　　　　　小的海　|

十二点左右，但他没有教过我们怎么看月亮，我感觉它总是在那里，像只大蜘蛛一样坐在天空的大网上一动不动。我一会儿觉得怕是有十点多钟了，一会儿觉着有两三点了也不一定。这让我明白失去时间是件多么可怕的事儿，但那时的我怎么也不会想到以后的每天里我都会经受着失去时间的痛苦，不停地走路和在流水线上不停地作业没多大差别。

有几次我都怀疑天就要亮了，不仅是因为星星变得黯淡了，而且天边边也一阵白似一阵。于是我挑了块干净的公路界碑坐下，打算天亮了再走，坐着的时候我想父亲见我这么久没回会不会打了火把出来找我呢？一想到这点我就忍不住踮了脚尖往远处望，可等得我脖子都抻酸了，前边也没一丁点儿光或声的动静，最可恶的是天始终没有亮起来，反而更黑、更冷，我的屁股坐得冰凉冰凉，浑身打着颤，我想除了继续走我似乎别无选择。

又不知过了多久，我突然发现前面一座小山包似曾相识，紧接着我就发现了我的村庄，我没学过画画，但它的轮廓我眯着眼都能描出来。我见到了那棵枣树，我跑上前去搂住了它，我心里多么渴望它是一捆柔软的稻草啊，但它粗糙的皮却硌得我脸疼。村子里的鸡鸭猪狗都睡了，这时要是进了贼该怎么办呢？但愿这是它们偶然的一次疏忽。我扶着墙根一步一步挪到了院门外，还没进门就听见了父亲规律起伏着的鼾声。我在堂屋里摸到手电照了一下墙上的钟表，时间已是凌晨三点一刻。

"谁？小毛？"没承想父亲醒了，声音从很遥远的地方飘来，吓得我本能地灭了手电。

"嗯，是我，刚到屋。"我应道。

"噢噢，几点啦？"父亲又问。

"还早，还早，我睡去了。"

远方树叶   139

六

如果我稍微迷信些就应当把发生在铁腿他们村口的流血事件理解为一种不祥之兆。铁腿和姐姐若是有福的人，那厄运怎么会那么快降临到我头上？四大名著里边儿我只翻过《水浒》，知道晁天王死前一次下山折了帅旗，他却不当回事儿，结果中了毒箭一命呜呼。那次的凶兆究竟预示着什么？我的直觉告诉我这必定与姐姐有关，恐怕姐姐这一嫁是凶多吉少。但当时我不可能去想到这些，我下巴和腿上的伤口都愈合得差不多的时候，我就跟着同村几个伙伴去了广东打工，整整三年没回去过，逢年过节也只往村里的经销店里打个电话，然后他们去叫来父亲。交谈中有关姐姐的信息十分稀少，不过，只有当姐姐又生下了一个孩子，父亲才会在电话里提到她。我在外的三年多时间里父亲总共提到过姐姐三次，这表明我已经有了三个小外甥。

我之所以说去年回家过年是个错误，是因为收拾东西那天早上我把嘴戳了个大窟窿，水槽都成了大染缸，尽管凶兆已经显露，但回家的一路上都感觉还算顺利，除了差点儿被一泡屎给胀破了肠子。到家后父亲的态度也慢慢升温，在我把这几年的积蓄统统交到他手上后，他激动得连碗都端不住，以前我叫他去信用社办个存折，我隔几个月就往折子里打一回钱，他说自己的钱存在别人那里干什么。我明白他不过是在找个台阶下，他能轻松挑起一担二三百斤重的谷子，但他却拿不起一管笔写出自己的名字。父亲不知从哪里弄来一块灰布细致地包裹着那扎钱，一会儿说要造房子，村里的谁谁家那么穷都造新屋了；一会儿说要给我讨老婆，村里的谁谁年纪与我一样大的孩子都上学了。他对我的称呼也改了，直接叫我"毛啊"，听得我额头上直冒汗，心里许多针对他的看法也多数被推翻，有这么个父亲，我心里别提多幸福。除夕那天父亲又喊我去给他买酒，语气、神态和三年前姐姐出嫁那天一模一样，我的心忽然就冷了，不是我不愿意跑腿，而是我感觉到我和父亲之间的距离不是几句热情洋溢的话就能消除了的，我出了院门习惯性地提腿就要跑起来，却意外地刹住了，跑作为一种行走方式似乎已经不再适合我，就像如今的我怎么也不会只拥有一条内裤。

席上父亲喝了几杯后就跟我提起了姐姐，他说你姐姐已经给他生了三个小娃了。我说我知道，你在电话里讲过。他说一个是女娃，两个男娃。我说这我也知道，然后我又分别叫出了他们的名字。父亲说那个杀千刀的铁腿不把你姐当人待啊，没有哪天不打她的，就是家里的牲畜嘛，也顶多十天半个月才教训一回呀……

我静静地听着，没有再搭话，心里仿佛揉进了玻璃碴儿，生生地疼，人疼到极致的时候是没有眼泪的，我拼命地睁大眼睛，即使眼睛掉出来我也不打算闭上。不一会儿，父亲泪流满面地昏睡了过去，酒和着嚼碎的饭菜的混合物顺着他的嘴角流出来，他的身体时不时地一抽一抽，从眼窝里吐出几团稀白的眼屎。

七

大年初二，我在父亲面前表示出要去看看姐姐的意思，把三套在集市上买的小孩衣服和几袋糖果都包好了放在堂屋，父亲却闷着头把东西都提回了屋去，骂骂咧咧道："他（指铁腿）有来给我拜过年吗？在圩子上见了我都装作不认识，不要盐我都吃得他进，你倒去他家？"父亲一通话说得我十分难堪，好像我做了"里通外国"的汉奸。可第二天早上我一撩开蚊帐就发现父亲坐在我屋子的门槛上抽着烟，烟雾离我远远的。

"毛啊，你今天去看看你姐。"

"嗯。"

"你要觉得合适就接你姐回来耍几天，当然……当然这也要看他们放不放人。"

"什么放不放人，你也是老了没名堂。"

父亲欲言又止，大口吸着烟。我居然敢当面说他的不是了，我在等待这么一天，但这天也来得太快了些，我有些不知所措，故意高声道："你放心，我保证把姐姐带回来。"

我提着那包东西到了村口，忽记起了那年的四十好几里夜路，想，现在就是谁出一块钱一里路买我走我都懒得搭理他，两块钱一里倒是可以考虑，八十是我在厂里一天上线十个小时才能得的工钱，走路可以赚钱的话苦点累点都不算什么。可这些都只是我的异想天开，有谁会那么傻呢？笑过自己之后我总感觉附近好像少了什么东西，对，是那棵枣树不见了，它当年生长的地方我还能感知出来，我拿脚一路拨过去却一无所获，连一小块烂木桩都没见着。三年，可以改变的东西实在太多，以至于在颠簸的客车上我总想哭，姐姐还会认识我吗？

赶在午饭之前我到达了姐姐的村子，他们家不难找。我扯住一个小孩刚说出铁腿二字，那小孩拖住我的衣袖就往前跑。事后我拿出几块饼干奖赏他，他竟朝我推了推手，问道："你是大丫舅舅？"我说是啊！然后他说她这会儿还没回家呢，就跑开了，让我一时摸不着头脑，我像他这么大的时候，别人要是给点什么吃的让我给他做儿子我都愿意。我正纳闷，耳朵里却听见那种熟悉的金属摩擦声慢慢近了。

"铁……呃……我来看看我姐。"话一出口我就后悔了，就叫他铁腿又怎样呢，他不把姐姐当人看，你当他是个什么东西？我恨我还是这样没出息。

"你是小毛哇，进来坐进来坐。"铁腿满脸高兴地把我往里让，不知他是给我面子还是给我脖子上"粗大"的金项链面子，我也不管那么多，趾高气扬地噔噔地进了屋，刚没走几步就被这间屋子里的复杂气味制服了，我急忙点上一支烟，寻来找去硬是没发现能坐人的地方，一边的床上倒是躺着两个小孩，我过去看了看，他们都熟睡了。看到他们都健健康康的我心里如释重负。父亲曾跟我说过别看你姐跟他都是不周全的人，但他们俩生落下来的小子也好、丫头也好，都很周全，看着叫人喜欢，上天真是造孽也造福啊！我在那边听着自然以为父亲常去姐姐家走走，这次回家后才知道父亲从来就没有到铁腿家里边点过脚，那父亲又是怎么知道这些信息的呢？我想不明白。

"大丫和我姐上哪儿去了，这中午了还不回？！"我不屑地递了一根烟给铁腿，他一见金色的烟盒知道是好货，恭敬地伸出双手接住了。

"在水库上放牛呢，老早就出去了，回总没个定数，我马上就去叫？"铁腿左手夹着烟右手很随意地摸了摸我放在脚旁的包裹。

"我去吧！"我说着就向外走，早解放一分钟都好。

出了门一直往左边上，就能看到水库堤坝了，她们就在上边。

八

不好的事情一直没有发生，我的心也渐渐放宽松了，但愿什么凶兆之类的只是人的臆想，当不得真，整天提心吊胆的反不划算。上了几道田埂，我已经能看见水库草黄色的堤坝，一大一小两团黑影像两扇蕉叶一样飘忽着。

"姐……"我从喉咙里挤出一个生疏的词，姐愣了一会儿后就压着声音闷叫起来，朝我缓缓挪了几步，靠近后歪了头看着我，一双手悄无声息地落在我的纯鸭毛羽绒服上。我知道她认出了我，但我心里却悲喜交加，几年不见，姐姐衰老得实在不成个样子，连从她嘴里呼出来的气都仿佛无比陈旧，像那种潮潮的老棉絮的味道。我的泪水理所当然地奔涌而出，这期间大丫一直像只壁虎一样吸在她母亲的腿上，我蹲下身让她叫我舅舅，她害羞地往后躲，姐姐掌住她的小脑袋就生硬地往我跟前推，我赶紧打开姐姐的手，生怕吓着了大丫，也许是姐姐弄疼她了，大丫自觉地靠近了我，轻轻地捏住了我下巴边上的一根长胡须。我刚想逗她玩儿，姐姐却哭了，两只手绞在一起，偏过了头。我真切地看到了她袖筒里青紫的皮肤。父亲的话被验证了，我又一次哽咽着说不出话。

"他打你？"我拉姐姐的手仰着头问，姐姐当然没法回答我，手一个劲儿地颤抖着。我又问大丫，她朝我点了点头、努了努嘴巴。等我再次抬起头看姐姐，她已经高高地撩起了衣裳，敞露出伤痕累累的上身和两个干瘪、松垮的乳房。我承认我早已见识过女人的身体，但当我看见姐姐裸露的上身我还从未想过那原本最美丽的东西也可以这样的丑陋，丑陋到我想拿铁腿的性命来补偿，哪怕为此丢掉我自己的性命！我身上的血液疯狂地冷却下来，我一边调整着呼吸一边替姐姐穿着衣服，穿好后拽着姐姐的手就往回走，没想姐姐却不依，整个人朝后面倒下去，两只脚抵着我的鞋。这时那只在一旁一声不吭的牛也焦躁了起来，哞哞地叫着，浑厚的声音在库区回荡，声援着她的主人。我漠视着这一切，手上的力越发地大，我感觉姐姐的手指骨不比一个馒头硬多少。我和姐姐的拉扯一开始大丫还站在边上哭，她见形势似乎对母亲不利便上来拍我的手，边拍边跳，口里说着些骂人的话，我低头看了看她，突然，我感觉到身上的力停顿了一秒，一种不祥的预感袭击了我，这个念头还在大脑神经元上酝酿的时候，姐姐已经扑了上来咬住了我的手，我本能地一松开，姐姐便无可逆转地向后方倒去，而她身后即是无比安静而空泛的水库，我还没啊出声，姐姐就落进了水里，她甚至都没有挣扎，把最后一眼看在了灰白的天上就沉入了水里，顿时，山野寂静。

九

回到广东后我做的第一件事就是找到了那把断成了两截的牙刷，并用强力胶把它粘好压在了枕头底下。既然它的断裂预兆了姐姐的失去，那么在一定程度上它也象征着姐姐，我做不到让她活在我心里，这句话对于我来说光是理解就充满了难度，人没了，就是没了，像我们村口的那棵枣树一样，灭亡后不留一丝痕迹才是最好的结局。

如今看来在家的十来天时间还是过得快了些，尽管每天过得都不易，但似乎也没什么值得记忆，那条金项链倒是掉了色，在这边我也没胆儿戴它，没怎么犹豫就随手扔进了垃圾桶里。

流动的夜晚

一

车队一直往这座城市的西北方向开，拖拖拉拉、灰尘扑扑地像一截截臃肿的粪便一般招摇过市。时值初夏，骄阳似火，汗水将我们围困的同时，一种沮丧而无望的情绪在狭窄的车厢内持续蔓延着。

罪魁祸首就是远近闻名的"怨妇"老鼻子。刚出了城东那片待过长达半年之久的工地，他就喊着要死了、要死了，聒噪的声音像知了那样富于节奏和不知疲倦。众人嫌他晦气，离他远远的。有人说，老鼻子你放心大胆地去死吧！不过千万别死在车里，你可以从车上跳下去也可以把自己塞进车轮底下，这个天热得卵蛋都要孵鸡仔，你呀，不到半个小时就要臭掉……接他话的人是三哥。三哥与我同辈，年纪比我稍长。他也是个嘴巴闲不住的角色，一紧嘴就犯瞌睡。干活儿的时候也不例外，为此他没少被队长老霍打报告。这会儿他就靠在我的右肩头上，坚硬的头发像野猪毛一样挺刺，扎得我心烦意乱，无心睡眠。想来这毛发坚硬应该是性格刚烈的表征，为何三哥脸上却永远充满了柔情蜜意？我不解地斜视了他一眼，见正有一线口水珍珠链似的从他干燥的嘴角挂下来，我一阵惊慌，细看，好在有他自己的袖子兜着，否则我宁愿去听老鼻子的絮叨也不愿享受这片宝贵的清凉。

老鼻子四十有八了，是建筑队里的元老级人物。他没有在逝去的岁月中积累下一笔多么可观的财富，这严重削减了他这个年纪应该具有的威信和尊严。也正因如此，我们这批年轻的才有了前车之鉴，活人活成老鼻子是我们每个人心中的噩梦。不过，这并没有影响我们对他的同情和照顾，工地上什么活儿轻快就爽快地让给他，从不计较。可即便如此，老鼻子照样干不好。去年入秋那会儿，队长老霍就有了退掉他的意思，我们都暗地里替他着急，他却依然故我，最后，这件事因老鼻子的儿子考上了大学而作罢。从这件事可以看出，老霍大抵是个好人，至于他的不好，后面我会提到。话说女人怕老，男人怕没钱，四十八岁的老鼻子又老又没钱，三十岁上才得了一个儿子，这个儿子倒给他争气。别说有一个念大学的儿子，我们其他人连一个念大学的亲戚都没有。老鼻子在这一点上占尽了上风。听说他儿子上的大学就在这座城市。我们从未见过他。

老鼻子的声音渐渐弱了下来，我想他不会真这么容易死掉了吧？！就如前面所说他没有积累什么财富，但却积累了一身的慢性病，诸如慢性胃炎、支气管炎、咽炎等不计其数，还患有眼疾，一双眼睛经年累月血红，仿佛随时都要失去约束从眼眶里流将出来。每换一处工地，他人就小了一圈，这让我异常不解，难道人老了当真是往回长？如今的老鼻子算是名副其实的小老头了。我的目光碰触到他时他两眼微闭，神态安详，身体正不断滑向车厢中央，时不时嚅动的嘴角打消了我的顾虑。

从卡车车厢内看不见外边，蓝天和高楼的阴影不断从车身上空掠过，既投下阴凉也投下更为巨大的灼热。车体在行进中保持震颤，车厢中的泥灰像液体一样来回涌动，乍一看，烟雾迷蒙，宛如仙境。亲密而熟悉的泥灰气当然不会引起我的不适。二十五岁之前我喜欢女人身上的味道（尽管还未亲身体验，但这就像没人见过龙肉，却都认定龙肉必是天下绝味），二十五岁之后在依然喜欢女人味道的同时我还喜欢上了泥灰的味道，它专属于男人。不知不觉间，原本放置在车尾处的几只蓝皮塑胶桶游移到了车身中段我的脚边，三哥也从我的肩头落到了我的大腿上。血液流动受阻，我的腿脚开始麻木。三分钟，这是我给他设定的最后极限。但如果靠在我腿上的是个女人情况就不一样了，哪怕腿残废掉，别说三分钟，就是三天三夜也随了她了。

如果你知道我是个二十七岁的小光棍也许就不会责怪我的龌龊了。更何况我说的这个女人可以是我的妻子，男人的大腿让自己的妻子睡着有什么过错呢？可惜没有女人会看上我，这也正是我跟着三哥离开村子、离开十字镇的原因。高中毕业后我就回到村里从父亲手中接手了果园，眼看着第一批果苗就要长起来，青青绿绿间，苗儿生长的声音铮铮可听。那些日子至今也让我难以忘怀，我想我这辈子也不会再过上那样安逸的生活了。我在果园里挑一处平地架起了一个防风避雨的棚子，接了电灯，安了铺盖，白天该我忙活的时候我手脚不停，五点之后，大把的时间便空了出来，我看书读报（这习惯是在高中养成的，到后来，居然发展到一天不看些文字就心神不安），这种神仙般的日子没过多久便告结束，原因是村里的变压器被盗了。按理说村里变压器被盗跟我没什么关系，大不了我回到无电时代，山上有烧不完的柴火。事情却并不像我想的那般简单。村支书李金水拍了拍他那肥厚的脑壳，作出了卖掉村里部分山林另购一台变压器的决定。我种果树的那座矮山就在这其中，于是我被一伙持枪拿棒的人赶了下来。后来我贩卖过袜子、圆珠笔、老鼠药以及日本菜刀，这些努力并没有让我的生活有所起色，可我的年纪却转眼就到了二十五。

在我二十五这个光辉灿烂的年岁里，隔壁村一个姑娘愿意跟我接触接触。我欢天喜地地请她到十字镇上打电子游戏，掏钱买币的时候这位善心的姑娘却被我吓跑了。之前我一直将我的左手放在口袋里。我的左手只有三根手指，中指和无名指在七岁那年被打谷机绞掉了。

和老鼻子一样我也有自己的绰号——二指。我一直没法查清这到底是哪个天才起的头，难道叫我八指不比二指更合理？后来我想想，二指就二指吧，这也算是对那两根手指的祭奠和怀念了。事实上，我差不多都快将它们彻底遗忘了，它们于我就像人身上原先长的尾巴一样毫无用处。

一个急刹，车上的人和物都在半睡半醒中撞到了一起。老霍习惯用这个方式节省他的口水。从我们进队的第一天起，他就反复跟我强调他之前开过坦克，对于这个说法，工地上没人信，也没有人不信。管他是不是我们的头儿，该骂娘的还是照骂不误：

"老霍老子×你妈，开个车了不起是不是，你还真当这是坦克啊！"

"×你妈的老霍，老子头碰肿了，赔老子药钱哈。"

这些辱骂毫无新意，无非颠倒顺序，腔调别无二致，他们知道能传进老霍耳朵里的也只是很有限的一部分，所以谁不骂倒像是自认脓包软蛋。三哥在我的护卫下毫发无损，但老鼻子显然伤得不轻，他牙关紧咬，面部扭曲，额头上窝下去一个坑，几粒河沙嵌在肉里。

"要死了、要死了，二指、二指，你在哪儿，快来扶一下我。"

人下得差不多的时候，老霍眉开眼笑地开始给我们挨个儿散起了烟。兄弟们辛苦了哇，路不好走，路不好走。不多会儿，众人的怨气便跟随着烟气一同消散。吃人的嘴短这条不是最紧要的，在我们前边停下的三组施工队都在接受队长的训导，相比之下，我们的老霍是多么地和蔼可亲。

没有人打听这次来要建的是什么，工期有多长，甚至也没人对这个荒凉之地多望一眼，如果这儿高楼林立、车水马龙，也就不需要我们的光临了。但老霍还是跟我们大致交代了一番。这儿将要开建一个大型产业承接园区，规划是明年年底完工，具体能摊到我们这队的任务不多，我们只是一支先头部队，后面还会有源源不断的物料和工人开进来，什么时候开工的通知暂时没有接到，没有通知我们就先玩着，就当放个假。

老霍话音一落，众人脸上便呈现出了相同的表情，没有人欣喜于这个长短不定的假期，时间和金钱的双重流逝让我们有些无所适从。但不管多大的情绪也无法触动事实分毫，人群便缓缓地往离车队不远处的那一排洁白亮丽的活动板房走去。

傍晚时分，气温下降，板房内闷如蒸炉，刚洗湿的头发一分钟即可干透。由于没能争到一楼的房间，老霍脸上堆满歉意，好在他也与我们同住一室，众人自然捉不住话头。老霍自知在我们面前折了面子，说话也就十分和气。见老鼻子伤得不轻，当下就拍胸脯说晚上请大家喝酒。

老鼻子没有接话，稳稳地攥着毛巾靠在床头。老鼻子的江西老乡大光却稀里糊涂地插了句：

"这板房好哇，随拆随走，想在哪儿安家都可以的。"

大光原名何光耀，年纪与我不相上下，圆脸大嘴长耳垂，一脸的官相。除了三哥，队里我与他最熟络，湖南人惯称江西人江西老表，三哥叫他老表，我一直叫他的名字。他也跟我一样单着身。

"嘿嘿，这板房有个特点，它白天好，晚上不好。"老霍龇牙笑着说，脸上一副邪恶的表情。众人尚在云雾中时老鼻子却开怀大笑起来，他笑得太难看了，眼泪都笑出来了，我看清了，他的眼泪水居然不带半点红。

"白天好，晚上不好，这是个什么情况？"大光将一只手不自觉地搁在我肩上，目光深邃，一眼千里。

"究竟为什么？"我也傻乎乎地问道。

老霍和老鼻子便笑得前俯后仰、手舞足蹈了。老霍掐着脸问三哥：

"三弟，你知道不知道为什么？"

"这里面是有点名堂，但我搞不清楚。"三哥故作高深地说。

"亏你还是个过来人。"老霍说，"告……告诉你们吧，夫妻晚上不是要做那个事情嘛，这一做，动静就大，住这板房就像是装了喇叭似的，方圆几里连只公蚊子也别想睡着啦！"

老鼻子对这个解释似乎不太满意，补充道："要是睡二层，搞不好还会塌到一楼去的哇！"

屋内顿时"噢噢"声一片，一个个恍然大悟的样子，然后饶有兴致地用手捶捶墙，用脚跺跺地板，好像事情还真像他们说的那么回事。至此一向为我遮风挡雨的三哥在我心目中的地位一落千丈，他面色绯红、笑容可掬，像是也感到有些羞愧，端着个满当当的茶缸到处要水喝，最后说尿撑，快步走出了房间。

三哥是个结了婚的男人。

二

这天晚上我罕见地梦见了女人。

我是个少梦的人。只有累近骨髓，你才会知道做梦也是一种无比奢侈的享受。值得庆幸的是每隔上几个月还是会有漂亮女人造访我单薄而贫瘠的梦境。在以往的梦里，女人们胖瘦不一，形影模糊，高高在上，吝惜她们的每一根手指、每一口唾沫。我创造了她们却无法控制她们，我能做的只是驱使她们在我的身体彻底松软那一刻匆匆离去。这次的梦显然有所不同，我不仅梦见了女人，还无比确切地认定这个女人就是三嫂。

三嫂挎着一个竹篮到我的果园里打柚子吃。三嫂原名何彩香，是邻村剃头匠何炳义的二女儿，家境一直不错，在十字镇中学念书的时候我就认识她了，那时候她还没跟三哥走到一起，但她的屁股后面总是围满了苍蝇一样赶也赶不走的男生。我高中毕业后回到村里不久就听闻了她要结婚的消息，再一打听，新郎官居然是三哥！在我看来这小子给何彩香提鞋都不够资格，当真是一棵好白菜叫猪给拱了。后来我跟他讨教追女人的经验，他什么也没说，仅仅是在我脸上狠狠地掐了一把。我的三嫂步态款款、婀娜多姿、满面春风地走向了树荫底下的我，用她那金子般的声音说："小老弟，我打几个甜柚子吃呀！"我说你打吧，不用挑，保准每一个都甜。三嫂得了话就迈着小碎步朝柚林走去。我则继续读着我从村小学老师那儿借来的旧报纸。不一会儿，三嫂又叫我了，说山虎呀，柚子还太紧（太生的意思）了，打不下来。村里几乎所有人包括我的酒鬼父亲都叫我二指，三嫂过来后却一直叫着我的本名，这让我内心无比温暖。我扔了报纸就跑到三嫂身边，她还举着油光滑亮的竹竿上下扑跳，嘴里呼着"嘿哟、嘿哟"，头发散乱，朱唇微张，胸前两颗肥奶水球似的在宽松的衣裳里左奔右突。果真是个好女人啊。但再好也是三哥的。我说嫂你歇着，让我来试试。嫂停下，大口喘气，温热的气息灌满了我的口鼻，沁入心田。嫂将竹竿交给我说你来吧！我这才抬起眼皮扫了她一下，这一眼不看不要紧，我一看竟看进了她的衣服里去，看进了她衣服里去也还不要紧，我居然看见了两颗硕大的细皮嫩肉、芳香四溢的青柚子……

不知什么时候我的内裤给褪到了腿弯处，这直接导致了一场悲剧的发生。热烈的梦带给我的结局多少年来一成不变，这即使出现在其他男人梦里也没有意外。这次由于缺少了必要的阻拦，我分明体验到了一种自己脱离自己身体的错觉。我一个冷战从地板上坐了起来，一切为时已晚。在一台大功率电扇的挥散和鼓吹作用下，我的子民们以纷纷扬扬、飘飘洒洒的姿态狂舞了一阵后，最终恬不知耻地降落地面，具体来说是降落到了我亲爱的工友们身上。

一股寒意袭来，我强忍住恶心套上裤头摸摸索索出了房间。夜风微凉，天边繁星密布，远处的城市依然灯火辉煌。我抱头痛哭，懊悔不已。我怎会那么不要脸呢？我对不起三哥，想想这些年他对我无私的照顾算是都照顾到狗身上去了。三哥领我进队的时候老霍嫌我左手少了两截指头，三哥对老霍好一通软磨硬泡才使他收留了我。在这之前我应聘过文员、流水线工人以及快递员，前面两份工作连体检那关都过不了，快递员干了三天最终因顾客的投诉被辞退。在我走投无路的时候，三哥出现了。他让我放弃一切幻想跟着他吃力气饭。我没有拒绝。于我而言，三哥不是我亲哥却胜似亲哥，我坦言我妒忌过他，鄙夷过他身上的女气，但三哥对我一如既往。而我竟猪狗不如地对他的女人想入非非，三嫂对我也不错哇！不仅关心我的婚姻大事，四处替我张罗，还将我高中在学校校报上发表的那几首豆腐块大的小诗裁下来，贴在一个小本子上，逢人就夸奖我如何如何好，善良、孝顺、还会作诗，尽管她的努力大多付诸东流，但就这份心意，也足以让我铭记终身了。

想着哥嫂一桩桩的好，对比着我的一桩桩坏，我恨不能跑下一楼拾块板砖拍在头上。无声无息地痛哭过一场后，我又想起了我的那片果园，要是村里的变压器没被人盗走该多好呀，或者变压器被人盗走了李金水那个狗日的没作出卖山林的决定，又或者李金水作出了那样的决定但我的果园没在那些山头其中，我的果园到现在也许早已硕果累累了。那一大片柚林能给我带来多少经济收入呢？这个问题我一直没曾思考过，但我隐约觉得这片柚林在赐予我金钱的同时也会赐予我一个像三嫂那样的女人。然而，如今看来，这一切恍然如梦。我把目光望向远处灯火璀璨的城市，一想到今年已经是出来的第三个年头，我便悲伤得不能自已。

第二天大家都起得很晚，直到晌午十点多板房里才稍有动静，片刻的迷糊之后，大伙儿就开始了对昨天晚上那场"夜雨"的议论。都说怪不得睡得那么舒服，原来是夜里落了雨，然后都不约而同地抹了一把脸，意犹未尽地回想那种夜雨落在身上的独特体会。而我一言不发地靠在墙角，内心里交织着窃喜和愧疚两种感情，无论哪一种都可陷我于不义之地，不多会儿，我就面红耳赤了。

大光首先对这场"夜雨"提出了不同意见："雨怎么会落到屋子里来呢？"

此言一出，众声寂静，人人脸上都挂出了一个巨大的问号，然后目光殷切地望向了忐忑不安的我。在他们眼中我勉强算个文化人，这个身份既给我带来尴尬，也给我带来便利，每当操作失误，所有人连老霍在内都会对我待之宽宏大量，读书人嘛，干活儿哪有不笨手笨脚的，古时不是就有话了嘛，说读书人抓只鸡都费劲……我说那叫手无缚鸡之力，众人诚服。如此被宠，以至于后来每每犯了错误我竟然变得理直气壮起来。我不敢迎接大家的目光，却仍神态自若地跷起大拇指捅了捅窗玻璃，说：

"窗户夜里不是没关嘛！"

考虑到我的结论一贯的权威性，没有人表示怀疑。继续思考也没多大意思，众人便扶颈捶腰各自忙碌起来。他们的忙碌从不撞车。老鼻子照旧从枕头底下掏出竹片去工地附近的空地上刮舌苔、干呕、咳痰，他身体里的积痰会在这个清晨被清理出来一半，另一半会在接下来的一天里前仆后继地占领他的喉管。老鼻子在工地上多数时间负责开关水泥搅拌机，这最清闲的工作便让他得以有大把时间将黏痰射进混凝土中，而后，这些蕴藏着老鼻子的痰的水泥会被使用在我们所建建筑物的各个角落，比如厨房、客厅和卧室，后面这些是我个人的联想，老鼻子是不会想到这些的。大光会提着一把砖刀去工地另一侧的空地上刨坑，点上一支烟后他会先抖搂几下屁股然后再美美地落在坑上，不抽烟的时候他会哼几句没词也没曲的流行歌。他在早上哼歌儿的时候我们便会知道他准又是忘了把那座小山丘用土掩埋起来，为此队里的人没少批评过他，这样的批评比挠痒还轻，没有人愿意为这事儿得罪一个人，顶多在心里祝愿他早日踩中自己的地雷。说来也奇怪，他这个坏习惯持续时间这么长了，我们却没有听到过一次关于其他人的中奖报告。值得一提的是三十好几的四川人钢牙，钢牙本名田钢，有家室。他每天早上起来的首要任务就是洗澡，板房里通了水时他就在板房里洗，没通水他会把卡车水箱里的水放出来洗。总之，这清晨一澡是必洗不可的，正因如此，钢牙这个三十好几的男人从面相上看去竟比我这个文化人年轻了整整一圈。有文化和讲究卫生的人在队里享受着人们同样的尊敬。

不用说，老霍这会儿正在一楼的墙根处进行着一场艰苦卓绝的思想和身体的斗争。他的思想要把尿排出来，身体却与他对着干，多年以来，老霍深受其苦。老霍跟我们说他早年开坦克的时候把前列腺震坏了。我们说老霍你这纯粹是扯淡，开个坦克能把前列腺震坏了？！按你这个说法，还有哪个男人愿意去保家卫国呢。我在这儿会添一句妖言惑众。众人便跟着说，对对，就是妖言惑众。表面上看起来是我们这批反对派有理有据，实际上我们的反驳根本站不住脚，因为我们既没有开过坦克也不认识其他开过坦克的人。

三哥今天意外地没有出去。他体格不大，却是队里最能吃的，在平时，再繁忙的早晨他也会去厨房找东西压肚子，而我们没有在早上吃东西的习惯，也不是没有这习惯，在村里的时候一天三顿离不了米饭，在城里谁早上还吃饭呢？再说了就是要吃厨房也没法做，大伙儿来自不同的省市，谁也不情愿委屈自己，要不吃就都不吃，公平。碰上哪天早上有卖包子的转悠到工地上，这一整天都会像过节一样喜气。可惜这样的机会少之又少，沙尘弥漫的工地上，别说是雪白的包子馒头进来，就是一车碳棒也得给涂上一层彩，再说卖包子的多为妇女，谁愿意为着几个小钱来闯这男人扎堆的龙潭虎穴呢？饿着挺好，饿着时间过得快，因为随着早饭的省略，午饭总会早早来到。今天情况有点不对，一向耐饿的我觉着两眼昏花（想必是昨天夜里精力流失的缘故），而馋虫三哥还磨蹭着没出板房。

"二指，你是不是身体哪里不舒服了？脸色太差了，死人的脸也比你这张脸有活色。"三哥温情脉脉地说。

"没有啊，我好着呢，你别说得那么瘆人。"想着昨天晚上那件丑事，我恨不能化成一个臭屁随风飘出窗外。

"你搬个镜子自己照照，当我哄你好要噢，我看你是太累了，嗯……我知道了。"三哥断断续续地说，顿悟的表情不停地映现在他狭长的脸上。

"你知道什么？"我一听就焦急得不行，心想完了，我没有脸再跟三哥混下去了。一方面我又想，三哥就算知道了那场"夜雨"的真相关系也不大，只要他不知道我在梦里对三嫂的亵渎，一切就还有余地。想到昨夜的梦，三嫂胸前那两只大青柚子又开始在我眼前晃悠，怎么也驱赶不开。这才是真正的病入膏肓啊。

"你是不是想那个东西想过度了？你别想骗我，我也年轻过，怎么会不清楚那种滋味呢？"三哥说，脸上一派严肃。

"呃……"我像一只被人拔光了羽毛的小公鸡一样难堪。

"这有什么难为情的，你们文化人也是人嘛，你书读得多，想不到思想还这么封建。书上没教是人就有七情六欲吗？到年纪上，你要是不想那事还真就不对了，要么就是心理的毛病，要么就是身体的毛病，我呢，只是提醒你不要太想，想多了对身体没好处，万事注意个度，你跟着我出来，我是要对你负责的……"三哥不厌其烦地说，他的话言辞恳切，情理俱备，无可挑剔。

我知道三哥是在宽慰我，但当他说到要对我负责时却把我吓了一大跳，好像我是一个被他搞大了肚子的女人似的，我想，要是再不截住他的话，一个美好的上午就要在他的口水喷溅中消逝了。

"我有分寸，有分寸。"我不停地扫弄着下巴上密集的胡须，意在表明我可不是一个屎事不懂的小年轻。

"你有分寸就好，其实吧，女人也就那么回事，猪肉好吃吧，三天两头吃吃还可以，要是叫你天天吃那就是受罪了，女人也是一样的道理，新鲜一阵儿之后就没多大意思了，用起来跟这个东西差不多的。"三哥说着朝我举起了他粗糙的手掌。

我本想说哥呀！那怎么可能跟用手一样呢？你可以安慰兄弟，但不能哄骗兄弟啊。可从我嘴里冒出来的却是一句让我后患无穷的话，我说：

"好像是差不多的噢！"

"怎么？你早试过啦？好小子，你怎么不早些告诉我，害我跟你说话像吃屎一样难受，我说重了吧，不好，说轻了，又起不到作用，哈哈，真是人心隔肚皮，想不到你小子平时看起来斯斯文文的，暗地里还很有一套啊，居然还对我深藏不露，看来是没把我当兄弟呀，快跟哥说说那是什么时候的事儿？"三哥连珠炮似的放了一大串，我努力地从他的话语里寻找着对我有利的逻辑。

"哪里的话，除了我父亲，这天底下就数三哥你跟我最亲近了，这种事情我总不能特意去跟这个跟那个说吧，又没吃错药。"原来语言也有舒经活络的功效，我一说完，顿感一股热血流经身上七经八脉，腹内豪气滚滚，牛气冲天。反正是被逼上了梁山，我也只能来个就坡下驴了。我相信只要是个男人都会做出与我相同的反应，这顶帽子是花多少钱也买不到的。没吃过猪肉还没见过猪跑吗，我信心满满地给自己添加了一种记忆，这项任务既轻松又愉快，无非是把之前看过的小电影里的光腚男人换成自己罢了。

"嘿嘿，好啊好，下次我们出去玩就可以带上你啦！"三哥如释重负地说。

"我们？玩？"三哥的话让我摸不着头脑，令人气愤的是他居然还跟我划分了界限。

"哈哈哈，晚上再说，晚上再说。"

"现在离晚上还长着呢！"

三哥一溜烟跑出了屋子，整栋楼房在他的踩击下摇摇晃晃。我大声喊道，脚轻些，楼要塌了。

我刚从包里翻出牙刷和牙膏，三哥却又一阵风似的跑了回来，对准我的屁股就是一巴掌，由于裤子穿得少，这一巴掌可不轻，响声贯彻天宇。我正想骂你他妈的大早上撞鬼了是不是，三哥不顾我的恼火上气不接下气地说：

"快……快……下面有……有漂亮女人看。"

"有女人就有女人，有什么大惊小怪的。"我嘴上这么说着，两只脚却像有人提着似的不住地往上拿。四只大脚拍起来，楼塌就塌吧，反正不是我家的。

　　果然，板房前边的一处空地上已经围堵了几十个袒胸露背的男人。我心里对三哥嘴里说的漂亮女人进行着种种猜测，想，她要么是个衣不蔽体的疯婆子，要么就是推销外卖的女店员，再有就是发性病宣传单或者避孕套的社区工作人员了。我奋力挤进人群第一圈就嗅到了某种特殊的气息，这种气息将我前面的假设全盘推翻。一个靠着电动单车、扶着满筐雪白包子的小姑娘赫然在前。

　　"小姑娘，你叫什么呀？"有人问。我从人群里依次发现了老霍、老鼻子、大光、钢牙，他们也看见了我，纷纷龇牙咧嘴朝我傻笑，仿佛做了什么见不得人的勾当。

　　"你们叫我小唐就行，我家就住附近。"那个叫小唐的女孩用稚嫩的声音回答道，目光在我们头上扫来扫去，最终落在了她自己叫卖的包子上。

　　"今年多大了？"又有人问。

　　"女人的年纪是不能随便问的。"小唐姑娘略带羞涩地说。

　　"什么？你是女人啦？你知道什么叫女人啦！"人群中爆发出一阵哄笑，笑声中夹杂着部分失落和无趣的情绪，乍听起来，热情依然高涨。

　　"你们这些叔叔到底买不买包子啊，不买我到别处去了。"看来，小唐姑娘这会儿是真的对我们这帮无赖用气了。

　　见小唐姑娘抬脚就去踢电动车的支架，众人忙制止了，再空出手来摸自己口袋，甚至摸到了别人的口袋也没摸出钱来，这才纷纷撒下来往板房跑，真个一步三回头。人潮一退下，我才发现自己居然就站在小唐姑娘正面不到半米远的地方。这是一张怎样的脸啊！清秀干净，五官标致，棱角分明的眉毛下一双水润润的大眼睛，鼻子挺翘，鼻翼处几枚无伤大雅的小痣，嘴唇微红，牙

流动的夜晚

洁齿白。我木木地指了指她筐里的包子语无伦次地说：

"包子，给我来几个包子，要都带肉的。"

"这位大哥不好意思，肉包子全都卖完了，你看酸菜和豆沙的可不可以？"

"随、随便吧！"小唐姑娘侧身去扯塑料袋的时候，我不遗余力地盯着她看，我指的看是我要把她的模样整个儿刻进我的大脑里。

"其实我昨天就看见你们过来了，你们起得真晚呀！我八点来的时候你们这儿连个鬼影子都没有，我又去其他地方转了好几圈才过来的。"小唐姑娘说。

"噢噢，我们还没开工呢，所以起得迟些。"我手臂僵硬地将钱递过去，我自己也不知道口袋里何时放了这张钱，多亏了它，要不然我无法收场。

"实在对不起，明天我一定送肉包子过来。"小唐姑娘郑重其事地说，脸上的表情因为责任而平添了几分坚毅。

"你明天还来吗？"我傻不拉叽地问道，手中的包子虽然已经冷却，表皮干硬，我还是有些迫不及待地想要将它纳入肚腹。

"来！怎么不来！"小唐斩钉截铁地答道。

小唐姑娘走后，大家的情绪集体性地跌入低谷，一只手捏着酸菜馅儿或豆沙馅儿的包子，一只手端着一碗冷开水，许久才往嘴边送一口，神情呆滞，不知所食为何物，我想，味同嚼蜡大概就是这么个意思。好在这种情绪只持续了一段时间，工地上就又重新热闹起来。有些队从卡车上卸下了坐垫开起了牌局，有些队围着队长的 MP4 看起了小电影，有些队只是坐在一起瞎聊。我在瞎聊的队里站了会儿，发现他们聊的是即将开幕的北京奥运会，正为主馆鸟巢需要多少吨水泥争论不休。我大逆不道地说了句，弟兄们，人家那巢压根儿就不用水泥。这句话引得群情激愤，我双拳敌不了四手，最后在众人的怒骂声中狼狈逃窜。

我们队一向缺乏娱乐活动，除了老霍去别的队里要钱，其他人都回到了房间里昏睡度日。

一进屋，三哥就朝大伙儿夸我，说："二指这小子有进步，我们平时都错看了他了，几十号男人就数二指跟小唐姑娘说的话最多，你们说是不是？"

我心想这算个屁大的进步，但心里还是忍不住有些沾沾自喜。从小唐姑娘的电动车前撤下来，众人看我的眼神就大不同于往日了，目光里既有惊讶也有妒忌。我李二指少了两根指头，但我少的仅仅是两根指头，其他功能一应俱全。

"那样的女人顶多用来看看，过不了日子的。"老鼻子吞云吐雾、语重心长地说道，好一派长者风范。难道他忘了自己见着小唐姑娘时的那份兴奋劲儿啦？

"为什么，我就想娶这样的女人做老婆！"大光抢在我前面发了言，似乎为了证明这一观点不惜与老鼻子撕破老乡情谊。刚才三哥夸我的时候，他的脸色就不好看，这会儿差不多都要怒发冲冠了。

"老婆是用来过日子的，要的是踏踏实实，你们年轻人总想那些花花绿绿的，不听老人言，吃亏在眼前。"老鼻子故作淡定地说，他没想是他的小老乡首先跳出来反对他的意见，碍着颜面，没好发作。

"嗨，小唐姑娘还就算能过日子的那种，你别看人家推车卖个包子，往大了说，人家那叫自主创业，往小了说，也得是个体工商户，比我们，不知强了多少倍！"大光继续脸红脖子粗地争论道，好像小唐姑娘已经成了他的谁谁了似的。

"大光说得对，小唐姑娘确实不错。"三哥感慨道。

"对个屁！"我在心里暗暗骂了句。

三

吃夜饭的时候厨师老刘和采购小付端着两只搪瓷大碗转悠到了我们这桌（说是桌，其实就是两行红砖上面搁了一块木板，一个喷嚏打上去都得摇晃半天）。老刘和小付都是广西人，据说都跟上边一个副总沾点亲戚，是绕了不知多少个弯子那种，所以他们在我们面前自然也就拿不起架子来。老刘和老霍是老关系了，我们还没进队的时候他们就是铁哥们儿。老霍常跟我们说他怀念和老刘相处的日子，那些日子不仅富足，而且充满乐趣。老刘是正儿八经的科班出身，先前在一个大酒店掌勺，在一次车祸中瘸了一条腿才流落至此，尽管如此，老刘并没有捞着任何跟他肢体有关的绰号，这让我甚感不公。跟老霍不一样的是老刘从来不透露自己的经历，老霍不说，工地上压根儿没人知道他的背景。

如今老霍和老刘碰在一起对我们来说多半是一场灾难，这两个人若是拼起酒来，那真叫没个底儿，只把买酒的人跑断腿。小付怕是队里年纪最小的了，二十三四的样子，嘴上的毛稀疏而灰白。每次见着他，我心里就隐隐作痛，队里的人对他也不冷不热的。这都因为队里所有人都认定了采购原本该属于我。我自己对此胸有成竹，在一片风言风语中我给大伙儿请了酒买了烟，却没想到后来采购一职被这乳臭未干的小子后来者居上了。

老刘空泛泛地跟大家打过招呼后就单独跟老霍在一旁说着话，这自然就冷落了小付，看他一人孤零零地硬手硬脚站在边上，我忽然觉得有些过意不去，便说：

"小付啊，过来坐下吃菜呀！"

众人见我突然这么和气地跟小付说话，诧异的目光纷纷抛向我，片刻的迟疑后脸上的疑惑就开始松动，然后笨拙地效仿起来，说："小付过来坐嘛，年轻人，胆子要大些。"

小付在众人热切的关照下有些手足无措，不自觉地咬着筷子后退了几步，说："我碗里还有菜，你们吃你们吃。"

我索性就站起身来将一团酿豆腐按进了他的碗里。客观地说，是我对不住他。马犁不了田，牛拉不了磨，我做了采购也未必能做到他那么尽职尽责，我曾经去厨房偷翻过他的账本，不仅账目一目了然，有条有理的，笔迹也工工整整，毫不敷衍。他居然还会在本子上写到许多有关膳食搭配的内容，单凭最后这一点就让我自叹弗如。看着小付欣喜而迷惑的神色，我内疚不已。对小付来说，他恐怕永远也不会明白众人的态度为何前后出现如此大的差别，长久的冷漠和突如其来的热忱就像一冷一热两股力将他的脸拉扯得扭曲不已。我知道在这种扭曲中小付感受到了幸福。

洗碗的时候三哥凑上来问我为什么对小付的态度出现了一百八十度大转变。我笑了笑什么也没说，说了他也不会理解，反而只会嘲笑我的迂腐。我将话锋一转，说：

"你们的活动时间差不多了吧?!"

经过我一下午的思索，我对三哥所说的"玩"已明白了八九分，对于他所指的"我们"，我也模糊对上了号。这就好比从一堆乱麻中找到了一个线头，顺势一提，丁是丁，卯是卯，一切一清二白。

"呵呵，等不及啦? 老霍到后面拉屎去了，等他一回我们就出发，我跟他说了这次加上你，他死活不信，我让他等会儿自己来问你，你可千万别给哥掉了面子哇!"三哥将一只油腻腻的手又一次拍在了我的屁股上，连地点都不差分毫。

紧接着我屁股上的这声巨响，我们身边再次爆发出了"啪"一声巨响，这次是老鼻子将一团鸟蛋大的浓痰射进了水槽里，被击中的水面立马现出一个水涡，许久才重新合拢。老鼻子欠着身子冲着水槽不紧不慢地说：

"三弟啊，做坏事是要遭报应的。"

三哥听了脸色登时就阴沉下来，却不答话，扶着我的肩膀就往外走。出了门，我说："你把什么都告诉他们了？哥呀！你这是害我啊，你哪儿都好，就是这张鸟嘴闲不住。"从老鼻子的话里我听出了他对三哥的批评以及对我放纵自我的不满，我无法领受他的善心好意，我的身体比我的思想更清楚我需要什么。

三哥矢口否认我的说法，委屈地说：

"我嘴巴就那么多？又不是什么光明正大的事啊我到处嚷嚷。"

我勉强信了他的话，这种事情在工地上是藏不住的，老鼻子可以有一万个途径知道内情。我正想破罐子破摔的时候，谁想三哥这个老骚棍却突然给我来了句：

"说了又能怎样呢？犯罪还是杀头！"

远远地就能望见工地外接马路边的路灯下有几条黑影在向我们招手，我一眼就看出了那条略长的影子是钢牙，上下同宽的是老霍，老霍边上那个椭圆形的就是老刘无疑了。老霍和老刘的出现尚在我的意料之中，他们晚上的时候就没拼酒，平常的谈笑显得十分隐秘。钢牙的参与就不得不叫我大吃一惊了，我的脑海里浮现出一幕幕他在清晨奋力搓澡的画面。我不知道是该怀疑自己的记忆还是相信眼前的真实。

没等我开口，老霍就嘿嘿呀呀叫上了："臭小子，你还真敢来啊，你三哥跟我讲我还不信，难怪他一直拽着我非赌一百块钱不可，好在我脑子里多了一根筋，没上他的当，不然老子的一百块就喂了狗了。"

老霍同我说着，我偏拿眼看钢牙，他在我的注视下有些不好意思，傻笑着，两个洁白的虎牙一闪一闪，最后点了一支烟把自己掩在了烟雾之中。我硬着头皮说：

"这有什么好奇怪的，你们要早叫我，我早去了啦！"

"其实我早该想到这一层了，我见过二指撒尿，他的尿是有开叉的，开了叉的才是真男人。"老霍说。

"去迟了就没菜吃了噢。"老刘不耐烦地发着牢骚，我跟他的关系淡淡的，我去不去跟他搭不上任何关系，眼下看来却是我耽误了他的时间。

直到上了摩的我还在为老霍的话迷惑不已，他说的那件事为什么我自己从未察觉？不过话又说回来，谁会没事盯着自己那截子东西看呢？即使真如老霍所言，我的尿是有分叉的，那谁又能证明老霍的推理千真万确呢？没准他那就是从小报纸上看来的乱七八糟的理论。我对老霍的说法深表怀疑，就这事儿谁会比我更有发言权？然而，无论怎样，过不了多久，我就要真真切切地见识一回女人了！我无数次幻想过我的第一个女人是什么样子，幻想并非空想，这些幻想的事实均来自我身边的女人，比如初高中我暗恋的一个女生，比如三嫂，比如我二十五岁那年和我相亲的那个姑娘等等，但在结识小唐姑娘后，这些女人在我看来就不值一提了。话虽如此，我却清楚地知道这个女人对我来说就像是天边的星辰一样遥不可及。思想无罪，我管不了它，它爱怎么着就怎么着吧，舒服的是它，最后受累的也是它。

如今后悔还来得及。我对自己说。可我又想，这有什么好后悔的呢？同行的这些男人中谁后悔也轮不到我，他们哪个没有家室？在女人这条险恶的河边，我一个光脚的怕他们穿鞋的？最可恶的要算三哥了，白白占了个那么好的女人。三嫂，不，何彩香要是我的女人我宁愿为她做牛做马，不说在外面乱搞这样的事，就是多看了别的女人一眼，她叫我把眼珠子挖出来我也心甘情愿。还在村里的时候，三嫂就不止一次交代我要看好三哥，要我一发现有什么蛛丝马迹就及时向她汇报，三嫂说这些时脸上满满地无奈，语气几乎是在求我了，我听了也激动，觉得自己对这事儿有着不可推卸的责任，我发誓做好这个卧底，哪怕得罪三哥我也在所不辞。可如今看来，三哥的行为又何止蛛丝马迹，简直是无法无天了，这样的男人不要也罢！那到底要不要告诉三嫂呢？依三哥的个性，他不仅会把我供出来还会倒打一耙，把所有的责任推到我身上，说是我撺掇他去的，以我目前的"身份"做出这样的事情完全合乎情理，若真是这样，那我在十字镇就臭了，攒再多的钱也别想有女人愿意嫁给我了……

犹豫间，摩的司机穿街过巷将我们带入了一条狭长而幽深的街道。我听见老霍在另一辆车上喊，就把我们在这里放下。各自付清车钱后老霍就走到了我和三哥面前，说：

"这次还是分头行动，听刚才那摩的司机说了，这阵儿扫得严，你们两个要麻利些，速战速决呀，二指就交给你了哇！另外，谁先出来就去前面那个路口先等着。"

三哥一边用力拍着我的肩膀，一边点头如捣蒜，激动得把该我点的那部分头都点完了。

从门面上看起来，这条街道与其他商街没有多大不同，细一看，才发现街口附近分布着盲人按摩店，往里走一色是门面鲜艳的洗头店。街面上人不多，都贴着店门走。五颜六色的灯箱将整条街照射得精彩纷呈。

"二指你怎么啦？满头大汗的。"三哥说，"是紧张的吧，第一次来这儿的时候我也跟你一样，腿都软得像麻绳，我教你一招，你就把你自己不当你自己就行了，你想想，在这个地方，除了我们几个，谁还认识你呢？"

三哥的宽慰话我一句也听不进，心里只想着现在走也还来得及，可是有什么理由能让我体面地离开呢？男人活的一口气、一张脸，我不能让老霍他们看笑话，也许不仅是他们，连老鼻子之类的也会下眼看我。走出工地大门的时候，我对他们满是不屑，因为我已经成为三哥口中的"我们"了，而他们仍被排斥在"我们"这个圈子之外，就像之前的我一样。我着急得要哭，又想着男儿有泪不轻弹，哭比溃逃更让我难堪。仔细想来，三哥说的又何尝不对？在这片谁认识我呢？对于那些女人来说，我与三哥以及其他男人是不会存在差别的，我太看重自己这张脸啦！

"你认识我吗？"我问。

三哥顿了会儿，说："喔喔，不认识不认识，你又不是大明星。不过老弟啊！你看这儿人多的，再晚些就当真什么都没有了。"

三哥说完便拖着我往一个叫"缘分星空"的洗头店走。这家店在街道中段偏下的位置上，粉红的灯箱以极快的频率扑闪着，缭花人眼，更勾起人万千遐想。三哥边走边给我说起了他的历史。三哥说这段历史并不长远，也就大半年前才有的事，一开始是老霍跟钢牙勾搭在一起，一次不小心被他说破了他们才准许了他的加入。说到这么长时间对我的隐瞒，三哥表示万分愧疚，他说他一方面考虑到不能教坏了我，另一方面也怕我向三嫂告密。我说："你现在就不怕我跟三嫂打报告啦？"三哥轻蔑地摇了摇头，说："怕是怕，不过现在我们已经是同一条船上的人啦！"听到这儿，我恨不能照着他的脸甩上一巴掌。

比起其他店名，诸如"乱舞天地""夜魅人生""爱情港湾"之类，"缘分星空"显得中规中矩，甚至带几分诗情画意。此刻，我多么希望它只经营正当的理发业务，但显然这是一个异想天开的念头，三哥的频频回头，充分证明了它非同一般的业务水平。

"两位老板来了，理发还是保健呀？"像所有电影镜头里表现的那样，一个浓墨重彩的老女人上前来同我们搭讪，不过，她的开场白显得更为简短直接。

"你店里还有没有嫩点的，我这位朋友是工商局的，头一回

流动的夜晚

来你这儿玩，怎么招呼你看着办。"三哥泰然自若地说，眼角高高吊着，摆出一副不可一世的样子。

真是知人知面不知心呐，想不到这只土鳖扯起谎话来居然连草稿都不打，脸不红心不跳地就把一顶官帽扣在了我头上，叫我哭笑不得。就算我真是工商局的，怎会那么傻把自己的单位如实奉告呢？三哥呀，你以为你这招高明，说不定人家早在肚子里笑翻了！从老女人饱经风霜的脸上我看不出她情绪的变化，她上下打量的目光像火红的铁条一样在我身上滚了好几遍，随后她朗声说道：

"工商局的呀，正管着我们呢，这位大哥一看就仪表不凡，一派正气，您放心，进了我的店，一准儿给您十二分满意。来来来，里边请。"

老女人将一枚粉拳敲在我胸口就引着我们向里走，三哥忙转过身来朝我使眼色，仿佛在炫耀这一切都是他的功劳，看着他那张得意的脸，我想到了什么叫小人得志。穿过一条漫长的过道，我们来到了后堂，这儿的空间跟前店不相上下，一边的黑皮沙发里坐着两个衣着暴露的女人，尽管她们蓄了长发、剪了齐刘海儿，我还是一眼就看出了她们的老相，右手边的那个似乎要年轻些，小眼睛、厚嘴唇、细脖子、胸前两坨白肉高耸，胸口一颗绿豆大的黑痣，她的妆也相对较淡，看着也就不那么令人反感。发现我在观察她后，她神情厌恶地将头拧了过去，跷着二郎腿点上了一支烟。我不喜欢抽烟的女人。左手边的见我受了打击，先是狠狠地剜了她一眼，然后将两道火辣辣的目光抛向了我，最后停在了我的裤裆处。

不待介绍和挑选，三哥拉着左手边的女人就往楼上走，这女人无限留恋地看了我一眼后又征得了老女人同意，她才把手搭在了三哥腰上。

"这位大哥您看……还行吗？"老女人低声下气地问道。

"还过得去。"我胡乱应答着，颤抖的声音引发了老女人脸上一丝不易察觉的笑，为了消解这尴尬我大着声说了句上楼吧！

"好好，圆圆你赶紧领着客人上楼呀！死人样坐在这里干什么。"我不等领就径自往边上走，在楼弯处，我又瞥见老女人在那个叫圆圆的女人身边耳语了一阵。

"你姓什么，不会是姓陈吧？！陈圆圆可是古代大美女之一。"这是我进了房间后的第一句话。

与我的热情相反，这个叫圆圆的女人却并不搭腔，问："你真是工商局的？"

"你们这儿的难道都跟你一个态度？"听我的语气有些不对，圆圆这才摆正了我们之间的关系，软了话头说：

"大哥你要先去冲个凉吗？卫生间在这里。"圆圆一手推开浴室的门，另一只手就脱起了她自己。我木头似的愣了会儿，我差不多都快要忘记自己来这儿的目的了。房间的隔音效果差，隔壁有激烈的声音传来。

我洗完自己从里面出来时，圆圆已经在床上脱了个溜光，一身白肉亮得刺眼，胸上两座山峰傲然挺立，两个黑点稳稳地端坐山顶。她的肚皮上有些赘肉，肚脐眼深陷，丰腴的腿间生长着一蓬黑密的杂草，至此，我头脑中关于女人的全部印象都得到了实地验证，既已完成验证，我是不是可以离开了呢？

"你过来呀！还要人用轿子抬吗？没见过你这样的男人。"圆圆将一只粉红色避孕套扔了过来。隔壁的声音涨潮似的一波强过一波。

"呃……不了吧！"我说。

"啊？你开什么国际玩笑？"圆圆似乎不敢相信自己的耳朵，猛地从床上坐了起来，随手扯过一张床单掩在胸口，"你真是工商局的？"

"不、不是。"我唯唯诺诺地说。

"那你是嫌不干净？"圆圆追问道。

"也不是。"我手忙脚乱地穿着裤子，像是迟一秒，就会遭遇什么不测。我也不知道自己为何会如此反应，明明是一直渴望的东西，近在咫尺了，却又怯于尝试了。这正中了三哥那句话，我不是我自己了。

"那你……你是第一次出来玩？"

"差不多是吧！"我说。

见我如此窘状，圆圆对我的态度出现了逆转。她披上床单过来拉我，褪尽我的衣服后将我按在床上。我有些后悔自己刚刚说的话，我为什么要否认对自己有利的身份呢，不仅如此，我还将自己的过去毫无保留地告诉了一个对我再也无关紧要不过的人。圆圆骑在我身上挑逗我，她越是挑逗，我那截玩意儿越是萎靡，最后她竟欢快地拍起掌来，说你看你看，它缩进去啦！

"我要走了。"我气馁地说。

"好了好了，我不弄它了。"圆圆说着在我身边安静地躺了下来。

"你让我睡会儿，也许它昨天累着了。"我说。

"你可不是来这里找张床睡觉的，不管你干不干，钱是一分不会少的，你到时候别后悔啊！"圆圆说。

"知道，你告诉我你的真名叫什么？"我问。

"圆圆。"圆圆说。

"姓陈？"我问。

"还真让你猜对了。"圆圆说。

我本想说你不该盗用古代绝色美女的大名，但一想，这样也许会惹得她不开心，给我徒增烦恼。场面一时安静下来，房间里的空气变得有些压抑。我们就这样仰躺着，身体没有任何交叉，像两条晒干的鲫鱼般百无聊赖地消磨时间。

"二指，完事了没？"昏沉中，三哥敲响了我的房门。

"来了！"我迷迷糊糊地说。

交罢钱，出了"缘分星空"，三哥紧着裤腰带说："怎么样，没浪费吧！"

"当然没浪费喽，哥你那边声音好响。"我说。

"岁月不饶人啊，他奶奶的，现在来一次，这腰就痛，想年轻那会儿，这东西就跟吃饭似的，一天三顿，顿顿不落。"三哥说。

我想说哥呀！你老弟我的腰也好痛，谁想我却扑哧一声哭了出来，我说："哥呀！我阳痿了。"

"你说什么？"三哥瞪圆了眼睛问道。

"我阳痿啦！"

四

开工的消息迟迟没有到来，而关于四队有个叫二指的小子阳痿了的消息却传遍了整个工地。正所谓好事不出门，坏事传千里，事情倒不是坏在找女人被捅了出来，要论行为不检点，评谁也评不上我，谁能对一个二十七岁的小光棍偶尔沾点荤腥指手画脚呢？事情要比这严重得多，男人的功能是男人的脸，功能之不存，脸面将焉附？我感叹为何上天会如此之不公，于千万人中偏挑中了我，而我连女人的手都没正大光明牵过一回呀！

三哥为此满腹冤屈。他发誓从未跟任何人提起过我阳痿的事，见他一副痛心疾首的样子我也就心软了。我一直想着要把他在外面鬼混的丑事统统告知三嫂，让这个浑球儿也尝尝痛苦的滋味。为表真心，三哥的毒誓一个接一个，又是出门被车撞死，又是被碎石机绞死，到最后连诅咒自己阳痿也搬了出来。

我说事已至此，说什么也没用了，人家知道，我的病不会加重，人家不知道，我的病也不会减轻。三哥一听，如释重负，说你能这样想就好了，到底是读书人，脑瓜子总能想到一般人想不到的地方去。然后又安慰我说这病是小病，现在正年轻，说不定随便捡几服草药吃吃就好了。

三哥的话再次点燃了我生的希望，路遥知马力，日久见人心，亲人终归是亲人，总在最紧要的时刻给予我力量。"潇洒"回来后的几天里我都半死不活地躺在床上休养生息，我明显感觉自己的身体轻盈了不少，中午起床洗漱的时候发现洗脸帕一天比一天大，别说洗脸，就是拿去做床单都用不完，我怀疑自己用错了帕子，一看标签（工地上的人为了区分各自的帕子和茶缸，都在上面别了白布条），上边分明写着李二指。我深信，照这样发展下去，我变成老鼻子的日子简直屈指可数。

我挣扎着从床上爬起来，老鼻子告诉我出了工地往右走三里多路就有家药店。出事后，老鼻子没有冷嘲热讽、落井下石，而是以一个忠厚的长者形象对我关怀备至。天气一热起来，他身上的各种炎症也随之重了起来，咳痰不止，面色青黄，我们劝他去大医院好好检查一下身体，无论什么时候，身体都是革命的本钱。老鼻子对我们的劝导不屑一顾，我们的声音像苍蝇的聒噪一样让他厌烦。就在这种自身难保的情况下，老鼻子对我的关怀就显得极为珍贵了，我对自己先前待他的恶劣态度深感懊悔。

三哥言辞恳切地说要陪我一块儿去拿药。我说治这病两个大男人一起去算是怎么一回事？三哥这才松了口。他不知道的是我的心态已经大有改观，我相信事出皆有因果，身体上这次灾难应该是对我的一个惩罚。回来后，那个叫假借古代美女大名的女人的身体一直在我眼前晃悠，但我却怎么也记不起她的脸。

我在众人的注视下走出了工地，这些深情的目光既让我焦灼又让我兴奋，我甚至想转过身去向他们挥挥手，告诉他们我会一路走好。我清楚地知道大家心里都没有恶意，生活像一潭死水，他们需要刺激，而我，只不过是在对的时间对的地点做了这枚石子。一路上，我为自己这个独特的见解兴奋不已。也许我应该买个日记本，把这些带着智慧的思想记录下来。是的，我应该有这么个日记本。

三里路说远不远，转眼就到。老鼻子所说的药店在街口繁华地段，药店占着黄金位置，生意却有些冷清，数十盏日光灯齐刷刷亮着，拥挤的光从店子里流淌出来，将午后昏黄的阳光打开一条长长的口子，我站在这条口子的末端，想着自己的病和口袋里为数不多的钱不知进退。迟疑间，药店侧面一家报刊亭吸引了我，我决定先去那里走走。

"给我来一份《文摘》、一份《国防报》，再一份《民间故事》。"我像点菜般把这些名称一一报了出来，纸香扑面，我的眼睛贪婪地在摊板上扫视起来。

"您等一下。我马上就好。"一个熟悉的声音从柜台下面传来，见了鬼了，这声音完全像是从我一个老朋友的声带上发出来的，等那人略微仰了仰头，果真是小唐姑娘。

"咦，好像在什么地方见过你？"小唐姑娘说。

"见过见过，就在附近的工地上，你忘啦？"我高兴地说，想不到她对我这张脸居然还存有印象，这足以证明我在她心目中的特殊位置。

"噢，记起来了，我是见过你的，怎么这几天没见你在工地上？"小唐姑娘说着将一双粘着稀粥的筷子放进了嘴里，吮干净后倒插在一个八宝粥瓶中。

小唐一说我才想起我把她说的第二天给我们送肉包子的事情

流动的夜晚

抛在九霄云外了，因为那病我万念俱灰，这几天我一直在板房里昏睡，一抬眼皮准是到了吃中饭的时间。

"我这几天是不在工地上，我出去采购东西去啦，我是采购员。"我学着三哥的样儿镇定地说，看见小唐脸上浮现出惊喜的表情，我也顾不了许多了。

"你是采购员呐，难怪看起来斯斯文文的，跟那些人完全不一样。"小唐说。

"这报刊亭是你家的？"言多必失，我赶紧转移话题。

"我父亲承包的，我上午的时候卖包子，下午和晚上就过来守守摊。"小唐说，"你是专门过来买报纸的？"

"就是就是，要是早说你家有报刊亭，我就让你给我送了。"出来一趟，没买药，却碰上了小唐，不仅碰上，还能说上这么多话，我情绪一片大好，甚至开始怀疑自己病情的真假，也许我根本就没病呢！"你也喜欢读报纸？"

"原来读的，现在不怎么读了，时间总是不够。"小唐答道。

"话不是这么说的……"

在这个静谧安详的午后，我和小唐隔着一张一米多的摊板说了不知多少话，加起来比我过去一年里说的话都要多。我从未发现自己的口才是这般地好，小唐在我睿智、机敏的话语中时不时爆发出阵阵欢笑。我跟她说我在校报上发表了几首短诗，跟她说我家乡的特产和名小吃，说新闻旧事，也说自己在外谋生的不易。当说到我的绰号时，小唐坚决地要求我拿出手给她看，我怕惊吓着她，一个劲儿往身后隐藏，谁想小唐偏就是个犟脾气姑娘，说我要是不给她看就是瞧不起她、没把她当朋友。我的个天神啊，我怎敢瞧不起她呢？她就是随便吐一泡口水，我也愿意像一条狗一样将它舔食干净。

我不得已把被汗水浸透的左手伸了过去，先是握紧了手掌，

　　　　　　　　　　　小的海 ｜

然后再缓慢地张开，这个过程中我一直盯着小唐的脸，一有不对，我就立马抽回手跪下向她致歉。然而这一幕意外地没有发生。小唐小心翼翼地将我的手掌接了过去，她的目光一落在那两根断指上登时就湿润了。从小到大还没人这么细致地观察过我的手指，包括这个手掌的主人我在内。

"现在还疼吗？"小唐轻声问道。

"怎么会，完全没有感觉的，我自己都快忘记它们了，反正也不会耽误什么事。"我满不在乎地说。

小唐的眼泪流了好一阵子才停下，看着这个与我相识不到三天的女人为我流泪，除了感激她的善念，我更想将她揽入怀中。分别时，小唐说："你还没告诉我你的名字呢？"

"李二指。"我说。

"我问的是真名，谁问你绰号了？"小唐说。

"这就是真名呀……"话一出口我便觉着确实有些不对，"我自己都快忘了，让我想想……李山虎，对，就是李山虎。"

"山虎？可你看着一点也不凶啊。"小唐嘟着嘴俏皮地说，看来她已经把我当成她的亲密朋友了。

"那你叫什么？"我矫情地说，仿佛在短短一个午后，我在与女孩子交往所需的一切技巧上无师自通。

"唐英。"小唐说。

"那你明天早上还送包子过来不？"我学着她的稚气样问道。

"还送，不过我不卖给你。哈哈。"

别过小唐后，我身轻如燕地一下子就走出了二里多路，一想到她那张明媚而充满生气的脸我浑身的血液就要激荡起来，多好的女人呀，我不再为自己一个人煎熬这些年感到不公，如果知道前面有这么好的女人等着我，那多耗上几年又算什么。三嫂？三嫂再好也没有小唐好，更何况她是三哥的女人，朋友妻不可欺这个道理我还是懂的。大光？大光算个什么东西！就他也配得上小唐吗？他暗恋又有什么用，让他自己恋去吧！在他尚未与小唐熟识上的时候，我的小唐已经为我流下眼泪啦！眼泪是随便流的吗？人流泪只因到了伤心处，小唐都为我伤心了，可见我在她心目中的地位是何等地神圣……

回到工地上，大家见我两手空空，表情中就毫不遮掩地带着不解和失望。他们必定以为我会提回一堆大盒小盒的药片，等我一走近，他们便会上来对我嘘寒问暖一番，然后拍拍我的肩膀叫我坚持治疗，祝我早日击退病魔。我的空手而归让他们所有的准备作废。

三哥第一个跑了上来，说：

"二指，你买的药呢？"

"我没买药，我没病。"我得意洋洋地说。

"你有病，你患了阳痿你忘啦？"三哥将一张十分欠揍的脸凑到了我的近前。

"我不仅没病，我还要讨老婆啦！"我大声喊道。

"讨老婆？看来你的病已经从小头转移到大头了。"

五

这个晚上我几乎彻夜未眠，一直到天快亮才眯了会儿眼，东方的天空隐约露出些鱼肚白时我就一个激灵从床上爬了起来，三哥这个吃里爬外的家伙正抱着枕头流着涎水，我恨不能将一个裤头塞进他嘴里，想了想这样肯定会被他发现，于是我就从鼻孔里抠了一坨稀鼻屎狠狠地弹在他脸上。路过大光的铺位时我本想故技重施，却想这个惩罚对他实在太轻了，于是我又将一泡口水吐进了他的茶缸里。做完这些后我的怒气消了一大半，捏了几张旧报纸便往马路上走。

　　马路上的空气有些陈旧，像是从一件压箱底的老棉衣上边散出，仔细闻起来，有些隐隐的臭味。尽管我已经复了仇，但一想到昨天的事我这气就不打一处来，气一不顺，两只脚后跟就不停地撞在一起。昨天夜里我兴致勃勃地把下午和小唐遇见的事跟队里的人一说，我没有收到期望中的羡慕与夸赞，众人反应冷淡，还一致认为我肯定是受了什么刺激，神志出现了问题，纷纷叫三哥管管我。三哥在这个问题上还算说了句人话，他说你们怎么就知道二指说的不是真的呢？众人的态度这才有所转变。最可恶的是大光这个小光棍竟然说我是一个阳痿男、一只阉鸡公，怎么还有脸跟小唐姑娘套近乎、拉关系。我被他一句话噎得差点儿背了气过去，但我又没办法证明自己功能齐全，总不能让我在一大帮子男人面前把那截子玩意儿立起来吧，我好歹是个识文断字的人。但不管怎样，我告诫自己要把大光这小子好心提防上，不怕君子，就怕小人。既然你们不信，我今天还就近乎一回给你们看。

　　我在工地和马路接连处的一块巨石上坐下，巨石用它的冰冷和尖锐刺激着我的屁股，而我的头脑中却进行着一场美妙的思考。出村的时候我就抱定了攒够二十万就回家讨老婆的理想。对一般男人来说，十五万是个常数，十万起屋，另有五万作家具和婚庆开销。我之所以多出五万是因为我少了两根手指，如果有个女人不嫌弃我的小小残缺是否就可以为我省下这五万呢？在遇见小唐之前，这简直是异想天开，除非对方的身体也有别样的残缺存在。遇见小唐之后，我开始相信万事万物皆有异数，小唐就是这个异数。另一面我又想，即使小唐要替我省掉这五万，我也决不能答应，我还年轻，身上有的是力气，我要多挣出几个五万来报答她的恩情，可就她这份心意而言，我一辈子也还不上。小唐真是个好女人，不仅比三嫂好……她的奶子倒是比不过三嫂，但要那么大的奶子做什么呢？只要她能给我奶孩子就行，我们先生养一个，缓几年再生一个，儿女我都喜欢，这第二胎要是叫乡政府的逮住了不就罚几万块钱嘛，这点钱我李二指还是拿得出，谁也别想看我笑话。人说穷不过三代、富不过三代，从我的爷爷——一个老实得连个屁都分着几股放的泥腿子到我的父亲这个饮辄醉的老酒鬼，我们老李家穷够了，到了我这代怕是要大变样了……

"你怎么一个人坐在这儿发呆呀？"不知什么时候小唐已经将她的电动车支在了我面前，用她那金子般的声音向我发问道。

"没什么，没什么，你今天来这早的。"我吃力地要站起来，屁股却像是和石头长在了一起似的拉扯不开。小唐见状便伸了双手来扶我，她的手温热，我的手冰凉，她的手细腻，我的手粗糙，她的手裹满香甜的面粉味，我的手角角落落嵌满了泥灰。

这真真切切的天差地别让我难过得有些想哭。

"你这人好奇怪的，大清早的一个人坐着发呆，刚才好像看你还在笑，现在怎么又摆出一副死猪脸？"小唐说，"哎，你昨天在我那儿买的报纸忘记拿了。"

我将报纸夹在腋下跟在小唐后边落寞地走向工地。天空低矮，晨雾茫白，小唐黑亮的马尾像一条鲢鱼在我前面来回闪动，谁能空手抓住一条精灵似的鲢鱼呢？我感到一阵徒劳的悲哀。

"他们这会儿还没起来呢！"我压着嗓音说，生怕又有什么地方惹了小唐不高兴。

"我知道。"小唐淡淡地说，脸上一副并不在乎的表情，"你们工地上的一个学生模样的人叫我每天早上把包子送到厨房热着，三天给我结一次账，昨天已经结过一次了，他是你的副手？"

"学生模样的人？"我听了心里一惊，小唐说的不正是采购小付吗，我为自己的雕虫小技沾沾自喜的时候小唐已经和货真价实的采购员打过交道了，这步棋走得真险。不过从小唐的话语里可以听出，她暂时还不知道我欺骗她的事情。“对对，他是我表弟，书没念好些年了，面相上很年轻。采购上他管些零碎的，我管总的。统一买你包子的事就是我定的。”

“你看见我头上的发卡没？”小唐说，“就是你表弟送给我的，他还叫我姐姐呢！”

“你跟他很熟呀他送东西你就戴？”我气势汹汹地说，工地上在打小唐主意的不止大光一个，这点我是早就有所预防的，可没想到卵毛还没长齐的小付也要来插上一脚，和大光比起来，他才是真正的威胁。

“你不高兴你送啊，你不是没送？”小唐噘着嘴说，步伐加快，不一会儿就甩下我一大截。

“你摘掉，你现在摘掉它我就送。”我说。我没送小唐东西凭什么对小唐接受别人的东西发火呢？小唐也没法控制别人为她做些什么不是？听得出，小唐心里还是向着我的。

“偏不，我为什么要听你的，你是我什么人？”小唐说。

“我错了，我跟你道歉，我求你把那破玩意儿摘下来好不好？”我恳求道。

吵闹中我们走近了厨房，小付已经守候在这里了。从小付疑惑的脸上，我看出他对我的出现倍感惊讶，但我要的可不仅仅是他的惊讶，我还要他知难而退。

“二指哥，你今天起得很早啊。”小付抽着烟生硬地说，见我上来，便熟练地掏出一支给我。这小子居然也学会了抽烟，以前他连闻着烟味都躲得远远的。没用的，别说学会抽烟，你就是学会上天入地都没用。小唐注定是我的女人。

“我今天正好要去小唐家拿报纸，没想在路口就碰见她，她说怕，我就陪她一起过来了。”我按着小付的肩膀说，不管他的脑瓜子多么灵泛，我这些消息也够他琢磨上半天。我将烟搁在耳朵上就去帮小唐将筐里的包子从车后座转移到了厨房的蒸锅里，这过程中小付一直傻不愣登地靠在门上。

"你们忙，我去睡个回笼觉。"小付说。

小付一走，小唐便拿胳膊肘捅我，骂我坏，说我对自己的表弟也这么狠心。我说你不是吃的也不是用的，要是吃的或者用的我这个做表哥的眼皮都不眨一下就送给他了，但这关系的可是我后半辈子的幸福。小唐听到这儿就笑了，说你要怎么讲都可以，别把事情往我身上扯。我说好，不扯，你喜欢什么颜色的发卡。小唐说其实我最不喜欢的就是红色，太俗气，你给我买个蓝的白的都行。我说好。小唐又说我不喜欢抽烟的男人。我说你要我不抽就不抽，你要是不喜欢我吃饭，我饭都可以不吃。

送走小唐后天大亮，鲜红的太阳一半裸露，一半被云层缠裹，但此时陆地上的气温已经很有些架势了。我就着冷水胡乱吞下几个包子后回到了板房里，众人尚在沉睡，鼾声震天。刚进队的时候我不止一次跟老霍抱怨过他以及老鼻子的鼾声像两台发动机一样吵得人没法睡觉。老霍说男人打鼾不稀奇，不打鼾才稀奇，说我和钢牙是两个特例，睡觉一声不吭、一动不动，像个死人样。久而久之，我早已习惯，没有鼾声的夜晚我会觉得房间内危机四伏、诡异莫测。老霍的鼾声在这个美好的早晨依旧嘹亮、富于朝气，他双手夹在深蓝色的裤裆中间侧睡着，我应该把这一幕拍下来让大家知道我们的队长不仅会开坦克还会开飞机。由于年龄和体质上的差异，老鼻子的鼾声总是跟在老霍的鼾声后边慢悠悠地闲走，这声音像个老女人的奶袋一样松松垮垮。而在这个美好如新的清晨我竟没有听到老鼻子缓慢、衰老却依然藕断丝连的鼾声，我拍了拍耳朵，将老霍的鼾声暂时镇压下来后老鼻子的鼾声却依然无处寻觅。我心有不满地走向了他。这时我还不知道我再也听不到老鼻子的鼾声了。

"老鼻子、老鼻子?"我用脚踢了踢老鼻子的小腿。从我认识他起,他小腿上的血管就像肥大的泥鳅一般隆起着,我的脚碰到那些泥鳅时它们像是正在冬眠般毫无反应。我弓着腰又叫了两声,老鼻子的上半身掩在他的藏青色床单里,我伸手扯扯床单将他的脸露了出来,老鼻子苍白而痛苦的脸让我双腿一软,登时就瘫倒在地。

在我的喊叫声中,钢牙和大光首先醒了过来,之后是三哥跟老霍,他们无一例外地骂我大早上撞到鬼啦,见我双眼盯着老鼻子瘫坐在地才意识到事情有些不对,揸着眼屎挪上前来。

"老鼻子今天怎么没打鼾?"三哥睡眼迷瞪地说。

"他死了。"我嗫嚅道,身体不自觉地往后缩动。

"鬼扯,人好好的怎么会死?!"老霍说完就去推老鼻子的肩膀,一看没知觉,众人这时意识到不妙,纷纷后退。老霍无可奈何地望了大家一眼,小心翼翼地把手朝老鼻子的颈部探了过去。

"怎么样?"老鼻子的小老乡大光急切地问道。

老霍顿了顿,猛地把手往后一甩,失声喊道:

"我的个亲娘吔,真冷了菜了。"

人的死法千奇百怪。医生告诉我们,老鼻子是被他自己的痰堵死的,准确地说是他的痰堵塞呼吸道引发了窒息,如果窒息后被及时发现兴许能救活,这里指的救活不代表可以让他能蹦能跳,仅仅是让他活着。

"老鼻子是有福的,如果你昨天晚上发现不对劲再叫了医生,你才是害了他。"老霍在急救车走后对我说。我为老鼻子的死感到深深的自责,我说自己一宿没睡,为什么就没听到他断了鼾声呢?回想起刚刚逝去的那个夜晚我头脑一阵眩晕,我甚至怀疑自己究竟在不在房间,如果不在房间里又在什么地方,难道我真的应该为自己的大意感到庆幸?

"但愿吧!"我不无悲哀地说。

"二指你没错。"工地上认识或不认识的人都安慰我道。老霍的话比医生的话更让众人信服,借助酒的力量他最先从悲伤的情绪中走了出来,但他们知道他这并不是酒话。我们是吃力气饭的人,假如后半辈子要在床上度过,想想都可怕。

急救车前脚离开,老刘和小付的那位副总亲戚后脚就到。他并没有像我们期望地那样对老刘和小付有所关照,而是径直走到了老霍跟前,马马虎虎扫了一眼老鼻子的死亡报告,低声对老霍说园区还没开建就死了人,不吉利,加上天气又热,得赶紧把尸体处理掉。又问老霍叫了火葬场没有,如果没有他马上去电话。

"他在这边还有个儿子,在上大学。"老霍赶紧拦住他说,"我们还在找他。"

"找没找到人火葬场都得照样叫,国家在这方面是有专门规定的。"那位副总不容分说摁着电话上了车,在一尾烟尘里消失干净。

直到烈日当头,老鼻子身体上那股味道如洪水般泛滥时,他的大学生儿子才出现在我们面前。为找到他我们可谓煞费苦心。从老鼻子的手机里我们知道这小子叫胜军,急急忙忙一个电话拨过去,竟是空号,再一想,这父子俩确实是很久没联系了。一般来说,老鼻子每两个月都会给他寄一次生活费,我们记得上次老鼻子给他一次寄了半年的,这半年里老鼻子的手机便没再响起过。幸好我们又在老鼻子的钱包找到了一张家校联系卡,我照着辅导员的号码拨过去,一个女老师接了电话,说她也没法联系上肖胜军,但是她会马上安排人去找,然后跟我抱怨了一通如今的大学生如何如何难以管教,让我们这些做家长的对孩子多用心。我说我也不认识他,他父亲死了,然后我报上了地址。

胜军来了，他不是一个人来的，身后跟着一个小巧玲珑的女孩，他们双手紧握，碰碰撞撞走到了我们身边，抖了抖白色运动鞋上的灰尘，说：

"我的父亲是在这里吗？"我们从他身上看不出一点儿老鼻子的影子，声音倒是有几分像。

"是的，他已经死了，这是医生开的报告单。"老霍递过单子说，"他就在楼上最左边那间房里，你去看看他，火葬场的车马上就到。"

"你叫我一个人去？"胜军委屈地说，两行清亮的眼泪蜿蜒而出。

六

接连几日，工地上人声寥落，空酒瓶数量陡增，在板房前的空地上堆成了一座晶莹剔透的小山。我们队已从原来的房间里搬至一楼，这间房里原来的"居民"被分散到了其他队。老霍本以为这会遇到很大阻力，可事情却容易得超乎他的想象。安顿下来后，老霍对我们说，生活总要向前看。但事实却是他的话最少、缩在房间里的时间最长。他打过几次电话问询何时开工，皆无果。

大光作为老鼻子的老乡并没有表现出比别人更大的悲痛。如今他早已视我为眼中钉肉中刺，这份仇恨没有因老鼻子的离去有所转移，反而为他无法消散的烦闷提供了一个绝佳去处。三哥为此向我表达了他的担忧。他说两个男人为钱为财可以斗得头破血流，要是为了女人就可以连性命也不顾啦！

"我总不能低三下四去求他叫他别跟我抢女人啊，这可不像是个男人说的话。"我说。对付小付那样的嫩苗秧子我尚有把握，

流动的夜晚 183

初二就辍学的大光真叫我心里没底，这样的人认死理，说好听些是执着，说难听些便是一根筋，什么时候他来了兴致一刀捅了我也完全在情理之中。

"防人之心不可无，我们有兄弟两个，他光杆杆一个，怕是用不着怕，就算他把你怎么了，不是还有我嘛，我会放过他？那天晚上他说你阉鸡公我就想揍他了，一直忍着呢！"三哥说，他表情凝重，目露凶光，让我无从质疑。

"随他骂，我反正不在意，我和小唐已经在交往了，他和小唐有什么？小唐连他是谁都不知道，知道了小唐也不会理睬他的。"我说。小唐要的发卡我已经准时送到她手上，而且是送了两个，我让她喜欢蓝色多一点时就戴蓝色的，喜欢白色多一点时就戴白色的。虽然小唐因此骂我是个败家子，但我知道她那是心疼我的钱，心疼我的钱这又是我们之间的一大步，我木讷着没把那句话说出口，可我相信她完全了解我的心意。老鼻子的事情一出，我跟小付商量过后就叫她这几天先别送了，大家正餐都吃得少，早饭就能免则免了。几天没见她，我的心时刻被一团烈火炙烤着。

"要我说，你和小唐应该尽早走到那一步，好断了他的念想。"三哥说。

"我们这才认识几天，太快了吧！"我说。

"二指啊，不是哥说你，你知道你为什么二十七八了还没有女人吗？"三哥说。

"为什么？"我问道。

"就因为你死板，那个东西早做是做，晚做也是做，那何不早早拿下？你得知道不仅男人想要，女人要是尝到了乐趣，她们比男人要得更急。"三哥说。

三哥见我不语，继续教育道："你知道我和你三嫂从亲嘴到上床用了几天？"

"几天？"我追问道。

"三天。"三哥朝我竖起三根手指，说，"哥不怕你笑话，你嫂子可不是个简单的女人，我还没摸清门路的时候她就不叫我在上面玩了，你以为我的腰痛怎么来的，嗬！就是被她坐出来的。"

"这、这个事情不能强求，顺其自然的好……"我红了脸说。三哥的话一从嘴里出来到了我的耳朵里立马就转换成了图像，我一想到三嫂晃荡着两只大奶骑在三哥身上的场景，心口就紧得喘不过气来。

"你不强求，假如大光那小子先你一步动了小唐呢？"三哥说。

三哥的话无异于一颗重磅炸弹在我头脑里掀起了轩然大波。是啊！如果大光那小子花言巧语获取了小唐的好感，然后乘其不备霸王硬上弓和小唐生米煮成了熟饭，那我又向谁哭去呢？！我的心脏猛烈地颤抖起来。刚吃中饭的时候大光随便扒拉了两口就说有事出了工地，他不会真找小唐去了吧？也怪我傻，竟把小唐的地址毫无保留地当作战利品似的奉献了出来，如果小唐有什么不测，我真该拿去千刀万剐啊！

"大光吃了饭就出去了，是不是真的找小唐去了？"我哽咽着说，心里几乎已经默认了这个事实。

"你终于想明白啦？他去没去还真不好说，脚可长在人家身上。"三哥得意地说，见我一副泪眼蒙眬的可怜相又急忙安慰我，"我看这大白天的他不敢乱来，真要去找了小唐，也顶多见个面、搭几句话、混个脸熟。"

"我还是放不下心。"我说，"要不我们去看看，你前段时间不是一直想要买个MP4看电影吗，她要是没事，我就顺便跟你一起去挑机子。"

"哎！谁叫我是你哥呢，什么破P3、P4倒不重要，你心里难受我也难受。好吧！你在这儿等我，我去房里拿几百块钱。"三哥说。

我和三哥风驰电掣地赶到小唐家的报刊亭时她并不在店里，一个陌生的老头守着报摊，见我们火急火燎奔过来以为我们有什么要紧事，摆出一副低眉垂手的恭敬模样。我心想这个老头十有八九是小唐的父亲也就是我未来的岳父，我暗暗喘了几口大气用字正腔圆的标准普通话说道：

"伯父，您闺女这会儿不在？"

"怎么你也找她？"老头打量的目光穿过厚厚的老花眼镜毫不差地落在了我身上。老头摇了摇头说："刚刚她的一个什么小学同学来找她说事，说到现在也没回。真是越大越不经管了。"

"脸圆圆的，身体壮壮的？"我失控地叫道。

"你怎么知道，你们认识？"老头把我们也当成了小唐的同学热情地搬出几条矮凳让我们坐。

老头说的哪是小唐的什么狗屁同学，分分明明就是大光那只披着羊皮的狼啊！我像是被雷击了似的站在原地感觉自己的身体正变成一截截焦炭，一种末日般的绝望瞬间浇灭了我的生命之火。

三哥发现势头不对拉着我就往回走，老头在后面不解地喊：

"坐都不坐，我的凳子长了刺啦？"

"那老头说了他们是说事去了，你别想太多啊？！你还没输，我们还没输。"三哥说。

"天涯何处无芳草，你又何必在一棵树上吊死，小唐姑娘也就那样，要啥没啥的，我就看不出她哪点好。"三哥说。

"老话说得好，此处不留爷自有留爷处，凭你这条件什么样的找不着，她错过你了那是她没福气，你放心，回头我一定帮你张罗一个比她强一百倍的姑娘。"三哥说。

"哥呀你别安慰我了，我没事。"我说。三哥这个话篓子在某些时候还是很必要的，听着他喋喋不休地说话，我就什么也不用想，也想不了，既想不了，自然也就没有所谓的心情可言。

"没料到小唐还是个脚踏两只船的贱东西！"三哥狠狠地骂道，我知道他前面那些话是虚，这句话足有十二分地真。尽管我心里对小唐充满了怨气，你既然已经跟我交往了，为什么还要和别的男人出去"说事"呢？有什么事还不能在店里说偏跑出去说，你父亲都对你有意见了，可见你是一个多么没心没肺的人，我这颗脆弱的心呀，算是被你伤透了……一听三哥骂她贱东西我还是不愿意。

"你不要骂她，是我配不上人家，我要是个女的，我也会选大光，他老实体贴会照顾人，再说他存的钱也比我多，把小唐交给他我放心。"我说。

"你太没出息啦！"三哥气愤地说。

"我是没出息，难道你有？"我大逆不道地说。

"哟嚯！你他妈的还骂到老子头上来啦？李二指，你别给脸不要脸了还。"三哥骂完抛下我飞速向前走去。

小唐不要我了，三哥我也得罪了，我不知道自己干了些什么，但我又找不出自己究竟错在哪儿。得罪三哥损失还不大，什么时候我给他服个软他就原谅我了；失去小唐我还剩下什么呢？书上都说女人是世界上最善变的动物，我想怎么会呢？如今我知道要相信一条真理是需要付出代价的，起码我已经付出了沉痛的代价。天知道这会儿小唐在和大光做什么，拉手了吗？亲嘴了吗？即使没有，这也是迟早的事，如果我不想为这件事情再痛苦，方法很简单，我只需往马路上迈出几步，让奔驰的车将我的烦恼全部撞碎。或许那时他们就会感念我这个人的好了，小唐会对大光说，你看看，李山虎为了我都不惜去死，你敢吗？我猜大光那尿蛋铁定不敢，他肯定会狡辩说你怎么知道我不敢，但是假如我真的死了谁来陪你呢？一想到这儿我就火冒三丈，我要是这么死掉太便宜那小子了。我决定暂时不死。

回到工地上厨房已经放过夜饭了，我只好去掬了几捧凉水喝，凉水下肚，我感觉自己精神了不少，一面想着如何向三哥道歉，一面筹划着如何开始自己新的生活，冷不丁却听见从厨房后边有幽幽的哭声传来，我蹑了手脚绕到房后，发现竟然是三哥抱着手机蹲在墙角。

"哥，对不住啊！我下午不该那么和你说话。"没想三哥竟把我和他之间的情谊看得如此深重，我真是无地自容。

经我动情一说，三哥并未止住啼哭，反而抱住我的小腿边哭边撞起来。我从未遇到过这种场面，一个大男人痛哭到这个地步实属罕见，原因恐怕不仅仅是我言语伤人那么简单，可无论我怎么追问，三哥就是闭口不谈，过了许久他哭累了，甩了一把鼻涕，拍了拍屁股上的灰，站起来，走了。

我们回到房间里的时候队里的人都不在，三哥披上床单蒙了头就睡下了，剩我一个人傻瓜似的枯坐着。不多会儿大光回来了，他一进屋见到我先是惊讶了一番，然后就开始对我笑。印象中，他从未这般友好。我知道他在笑什么，跟别人的女人出去约会能不得意吗？我也装作什么都不知道的样子对他回以更灿烂的微笑，虽然我对小唐以及我和她之间的感情失望了，但我并没有打算就此放弃她和这段感情。

"二指，你今天晚上不看书啦？"大光讨好似的说。

"今天不想看。"我毫不留情地回道，"我要睡了。"

大光自讨了没趣，哼哼唧唧找到最舒服的方式别过头睡去了。

七

第二天我起了大早。一睁眼竟发现三哥整个枕头都是湿的，脸上的泪迹纵横交错，原本就瘦小的脸庞仿佛一夜之间缩小了一半，震惊之余我不禁猜测是什么原因引爆了三哥的泪腺，莫不是家里发生了什么变故？要是这样他应该告诉我的呀，三哥闭口不言想必也有他的苦衷。想想在外漂泊这三年总是他照顾我的多，我体谅他的少，昨天我还对他恶语相向，我真是越来越讨厌我自己了。

我没有按捺住心性等候三哥醒来，而是去找了小唐。我有一千个理由留在三哥身边，更有一万个理由去守卫自己的爱情。

我赶到报刊亭所在的那条正街时小唐正别过她的父亲朝我这边驶来，在一个拐角处，我截住了她。

"你昨天中午，还有下午跟谁在一起？"我气势汹汹地问。

"我跟谁在一起关你什么事，骗子！"小唐狠狠地拧过头，头发上还戴着我送的发卡。

"你骂我什么？"我说。

"骗子骗子，大骗子。"小唐朝我吼道。

"我什么地方骗了你了，你不要血口喷人。"我争辩道，我当真想不出自己什么地方欺骗过她。

"还说没有，还说没有，好！好！"小唐气性大发浑身发抖，死劲儿推翻自己的电动车，好歹被我扶住了。看她发起火来没个边际我也被吓傻了，平常不动气的人一动起气来那场景可是够恐怖的。我刚喘过气，小唐就一脚踹在了一旁一株绿化树上，树叶纷纷下落。

"你根本就不是什么采购员！"小唐叫道。

"大光那小子告诉你的？"我身上的血液刺啦一声都涌上了脸。

"他不告诉我我还被你蒙在鼓里呢！"小唐抻着脖子鄙夷地说。

"我承认这一点我骗了你，但我喜欢你是真的啊！"我声泪俱下地哭诉道，"我是怕你看不起我才胡乱编的。"

"我不介意你到底是干什么工作的，但我最不能忍受别人的欺骗，你走吧！我不要再见到你。"小唐动作麻利地跨上了电动车，电门一扭，疯牛一样朝前奔去。

"借口！都是借口！"我歇斯底里地喊道，"何光耀，你这个无耻小人，老子要杀了你！"我二十七了好不容易才谈一场恋爱啊，你嘴皮子一动，轻轻巧巧就给我的爱情画上了句号，你把我的爱情画了句号，我就要把你的人生画上句号，你别怪我，我做什么都是你逼出来的！狗急了还跳墙，兔子急了还咬人，我堂堂一个七尺男儿既不呆也不傻，杀了你，坐牢我愿意，吃枪子儿我也愿意……

我"轰"地一脚将整栋板房踢醒，对准何光耀的铺位就是一砖扔过去，顿了一会儿，竟没有惨叫传出，原来是砸在一个旅行背包上。房间里的人已经看明白了我要做什么，老霍一个推身将我扑倒在地，钢牙也压上来把我的手脚死死摁住，只有三哥愣在一旁，三魂去了七魄，对目前的态势保持观望状态。

"大光赶紧跑！"老霍吼道。

"何光耀，老子要杀了你！你这个无耻小人，老子好容易才有个女人喜欢，你巴拉巴拉嘴就把我们拆散了，你得意吧，你高兴吧，你躲得过初一躲不过十五，我要你看不到明天的太阳！"

"冷静，二指，冷静，冲动解决不了问题。"老霍贴着我的耳朵轻声对我说，一股暖流缓缓淌入我的耳朵，使我绷紧的心弦开始松懈。

"他不死我死啊，他不死我死。"我说。

"什么死不死的，为了个女人寻死觅活的算什么男人，除了她这世上就没有女人啦？！多了去了，就看你想要什么样儿的。"老霍抬着我的左手、钢牙抬着我的右手把我扶到了铺位上，门外站满的观众也在老霍的呵斥下散去。

三哥这时对老霍和钢牙摆了摆手示意他们俩走开，然后挨着我坐下了。

"二指，你陪我回老家一趟！"三哥说。

"回家？"我隐约感觉三哥要向我透露昨夜哭的真相，其实我发狂的时候一看见他冷冷的眼神我心里的怒火就已经平息了，我的佯狂也许是做给别人看的，也许是做给自己看的，我比任何人都清楚杀了大光不仅不会使小唐重新接纳我，只会让她对我更加绝望，况且深陷牢狱，这些都已经是空谈了。与我的躁动不一样的是，三哥的沉默底下蕴含着更大的不为人知的悲痛。

"是的，回去几天，办好一件事我们就过来。"三哥说，语调没有一丝起伏。我知道眼前这个三哥已不是我所认识的三哥了。

对三哥的提议，老霍求之不得，爽快地答应给我们五天假，不管这五天里园区的开建通知到没到都让我们玩够了五天再回来。三哥并未对老霍的通情达理表示谢意，简单地收拾一下东西就带着我往火车站走，路上还是一言不发。我想不管怎样到了家就什么都知道了，这五天也算我给自己的恢复期，用五天时间把一段不足五天的爱情淡忘似乎是件毫不费力的事情。

在人声鼎沸的候车室里，三哥凑近我的脸，说："我老婆被李金水那个王八蛋睡了。"

"不可能吧？！哥你是不是搞错了？"我说。三哥对我说出这番话我毫不意外，能让一个男人如此伤心的事怕是也只有这一件了。

"那你打算怎么办？"我不无担心地问道。

"你说我怎么办，你说我能怎么办！"三哥说，"回去后我们

流动的夜晚　　　　　　　　　　　　　　　　191

都别出来了，就在家待着，哪儿也不去了。"

　　我想了想说那可不行。

　　"为什么？"

　　"小唐头发上还别着我的发卡呢！"

2013/8/18

呆鹰岭黎明时刻

如果不是朝那辆江淮轻卡的后视镜里多望了一眼，我想我决不会以如此狼狈的方式离开呆鹰岭。昨天夜里，我像往常一样，在深夜两点起床洗漱，抽烟，抽烟的同时进行排泄，然后检查手电，挎上尼泊尔军刀、液压钳、尼龙绳，蒙面，锁门。穿过一片茂密的斑竹林，沿着一条淹没在芦苇丛中的小径走上五分钟，越过护栏，我到达高速公路应急停车带的时间一般不晚于三点一刻。这是一天中夜色最浓之时。

一出芦苇丛，我立即拧灭手电，蹲下，闭眼，深呼吸，二十秒后，即使没有任何光亮，我都能在伸手不见五指的夜色中行走自如。我曾多次想象，若有一个人见我凌晨两三点闭着眼一动不动地蹲在荒郊野外会是什么反应？我一直期待在这条路上能碰见一个人，但迄今为止，我在这条路上走过不下百回，只有两次见到过活物，一次是看见两条蛇交配，在我们这座湘南小城，老一辈的人说见到蛇交配不脱裤子的人会一辈子打光棍，所以我立即脱下了裤子；另一次我遇见了一只刺猬，那只刺猬伸着脑袋左嗅一下，右嗅一下，每次蠕动不到一枚硬币的距离都要花上老半天时间，我把光照在它身上时，它马上停止动作，紧贴地面恨不得能融化到土壤中去，它那副可怜模样让我觉得自己手里拿的不是一支手电，而是一把枪。

从呆鹰岭上的小棚屋走到芦苇丛，我的心情通常都不错，特别是那些有月亮、星星、蛙鸣以及微风的夜晚，我甚至会忍不住打着响指、哼着小调，感叹生活多美好，但是当我越来越临近目的地，我的心情会变得越来越糟。芦苇丛外的这段路紧挨着应急停车带，临时停车的人将停车带以外的这块土地当成了垃圾场，所以自我从事现在这份职业以来，我多次踩到过方便面桶、馒头和面包、卫生巾、尿不湿、屎，还有比屎更恶心的用塑料袋捆扎好的呕吐物。踩到屎我会把鞋子扔了，放弃作业，踩到后者我会恨不得把腿锯掉。我曾试图绕行不去蹚这片"雷区"，但这条路子行不通，别的路段要么荆棘遍布无法下足，要么地势陡峭不利脱身。有一次步入"雷区"后，我贸然打开了手电，尽管我将亮度调至最暗，并用双手捂着，可这一星半点微弱的光还是引起了应急带上停车司机的警觉，那个司机虚张声势地干咳了几声，犹豫了一会儿，然后点火发车，一脚油，逃似的消失在夜幕中，我只好无功而返。

　　昨晚的"雷区"依旧危机四伏，垃圾销蚀的速度远低于它的增长速度，我想用不了多久这片"雷区"将变得无法逾越，而我也将不得不放弃这片应急带，另起炉灶。

　　黑暗中，我摸索着用随身携带的尼泊尔军刀砍下了一截树枝。尼泊尔军刀头重脚轻，形状如狗腿，又称狗腿刀，用狗腿刀劈砍手腕粗的木头，只需一刀。有了树枝清除路障，我迅速朝应急带推进。进入夏季后，天亮得越来越早，凌晨四点，天色就会由墨黑渐至一种大海似的深蓝，由深蓝再褪变成靛青几乎就在一瞬之间。

　　翻越高速护栏，一种轮胎因过热而散发的塑料气息扑面而来，这意味着应急带最前方的那辆轻卡停车时间应该不会超过二十分钟，对于一个长途跋涉的货车司机而言，坠入最深沉的梦境三分钟就够了。呆鹰岭海拔一千六百米，下坡路长度四点八公里，限速八十，任何一个驶下这段山道的货车司机都要将脚狠狠地踩在又笨又重的刹车踏板上，这足以让一个马拉松运动员精疲力竭。从去年春天以来，随着邻县一条高速的开通，走呆鹰岭山道的司机越来越少，但仍有一些司机为了降低运输成本走这条山道，像给呆鹰岭刺青似的在山道上留下一条又一条漫长的车痕。

轻卡，江淮轻卡，半封闭式车厢，彩钢板厢体，尾门、侧门均上锁，轮胎温度约五十摄氏度，刹车盘温度约六十五摄氏度，导航仪未关闭，乘员两人，一个司机，一个小女孩，司机仰躺在座椅上，嘴半张着，鼾声如雷，小女孩蜷着双腿面朝车窗一侧躺着，怀里抱着一只龙猫玩偶。

不打没有把握的仗。每次在我进行"侦察"时，我的脑海中都会浮现这句话。这句话是我父亲告诉我的，他言传身教，让我继承他的手艺。我没有令他失望，我甚至觉得自己做这行比他更具天赋、更讲道义。他喜欢电瓶和柴油，这些东西可以立马在十字镇上换成票子。我也喜欢电瓶和柴油，但是从车上弄走这两样东西，意味着把司机们扔在路上，而他们可能千里迢迢才来到呆鹰岭，我认为这样做极不友好。十七岁那年，父亲送我到那片斑竹林。你十七岁了，我就是在十七岁时走南闯北的。父亲说，记住，不打没有把握的仗。一个小时后，我返回斑竹林，父亲还保持着离开时的样子，地上一堆烟头明明灭灭。看看你弄回了什么。我迫不及待地将一麻袋牛仔裤往父亲面前一推，故作谦虚状，等候着他的赞扬。我算了一笔账，牛仔裤一袋二十条，十块钱一条转手给镇上的收购站也有两百块，我这一趟没白跑。接过我的战果后，父亲神色冷峻，他扔下我，一声不吭地回到了山上的小棚屋。回家后，父亲还是没有说话，哪怕骂我几句也好，我心里想。但是父亲仿佛当我不存在一般，用冷水浇头，抽烟，躺在床上读《书剑恩仇录》。第二天一早，我一睁眼就发现父亲床上空无一物，只剩那本《书剑恩仇录》，书用一枚金色的指虎压着。

父亲消失后，我没有寻找过他，作为他的儿子，我比任何人都清楚，只要他想消失，没有人可以找得到他。

江淮轻卡可以下手，我的直觉告诉我。摆在我面前的有两种选择，第一种难度较大但比较保险，爬上车厢，用绳索系住货物往下放；第二种，难度较小但风险系数高，用液压钳剪开车厢尾门或者侧门（一般都是尾门，尾门不在司机视线范围内，比侧门安全）上的挂锁，直接往外搬运。大多数情况下，我更倾向于采取第一种办法，因为我不用去破坏什么东西，四野俱寂，一切悄然进行，不留痕迹。

彩钢板薄而脆，容易发出声响，我攀住厢顶只用手部力量将身体朝上牵引，当肩膀高过车顶时，左手迅速向下发力，右脚掌钩住厢框，整个人就一跃而上了。十秒、三十秒、一分钟，司机的鼾声穿过驾驶室顶棚到持续敲击我的耳膜。危险期过去后，我拧开了手电，眼前所见令我欣喜不已，这是一车厢樱桃。

我用尼龙绳往下放了两箱樱桃。这期间一辆重型半挂车企图在应急带里停下，挂车司机或许第一次走这条山道，等他踩刹车时，挂车已冲出去百十米，他打开了车辆左右两侧所有的排水管道，水撞击到高热的轮胎和刹车盘顷刻化为雾气。挂车的远光灯勉强照射到轻卡的尾部时，我飞快地回到地面，将两箱樱桃挪到车厢下方，然后像只壁虎似的黏在车厢上躲避远光的照射。挂车一越过轻卡，我立即滚入了车底。重型半挂车的轮胎数量都超过三十只，这三十多只轮胎制造的胎噪在宁静的旷野无异于炸山时的隆隆巨响，我不能奢求轻卡司机不受惊扰，只能祈祷他在受到惊扰后快速进入梦乡。

水泥板经过夏季烈日的烘烤，在凌晨三点多仍散发着余温。

因为担心轻卡司机下车查看，我能听到自己的心脏在剧烈跳动。半挂车已经走远，隐没在一片它自己制造的水雾之中。一分钟过去，轻卡司机没有下车。两分钟过去，前方还是没有传来开门声。三分钟过去，我再一次听到了轻卡司机熟悉的鼾声。谢天谢地。我并非每次都这么好运，我曾遇见过跟这次一模一样的状况。那次也是一辆轻卡，我已经得了手了两台美的电磁炉，正欲撤退，一辆过路的货车鸣笛经过，我抱着电磁炉火速钻入车底。司机下来了，拎着一把方向盘锁。副驾驶上坐的人也下来了，手握一把开山刀。我心里做好了最坏的打算，人赃俱获，鱼死网破，我的职业生涯画上句号。黑暗中，我左手伸进口袋里套上了父亲留给我的金色指虎，右手紧紧攥住尼泊尔军刀。一把尼泊尔军刀对战一把方向盘锁和一把开山刀，胜算不大，但也不至于输得太难看。也许有什么东西在冥冥之中保佑我，他们围着车子巡查了一圈，并无发现，在护栏边撒了一泡尿，然后各自上了车。我听见司机在上车时咕哝了一句：

"真他娘的困。"

轻卡的底盘低矮，爬出车底时，我的后腰和大腿上都挂了彩。卡车底部总是有很多莫名其妙的尖铁丝，车子年份越长，这种尖铁丝越多，我多么小心都无济于事，所以到后来我根本不会再有查看伤势的念头，只要动作不大，伤口都不会太深，回到岭上，我第一件事就是给伤口除锈，然后抹上碘酒。

樱桃三十斤一筐，用塑料薄膜罩着，上面凝聚着水汽。搬樱桃时我盘算着只拿一筐到镇上水果店出手，留一筐自己吃，果核都在山坡上种起来。我没见过樱桃树，也不知道樱桃如何培植，一想到或许会有一两棵樱桃苗破土而出，我有些喜不自禁。

货物离开高速公路应急停车带意味着我的工作已近尾声。我接下来需要做的就是把它们分成一趟或两趟运回小棚屋，然后睡觉，一觉起来，把它们拿到十字镇上换钱，整个程式自我父亲开始多年来一成不变。严实的夜幕悄然落下，大海似的深蓝正在天地间漫开，事后我多次问自己，为什么我要在这已十分危险的时刻回望那辆江淮轻卡？我没有找到答案，望了就是望了，就像我的父亲，消失了就是消失了，随着年龄的增长，我相信他消失的原因绝非出于对我的失望，他的消失是迟早的事情。

回望的结果是我发现轻卡的右反光镜里有张脸，坐在副驾驶位的小女孩正瞪大了眼睛看着同在镜框里的我。小女孩什么时候摇下的车窗玻璃？她要做什么？喊醒熟睡的司机？那个男人是她的父亲？在这条应急带上，夫妻组合我见得最多，父女组合还是头一回见。情急之下，我拉下面罩，向小女孩做了个"嘘"的手势，准备立刻脱身。如我所愿，小女孩保持着静默，她双手趴在车窗上，缓缓地将脖子伸出窗外，一脸淡漠地扫了一眼护栏边上的两筐樱桃，然后就把眼睛钉在了我身上。

在小女孩的注视下，我越过了护栏。正纠结要不要拎上樱桃时，小女孩竟然下了车朝我走来。她十一二岁的样子，穿一身无袖碎花裙，头发蓬松凌乱，怀里搂着那只龙猫玩偶。

我不知道小女孩是下车确认现场还是干什么，我一手握住了刀，一面留意着轻卡的动静。小女孩开门、推门、下车的过程中，司机随时可能醒来。转眼小女孩已走到我跟前，她注意到车厢侧门和尾门上的锁都完好无损，但她脸上却并无惊讶之色。

"你是小偷。"

小女孩用沙哑的嗓音说。她的声音平和，不像是指责，而仅仅是在描述一个客观事实。从业以来第一次被人撞见，我的第一反应是蒙上面罩，然后再一次握紧了裤腰上的刀。见我蒙上面罩，小女孩又说：

"你是坏人。"

我没有心思跟眼前这个十一二岁的小女孩辩论我到底是一个怎样的人。不经意间，天色从深蓝变换成靛青，远山的轮廓依稀可见，近处几座小山包上的树林在微风中摇曳。天就快要亮了。

　　隔着护栏，小女孩标致的五官清晰地展现在我眼前。她凝视着我手中的刀，双唇张合了几下，说：

　　"你去帮我把车上的那个人杀了。"

　　"我不杀人。"我几乎脱口而出。如小女孩所言，我是小偷，是坏人，但我不杀人。我连一只鸡都没杀过。小女孩的话语让我感到可怖，我松开了手上的狗腿刀，在整个行动中我都没有感受到它的重量，此刻它却沉得像一只真狗腿似的拖拽着我的腰。

　　"那你把你的刀借给我。"

　　小女孩左手夹着龙猫，右手掌心向上朝我摊过来，好像她只是在索要一枚糖果，她抓住了我的把柄，我没有理由不给她。

　　等我注意到那个黑影时，一切为时已晚。在我和小女孩对话时，轻卡司机走到了距离我们不到三米的地方，他一眼就发现了护栏边上的两筐樱桃，我看不清他的脸，只见小女孩被一把推倒在地，在她倒地的同时，一只大号扳手朝我挥了过来。我本能地往后一躲，司机的扳手落在了钢质护栏上，剧烈的砸击声有如雷暴，响彻方圆数里。

　　司机不顾小女孩哇哇的大哭，他恶狠狠地看了小女孩一眼，越过护栏，再一次举起了手中的扳手。我在斜坡上站定，双手握着狗腿刀，摆开架势。这种场景我在脑海中想象过无数回，我希望它永远不要发生，但当它发生时，我告诫自己一定要无所畏惧，就好像我没有杀过鸡，但是当我要杀掉一只鸡时，我必手起刀落，一刀剁下鸡头。

　　狗腿刀没有给轻卡司机带去任何震慑，他嘴里骂着"你他妈的"扑了过来，我挥刀去挡，司机却因用力过猛，踩塌了脚下松软的沙土，身体迅速失去平衡，我趁机一脚踢在他的后腰上，他就无可挽回地滚下了斜坡，一头扎进了垃圾场。

不打没有把握的仗。站在斜坡上我想起了父亲曾多次对我说过的话，我现在到底是打了一场胜仗还是一场败仗？接下来的局面我该如何应对？回呆鹰岭的路已被堵死，司机返回应急带立刻会报警，我的罪名是偷窃还是持刀抢劫？两筐樱桃而已，但如果旧账新账一起算呢？持刀抢劫罪名就重了，三年？五年？八年？

轻卡司机从垃圾场中爬起来时，我走下了斜坡，照着他的胸口给了他第二脚，然后用我随身带的尼龙绳把他绑在了一棵树上。我不能让这个男人在我消失之前走出垃圾场。

我回到高速公路上，小女孩已停止了哭泣，不知是我先牵她的手还是她先牵了我的手，又或者是我们同时牵住了对方，我们手拉手走向了停在路边的江淮轻卡。点火，松手刹，踩离合，挂挡，加油，车子开始慢慢动起来，不一会儿就奔驰在了黎明即将到来的高速公路上。

此刻，小女孩恬静地睡在副驾驶位上，面朝我，抱着龙猫，嘴角挂着一丝不易察觉的微笑。当呆鹰岭彻底消失在后视镜里时，我心里很慌，这是我长这么大第一次离开这座山。我自言自语道："我们该往哪儿开呢？"

"往前开。"小女孩说。

2019 年 1 月

良　夜

　　抽屉的雅路牌衬衫盒子里整齐地束着三把刀。一把黑色蝴蝶甩刀；一把三棱军刺；一把弹簧直刀。起初，它们或藏于枕下，或隐于衣堆，又或散落各处，常给出租屋的女房客杨婷带来短暂惊吓。随后她像拎着一只死鼠似的拎着刀朝徐业的写字台上一扔。"拜托收好你这些宝贝！"如此反复，写字台的乳白色漆面开始蜕皮般大块剥落。直到徐业给写字台罩上一块钢化玻璃，局势才趋于缓和。桌面木色显现，与周围的乳白色漆皮浑然一体。唯一令徐业不满的是玻璃将坠击的声音由钝响变成锐响，每次坠击后，徐业总会死死盯住镜面，仿佛在等待着一场浩大的支离破碎。

　　半年前的一个阴沉周日，刀具神出鬼没的现状得以改善。杨婷从午睡中醒来后发现自己怀抱着那把三棱军刺，刀尖一端正朝着喉咙。如果没有刀鞘，她丝毫不怀疑自己此刻已经鲜血淋漓。一阵战栗过后，她起身把刀狠狠拍在徐业垫着钢化玻璃的写字台上，在鞋柜处整理好在午睡中发生位移的文胸后摔门而去。猝不及防的锐响让徐业出现严重耳鸣，但他的目光一刻也没有离开桌面。灾难没有发生。等杨婷的身影在出租屋内消失，突然扬起的窗帘迅速落下，他才意识到一个严重的问题：杨婷说了什么还是什么也没说？这直接关系到她什么时候回家又或者再也不回。如果她说的是："我差点儿被你的刀吓死了。"表明她可能只是下楼转悠，然后在晚饭前拎回一提重庆鲜啤（这几乎已形成惯例）。如果她说的是"老子受够你了，你个大傻×！"这可能预示军刺事件成了压垮她的最后一根稻草，她将从此一去不返。上一次是镶着橡木的弹簧直刀闯的祸——杨婷在收拾衣物时，从徐业裤兜中蹦出的刀刃在她小拇指上划出了一道浅而长的伤口。徐业记得那次杨婷反应出奇地平淡，将小拇指放进嘴里，含混地说：

"你以后一定要记得关上保险开关。"

徐业有些后悔刚才为什么没有看着杨婷，哪怕听不见，至少还能从嘴型上得出些许判断。他能肯定的是杨婷此次没有提及保险开关，因为三棱军刺只有刀鞘没有开关。几分钟前，他还可以追到门边解释：昨晚，体育频道直播 MotoGP 阿根廷站赛事，引人入胜的竞赛导致他将军刺遗落在沙发上某个角落。

午后的房间光色渐弱，楼下小贩的叫卖声不绝于耳。既已错过最佳解释时机，徐业想，与其将令人难堪的拉扯与争吵暴露在路人眼中，不如静观其变。在城南这片破败的工业老区，有太多无所事事的人以围观构成生活。徐业愿意相信杨婷只是臭骂了他一句，诸如你他妈的、混蛋、傻×之类，换作自己，也会为怀里莫名出现的军刺魂飞魄散继而勃然大怒。军刺三面槽的刀体可以形成血量巨大且难以缝合的伤口，无异于刀中魔鬼。购买时他曾犹豫再三，身着怪异服装的售刀老妪慢条斯理地对他说："这次不买，下次你有钱也买不到。"与此同时，老妪巴掌大的摊位前不断有人凑上来，他们对她的电棍、弹弓、指虎等视若无睹，眼光只在军刺修长混黑的刀体上流连。徐业满怀歉意地看着众人，说着对不起、先来后到，一手付款，一手接过军刺，忙不迭插了裤腰。

正是前后打开不到三回的军刺制造了徐业生活中最大的危机，从杀伤力角度衡量，徐业认为这似乎说得过去。他饶有兴味仿佛初见般拿过军刺，尽管从未派上用场，硬塑刀鞘上仍遍布沧桑划痕，中段偏上的抓手处因汗液浸润透出丝丝灰白，轻微一晃，刀体和刀鞘内壁碰撞之声清晰可闻。徐业像摇一只拨浪鼓似的旋动着军刺，想如果杨婷在午休时被军刺所伤，那现在该是什么情形。忽然，一个可怕的念头窜进他的脑海：杨婷会不会以为军刺是他故意放到她怀中的？徐业顿感一阵寒意从尾椎上泛起，游蛇般沿着脊背缓缓挺进，他从转椅上弹起来，将手中的刀向堆着几摞报纸期刊的墙角掷去。随后他急不可耐地来到了暮色将至的阳台，在蛛网横生的阳台上，他欣喜地看见杨婷正朝着家的方向走来。

后来成为"库房"的雅路牌衬衫盒子就是这次和杨婷一起出现在徐业面前的。徐业低了头恭立于门边，思量着是先道歉还是先接过杨婷手上的衬衫和生啤，杨婷先开口说话了：

"你把衣服取出来，盒子拿去装你那些宝贝。"

"你知道我从来不穿衬衫。"徐业啪啪拧响了颈椎。

"我当然知道。"房间内黑漆一片，杨婷从声源推断出徐业的站位，斜着身子准确地从他跟前闪过，说：

"人家不单独卖盒子，我只好连衬衫一起买了。"

在杨婷忙活晚饭的时候，徐业加固并改造了"库房"。他先是用牛皮纸改变了纸盒颜色，又在内里粘上一层金黄色绸子，再以两条"工"字形硬纸壳为隔断营造出三个独立空间，三把刀从此各得其所。那天晚上的菜是蒜苗炒肉和玉米炖排骨，滴酒不沾的徐业端起啤酒一饮而尽，他诚挚地向杨婷解释并致歉，且承诺今后不再让她受到惊吓。杨婷呆呆地望着徐业，两行热泪扑簌簌落下，她揽过剩下的五罐啤酒，嗔怪他不该喝酒，酒精会引发他的颈椎病。杨婷的话很快应验，十分钟后，徐业的颈椎病发作，但那个时候他们已经离开餐厅到了床上，做爱使他忘却疼痛。

从危机中诞生的"库房"经常迎来一些改动。例如，徐业给它加上了严肃的黑边，正中贴了一枚五角红星，右下角喷涂了一行日期，为避免晃动，他在每把刀的首尾束上细绳，为防止可能发生的锈蚀，他特意买了干燥剂。种种改造行动令徐业对"库房"愈发满意，如果说最初的版本是1.0，那现在它已经进化到4.0，至此只有一个问题令他一筹莫展：纸质盒体的强度持续降低，必得小心翼翼拿双手捧着，否则随时折断。革命性改变出现在"库房"服役半年之后。仍是一个周日的午后，徐业伏案替一家公司编辑内刊，杨婷没有在家午休，她上午十点开车出门，说是约了闺蜜去城北一座新开的国际购物中心。徐业自己解决了午餐，一碗蒸蛋，一盒沙丁鱼罐头。四点，他上街买了一条排骨、一根腊肠、半斤米豆腐、三两香菇，准备做一顿丰盛的晚餐。系上围裙后，他想起没有给杨婷准备啤酒，于是又打楼下超市电话让送来一箱，超市老板娘说送上楼可以，但是要加五块钱，因为她男人不在，而她是个女人。徐业听了哭笑不得。老板娘接着说：

"瓶子可以退三块，等于你只多花了两块钱，两块钱现在能干吗？！"

啤酒到位后，徐业一边弄菜，一边等着杨婷，忽然想到这竟是头一回主动给她买酒。自杨婷送他"库房"，惊吓事件再未上演，但她的酒量却是与日俱增，不久前他还在她挎包里发现一只精致的便携式酒壶，尝起来大概是威士忌之类。或许应该借此机会好好谈谈，他想，不说完全戒掉，在量上逐步控制下来也行。

杨婷到家的时候香菇正好泡发。她没理会忙碌中的徐业，抱着一只军绿色铁皮盒径直走到他的书桌前，轻轻放下，在一排数字上拧了一阵，说：

"提前送你生日礼物，密码就是你的生日。"

丰盛的晚餐潦草结束。徐业迫不及待地将三把刀装进相应的定位夹，发现竟然严丝合缝，军刺居中，蝴蝶甩刀和弹簧直刀在左右护卫。杨婷对此一笑而过，她收拾好厨房后，在沙发上安静地端坐着。奔走一天，她的脸上此刻充满疲惫和油腻。徐业欢快地甩着蝴蝶刀走过来打开电视，给自己点上一支烟，烟灰就磕在用蝴蝶刀削去盖子的可乐罐中。给易拉罐削去盖子，这是徐业的爱刀在日常生活中仅有的几项用途之一，除此之外，还有裁纸和给水果去皮。距离七点四十播出的《焦点访谈》还差一刻钟，徐业犹豫着是否改天再和杨婷谈饮酒的问题，劝诫性谈话极有可能将愉快的氛围一扫而空。他注意到酒精正使杨婷呼吸浊重，电视投射出的杂乱光线在她红润的面颊上均匀流淌。徐业从茶几下拿出一包湿巾，说：

"你擦一擦。"

杨婷接过湿巾，额头、鼻子、脸颊、下巴、脖颈，依次抹下，洁白的湿巾逐渐呈现出米黄色。最后，她把湿巾对折起来擦拭遥控器，细致入微地完成遥控器清洁工程后，她摁下了红色电源键。电视声音消失和杨婷声音出现几乎发生在同一秒。

"我准备搬出去。"

徐业停下手中的甩刀练习动作。经过三个月血与泪的洗礼，蝴蝶刀已经可以像一只蝴蝶般在他的五个手指上来回转动，每次他都能准确握住刀把而非锋利的刀刃。他藏也似的将蝴蝶刀纳入衣袖，慌乱地说：

"是不是吓到你了？对不起，我马上收起来。"

"没有，"杨婷褒奖道，"你要得很好看。"

住了两年的房子，杨婷收拾出自己的东西只用了一个小时。略掉阳台上的衣物和卫生间里的洗漱用品，一只银灰色行李箱就打包了她的过去。她把箱子推至门口，又腰站了一会儿，又蹲下取出三个有她和徐业合影的相框，取了照片塞进内袋，相框则摆回原处。徐业盘腿坐在沙发上看完了《焦点访谈》，随后他换到社会与法频道看《天网》栏目，这期案件发生地居然就在本市，说是一个青年男子在一场酒局中猝死，他的同伴们用摩托车载他的尸体绕行大半个城区，最后制造了一起车祸假象，将他连人带车坠入郊区一片荷花盛开的池塘。徐业为主犯的勇气所折服，他全程将尸体绑在自己身上，不断腾出本该捏在离合上的左手去攥住死者早已冷却的左手，从监控画面看上去，他们就像两个亲密无间的朋友。

杨婷扶着行李箱拉杆喊了一声徐业的名字，等徐业的脸完全面对她，她却不知道该接着说些什么。徐业缓缓起身，如释重负地说：

"你把车开走吧，从我们这儿到工业新区普康大道 32 号有二十七公里。"

听到徐业说出的地名，杨婷脸上并无惊讶之色，心里倒是为他的慷慨涌出一阵暖意。车是一辆二手的零五年本田雅阁，他们共同买下了它，在成为有车一族的头几个月，二人自驾的足迹遍及周围七个市县。

见杨婷没有表态，徐业又说自己在家办公，用车的机会屈指可数，而杨婷一天到晚在外跑销售，没有车就像没有腿一样不便。他到餐桌上拿了钥匙递给杨婷，说：

"你不要不好意思。"

杨婷对徐业的举动始料未及，她从一开始就没有考虑过老雅阁的问题，所以她决定如实相告：

"他在下面等我。"

高跟鞋敲击水泥板的声音渐渐消失在楼道里，夜幕已完全降临，透过北窗，可以看见暗黄的街灯次第亮起，每一片灯光下都聚集着无数飞虫。徐业来到阳台上的时候，杨婷和那个来自普康大道 32 号的男人已经消失在街道上。他从里间搬来转椅，舒服地坐着抽了几支烟，然后洗了一场漫长的澡，直到热水器流出凉水才依依不舍地离开浴室。寻找杨婷送的那件雅路牌衬衫花去足足半个钟头，修剪指甲十分钟，扫除残羹冷炙十分钟。当他用报纸卷军刺下楼时，街市上的夜宵摊前已是人声鼎沸，无数个大功率电扇源源不断排出烟柱，漆黑的夜空被稀释成青蓝色。

穿越二十七公里城区，从南到北，普康大道 32 号所在的街区景象一如城南。人们三五成群汇聚在夜宵摊前喝酒吃肉、抽烟聊天，场面喧闹如同白昼。徐业经过人群时放慢了车速，车窗外每一张脸看起来都显得浮肿而油腻，他不明白为何这么多人喜欢在深夜进食，让夜晚不像夜晚。不断有热心的摊主勾了腰小跑着上来拉客，徐业无一例外回应道：

"谢谢！夜宵对身体不好。"

滑行至街尾时正好凌晨一点，徐业将车停靠在 32 号楼斜对面的一株熟悉的樟树下。他回忆起一年前第一次来到这条街区时，这株樟树刚刚植下，四周撑着护架，而今护架已经撤去，他看到樟树枝繁叶茂亭亭如盖。徐业满怀深情地将目光从樟树上收回望向了对街同样熟悉的 32 号楼，这栋共七层，一层是家私馆，刚才接走杨婷的奥迪占据了馆前车位；二层是一所英语培训学校，临街楼道的门虚掩着；第三层便是杨婷的"新居"，徐业隐约听见从楼上传来酒杯碰撞的声音，如果不是曾经的恋人，他想此刻他应该为她感到高兴，因为终于有人可以陪她开怀畅饮，默数过往，他心头浮现的都是自己以前的斑斑劣迹。

在一番抚今追昔后，徐业打开车灯，驱车来到了城郊。他把车停在一座等候拆迁的居民楼附近，听着蛙声走了两里夜路后拦下了一辆收工出城的摩。当听到徐业承诺支付他两倍车费后，司机喜出望外地告诉徐业：这一趟比他一天挣得还多。为表谢意，摩的司机油门一拧到底，一度将时速压榨到八十迈，整个车身几近飘浮于路面。徐业不在乎车速，发动机的轰鸣让他感到内心宁静，这也正是他钟爱 MotoGP 的原因。尽管如此，徐业还是让司机降低速度，因为司机肩膀上的头屑此时已全部转移到他的肩膀。

"你可以抓着我的腰。"摩的司机豪气地说，"你放一百个心，我开车从来没出过事。"

司机的话令徐业想起那幅罪犯用摩托车载着伙伴的尸体绕行城区的画面。案件发生在本市，他不知道他们是否也曾在他如今飞驰的道路上驶过，眼前的中年男人自然不是罪犯，而他也不是受害者，但一种深深的恐惧还是从四面八方袭来，身后的夜就像一只巨大的手，随时可能将他攫取。"越快越好！"徐业双手抓着司机外套，支起身子，凑到他耳边说。

然而司机已经开始减速，他们即将拐进普康大道。热闹的街市接纳了他们，在路过依旧人满为患的夜宵摊时，徐业喊停了司机，他悄悄将军刺插进摩托车后座的捆绳，如约支付了双倍车费后，走向了一个正对他翘首以盼的女摊贩，说：

"给我来两瓶啤酒一份蛋炒饭。"

小的海

一

初到长沙那两年我住在一辆越野车里。准确来说，是睡在车里，住包括吃喝拉撒睡，越野车不是房车，显然不具备前四项功能。雇我当家庭司机的范老板在他的别墅里给我安排了一个小房间，房间虽小，但一应俱全，唯一的缺点是没有窗户。没有窗户的房间像是一个盒子或者洞穴，一闭眼就感觉冷飕飕的，这种体验糟糕透了。和衣开灯坐了一宿，第二天一早我向范老板告了假，把我从永州带过来的七座越野车开进了附近的汽修厂。我让修车师傅将第二排、第三排座椅卸掉，这样一来，车子进深就达到了惊人的一米九，即使两个成年人并排躺下，车内空间仍有富余。随后我又在一家车辆改装行定制了床垫和两只简易储物柜，在超市购置了床单被褥，当我把车再开回别墅区时，我的越野车便成了名副其实的床车，成了此后夜夜容我栖身的忠诚伙伴。

车辆改造工程持续了近一个月。例如，为解决隐私问题，我给车窗贴了颜色最深的隐私玻璃膜；为解决空气流通问题，我在第二排车窗上加装了收纳式纱窗，加装纱窗后蚊虫问题得到了相应的解决。跟车改行的老板混熟以后，他们曾建议我将副驾驶位的座椅也卸掉，腾出来的空间下半部分可放置车载冰箱，上半部分用来做书桌，摆放一些杂物。躺在车上，喝着冰镇可乐看星星，这一幕场景让我十分心动，但我也只能是想想，因为完成上述改造工程后我身上已所剩无几。

睡在车上，难熬的夏天。范老板家的车库停放了两辆车，一辆我接送范老板的丰田埃尔法商务车，一辆范老板妻子琳姐的玛莎拉蒂双门轿跑，整个院子除了通向车库的一条路是硬化的，别处都是草坪，这意味着我的车只能长久地停在别墅区中央人工湖旁的一个公共停车区内。停车区周边零零散散种了一些法国梧桐，这些树一年四季挂着吊针式营养液，每一棵都勉为其难地存活着，投下一片小得可怜的树荫。经过一天的暴晒，哪怕我打开所有车窗通风透气，在夜里一两点才溜出别墅上车睡觉，车内仍热得像个蒸笼，打开空调只会徒增燥热，把凉席铺在车顶，蚊虫又成群。别墅区巡夜的保安兵爹，作为我住在车上一事唯一的知情者，他曾对我说：

"杰鳖不要睡了，睡个卵子，跟我去湖里夜钓。"

兵爹晚上不睡不是因为当了保安负责巡夜，他当保安刚满五年，而他已有整整二十年时间没在夜里合过眼。据兵爹自己说，他在年轻时天天睡不醒，特别是当身边有女人的时候，恨不能一天到晚赖在床上。"早上醒来要一次，睡到十点，再要一次，要完接着睡，起来就下午啦！"兵爹三十八九岁时，不知为什么他一到了白天就无精打采，一步三摇，仿佛随时要往后倒去，一到夜里却精力倍增，手脚像有根线提着似的按捺不住，和女人要完不想赖床只想提裤子。近二十年，兵爹摆过夜宵摊、做过仓管、隧道守夜员以及无数个工种的夜班工人，这些工作都有一个共同的特点——在夜里活动。夜里的兵爹和白天的兵爹判若两人，夜里的兵爹是只斗鸡，白天的兵爹是只瘟鸡。有一次因为一件什么事，我在白天来到了兵爹的职工宿舍，找来找去，没看见兵爹，只见一床软趴趴的被子贴在他的床铺上，我掀开一看，兵爹睡得哪里还有人形，整个人如一摊黄泥般稀在了床板上。

别墅区、保安、巡夜，这三个关键词对于兵爹来说缺一不可，这三个要素构成了他最理想的职业。入夜，当物业管理中心的灯火熄灭，在湖边健身、散步、遛狗的人群渐渐散去，兵爹会在岸边柳树繁茂处扎下一排钓竿。布置好钓具，兵爹每隔两个钟头骑着电动车巡一回夜，一次巡逻约半个钟头，一个夜班下来，巡逻的趟数少则两次，多则四次，多或少并不费什么力气。大部分时间兵爹在忙着和料、上饵、收竿，或者干脆就盯着夜光鱼漂出神。运气好的时候，兵爹一晚上能钓不少一斤多的大草鱼，钓的鱼兵爹自己从来不吃，也不卖，他有个女儿在红星大市场卖鱼，第二天早上收工后，兵爹会风雨无阻地骑着电动车把这些渔获送到女儿的档口。在他的身边有一张小桌子，上面有烟有酒有槟榔，还有一台便携式DVD视频播放器。这台播放器画质极差，眼睛看着屏幕不出三分钟就会酸得流眼泪，所以我和兵爹只能用它来听剧情，实在忍不住了才往屏幕上瞄上几眼。

因为公共停车区紧靠人工湖，我住在车里的第一晚，兵爹就发现了我。在一番盘问之后，他对我有房间不住却住在车里的行为竟不觉意外，言语中反而有几分欣赏。说在这个别墅区里他认识好几个家庭司机，年纪都与我相仿，但不知道他们住的房间是否与我的房间一样没有窗户，他答应回头帮我打听打听。第二天，当我准备爬上车睡觉时，兵爹跟我说，那几个家庭司机住的房间都有窗户。"你太惇时啦，住的地方连个窗户都没有，但是睡车上也蛮好，车上到处是窗户。"听了兵爹的话我心里就懊恼起来，起身陪兵爹嚼了一通槟榔，到夜里一点，耐不住倦意，钻上车，通过四周的车窗看见近处的林木，通过天窗看见星星月亮，又意识到睡车上有睡车上的好，像兵爹说的，到处是窗户。

在春天、秋天、冬天这三个季节里，我的越野车是十分宜居的。每天我在别墅内完成洗漱，夜里九十点钟，确定范老板和琳姐都不用车了，方才溜出别墅到湖边陪兵爹扯会儿谈，或者打开DVD播放器接着听连续剧。碟片都是兵爹从影像店租的一些老片子，如《三国演义》《霍元甲》《水浒传》《天龙八部》，有时我们会为前一晚"听"的是哪部片子而争议不休。"昨天看的是《水浒》啊，你这个小鳖什么记性，昨天看到武松替武大郎报仇杀了潘金莲，你就忘了？"兵爹斩钉截铁地说。在我脑海中真切的画面却是诸葛亮听说关羽大意失荆州，急得吐了几口老血。

第二天一早，我换了运动装，在保姆桂姨起床准备早餐之前回到房间里，夜晚的一切便都悄无痕迹了。到了夏天，在那些难以入眠的夜里，兵爹就会经常性地向我发出邀请，睡个卵子，陪我钓鱼。无论第二天是否要出车，我都必须在别墅里随时待命，精神饱满，干净利落，这直接关系到我的饭碗，所以面对兵爹的邀请，我常左右为难。兵爹知道我的苦衷，但他仍会在湖边给我准备一把小椅子，一边嚼着槟榔一边漫不经心地说，没有哪条法律规定了人在夜里一定要睡觉。

二

来长沙之前，我在永州南部的一个小县城里当辅警，一干就是三年，直到遇见后来成为我雇主的范老板。那是在县里举办的一次招商活动上，范老板是考察团副团长，我和几个所里的兄弟被抽调到考察团下榻的龙都大酒店负责安保工作。按说像范老板一类的人物和我们这些小喽啰是不会产生任何交集的，上面要求我们对所有胸前挂了嘉宾证的客人必须敬礼，但敬礼的姿势再漂亮，嘉宾们也不见得会多望我们一眼，我们知道哪怕招商局郑局长在这些企业家面前也不过是个端茶倒水的角色。招商活动结束的前一天夜里，我从外围换到酒店大堂站岗，时间已是凌晨两点，百无聊赖时，一个中年男人踉踉跄跄地走出电梯，身上穿着浴袍，脚上趿着酒店的专用拖鞋，一只手捂着肚子，一只手里晃着嘉宾证。我见了嘉宾证立即朝电梯口奔去，刚到男子跟前，这人就瘫软在了我怀里。

事发突然，我把在外围守夜的同事马刚喊了进来，二人合力把范老板扶上了警车，此时我们已经看过他胸前的证件，知道了他的名字叫范良君，是北京麦古国际金融集团的副总经理。上车后，我在第一时间打了电话给我在县人民医院当护士的"女朋友"乐雪儿。乐雪儿这天碰巧轮值夜班，听完我的描述，她初步判断范老板应无大碍，可能是犯了急性阑尾炎或者急性肠胃炎，她会马上联系急症室的同事，提前空床备药。

我把第二个电话打给了所长陈东汇报情况，所以当警车赶到县人民医院时，陈所长和县政府办公室刘主任、招商局郑局长已经守候在急救通道口上，他们身后立了一排医护人员，乐雪儿也在其中。经确诊，范老板是突发急性肠胃炎，在他输液期间，陈所长把我和马刚二人唤到门外，先散了烟，脸色是一贯地凝重，说："你们这次表现不错，处置及时妥当，给所里争光了。"

平日在所里，我们辅警绝少有机会和所领导直接接触，得了所长的赞扬，我和马刚都有点手足无措，保持着听领导训话时的跨立姿势，脸上一阵阵地烧。

"如果你们是干警就好了，上面一定会给你们嘉奖。"陈所长不无惋惜地说，说完踩灭烟头，正了正衣摆，转身进了输液室。

我和马刚高涨的情绪一下就被浇灭了。马刚比我晚一年下到所里，他多次撺掇我一起辞职北上长沙或者南下广州，但都因舍不得这身制服而作罢。我们几乎找不到相互安慰的理由，只好去了楼梯间抽闷烟。"我看乐雪儿对你的感情还是很深，几次都在偷偷瞄你，你们再坚持一下还是有希望修成正果的。"马刚说。他见过几次乐雪儿，对她印象不错，常说要是让他碰见这么好的妹子，他保证把心收了踏踏实实过日子。乐雪儿确实如马刚所说，一个很好的妹子，温柔可爱乐天，笑起来脸上一对小酒窝，能让很多男人深陷其中，相处一年多，我们的感情日增，但到了谈婚论嫁时，她的父母却不答应了。乐雪儿的父亲是县教育局的一个小股长，我曾亲耳听到他在电话里跟乐雪儿说：

"辅警？那不就是个打工仔？"

我知难而退，主动提出了分手。乐雪儿哭得很凶，好像一切责任都在她，我安慰她说，没必要这样，都是我不够好。哭完以后她把微信和 QQ 的头像换成了《大话西游》里周星驰那个著名的背影，把空间签名改成了：对不起，我爱你。我以为这段感情会就此结束，三天后乐雪儿竟来了所里找我。我们直接去了宾馆，一进门她就死死地抱着我说还是放不下我，让我原谅她上次的决绝。类似的情况重复了几次，分分合合，每次复合后我们都在宾馆里疯狂地做爱，不到精疲力竭绝不罢休。乐雪儿前任的数量远在我之上，她深谙性爱之道，每次她骑在我身上摆动身体时，我都惊讶于她对腰身力度的控制，那么严丝合缝、从容不迫，一下是一下。乐雪儿像一支桨，而我像一艘船，她掌控着我，抛开一个男人的尊严不说，乐雪儿这一点真是让我又爱又恨。

同乐雪儿分手，我给所里兄弟们的解释是两人性格不合，辅警二字印在我们这群人的制服上、花名册上、公告栏上，但却是我们最忌讳的字眼，如果说因为辅警身份导致的分手，我会戳到大家心里共同的痛处。所以当我面对马刚的好心劝告，只随口应了句，随它去吧，大家都累了。

当天夜里，范老板恢复意识后，陈所长和刘主任、郑局长陪了一刻钟左右就回了家，我和马刚则在医院守了一个通宵，乐雪儿在输液室里出现过几次，每次都行色匆匆。在范老板之后，急诊室还收治了一个酒精中毒的青年人，一个高烧不退的婴儿，以及一位胃癌晚期突发疼痛的老妇，醉酒的青年满嘴胡话，婴儿的啼哭时强时弱，老妇人的哀号响彻整栋门诊大楼。

"吗啡已经不起作用了。"这是整个夜晚乐雪儿对我们说的唯一的一句话。

天快亮时，马刚顶不住睡意，拦了一辆摩的提前回了所里。陈所长那番话对他影响很大，临走时他对我说，一个辅警干得再好又有什么用呢？升不了职加不了薪，到最后连女朋友都守不住。因为身上披的制服，马刚在所里这两年谈过不少妹子，学校老师、国企职工、医院护士，起初交往时，马刚会从要好的干警那儿借来正式的警察制服，妹子们见了穿干警制服的马刚往往端不住，三天五天就让马刚钻了空子，而当她们发现马刚不过是一个辅警时，顿觉自己吃了天大的亏，一瞬间就完成了从淑女到泼妇的角色转换，有的只动动嘴，粗野地骂上几句，有的是动嘴又动手，把马刚的一张瘦脸扇到浮肿。

马刚前脚一走，我还没来得及细想他留下来的问题——出路在哪里，范老板就走出了输液室，说想回酒店。在回酒店的路上，范老板先是向我致谢，等气氛不那么生涩，他问了我的姓名、年龄和收入，出于礼貌，我都一一回答了。当我把他送回酒店准备离开时，他问了我一个毫无缘由的问题：

"我路上没注意，你开的那辆警车是手动挡还是自动挡？"

"老捷达，手动挡。"我说。

时至今日，我仍不能确切地知道范老板当初问我的那个问题和后来他雇我为家庭司机之间有无直接联系，用范老板后来的话说，他是看中了我的"态度"，和车技毫无关系，尽管前提是我能将一辆手动挡的车开出自动挡车型的舒适感。

当天和范老板在酒店大堂分别后，我回了宿舍倒头便睡，已是招商活动周的最后一天，可以松口气了。令我感到惊讶的是提前回所的马刚不在宿舍里，但我也没多想，他和上一任女友在附近租了个小房子，租约尚未到期，妹子已经跟人跑了，所以我估计他是回租的房子补觉去了。躺在床上，想起夜晚的种种，想起上一次和乐雪儿做爱时的那种癫狂，想起这次在医院碰面时她的冷漠，想起当我如实说出自己的工资收入时范老板嘴角的那轻微一咧，我心里生出一种从未有过的失败感，在一种"此生无望"的情绪中晕晕沉沉睡了过去。

三

派出所的兄弟们后来在微信群里调侃说县里那次招商活动收获最大的人是我。那几年全国上下兴起了"旅游开发热"，所以县里那一次招商的主题就是"全域旅游"，由招商局牵头，远的到了北上广，近的到了长株潭（长沙、株洲、湘潭），左拼右凑拉来近百人的企业家队伍，希望借助社会资本盘活本土旅游资源，让我县从农业大县蜕变成为旅游大县。企业家们坐着县里从市里租来的几辆德国进口尼奥普兰豪华大客车在各个山旮旯里转悠了几天后得出了一个结论，这片土地没有任何旅游开发潜力，是名副其实的"四无区域"，一无高速，二无铁路，三无历史文化名人，四无风景胜地，旅游资源除了几个不成片的古村落和几座年久失修的明清宝塔再无其他。这次招商活动的结果是几十个投资项目无一落地，但县里既然花了真金白银，项目最终还是象征性地签了几个。县电视台报道说此次招商活动成果丰硕，"企业家们对我们这片神奇的土地充满了开发热情，他们希望能尽早把我县打造成旅游的热土，通过旅游带动全县经济实现跨越式发展"。所里的兄弟们说收获最大的是我，这个说法当然是调侃，但也不全是，招商活动结束后没几天我就辞职到了长沙，离开了这片生我养我的"神奇的土地"，这都是因为一个人——范老板。

范老板在招商活动结束后并没有立即离开我们这座令他失望的湘南小县。第二天，在招商局一名工作人员的陪同下，他来到了我所在的城西派出所。在所里的三楼会议室，范老板和陈所长都说了些场面上的话，一边是感谢警察同志在招商周期间的辛勤付出，一边是感谢企业家对地方经济发展做出的重要贡献。在会上，我被安排坐在陈所长旁边，入职三年来，上会议桌还是第一次，我的手心都握出了汗。

散会后，范老板说想单独跟我聊聊，我们就撇下众人来到了篮球场上。他递给我一支烟，是一种没见过的牌子，这烟比市面上常见的要短许多，烟嘴是金色的，做工极为精致。我是后来做了范老板的家庭司机才知道这种烟叫黄鹤楼1916，是范老板的口粮，每次我送他到黄花机场或高铁南站，进站之前他都会先抽上一支，接机也一样，我会在出站口拿着打火机等他。

时值初夏，阳光温和宜人，范老板身穿孔雀蓝的长袖衬衫，挺展的黑色西裤，戴一副茶色眼镜，脚上是一双软底透气皮鞋，当他不抽烟时，我能闻到他的衣服上散发出来的清香味儿。这是我第一次正儿八经地打量范老板，他年纪五十出头，身高在一米七左右，轻微发福，国字脸，抬头纹很深，脸上时刻保持着一副泰然自若的表情。

"跟我去长沙吧。"范老板说。他的公司在北京，但他的家在长沙，他的夫人在长沙也有自己的事业，所以他得常年往返于北京和长沙两地，一个月最少回湘两次，多的时候每个周末都回来。而我的工作就是家庭司机，除了接送他，他夫人自己会开车，有时在外应酬也需接送，但频率不高。家里还聘请了一个保姆，家务上的事情都由保姆承担，必要的时候搭把手就行。待遇方面，月薪是我现在工资的两倍，包吃住，休息时间看情况调整。

"我看中的是你的态度。"范老板说。

我几乎没有犹豫就答应了范老板的工作邀请。当天上午，在范老板来到所里之前，马刚已经向所领导提出辞职申请，并向县公安局提交了正式的离职报告，他没有告诉我们要去哪儿，我们也没问，只说哪天发财了别忘了所里这些难兄难弟。马刚说："我要是发财了，第一件事就是给大家捐几台空调。"所领导和干警们的房间都有空调，辅警的房间只有吊扇。马刚兴许不是故意戳大家的痛处，但众人一下子都沉默了，马刚意识到自己的言语失当，也不好再说什么，掏出烟一一散了，行李往背上一甩，便黯然离开了。如果马刚没有先我而去，我是否会那么快作出辞职决定？我想答案依然是肯定的，当范老板提出让我去长沙工作时，我觉得自己那一刻就像一个溺水者，是范老板把我拉上了岸。

除了乐雪儿，我没有需要告别的人。我十六岁那年，在广东开大货车的父亲交通肇事致人死亡，逃跑一年后被抓，判刑十三年，至今仍在狱中。母亲在父亲出事后回到了永州照顾我，一天清晨，她说是出门买菜，然后就人间蒸发再也没有露过面。我用一个上午办完了离职手续，然后给乐雪儿发了信息，告诉她我要走了，要不要见最后一面。乐雪儿回了一个字"要"，后面加了三个感叹号。那天下午，我和乐雪儿开车去了县城西北边的一座水库。一些闲暇的时光，我们常在这儿消磨时光，钓鱼、划船或者只是躺在岸边几块巨大的石头上晒太阳。一路上，乐雪儿望着窗外一言不发，她穿一件米白色无袖衬衫，双手抱在胸前，从侧面看去，圆润的脸盘鼓鼓的，像极了动画片里的樱桃小丸子。

"出去也好，是条出路。"乐雪儿说。她听我说了个大概，对我的辞职表示支持，也许是意识到最终的分别即将到来，她始终表现得十分平静。我们在水库堤坝上来来回回走了一圈又一圈，垂钓的人们走了一拨又一拨，到后来，整个库区就剩下我们二人。怎么爬上的车顶，谁的主意，现在已无从回忆，我只记得在那个月明星稀夏风清凉的夜晚，我和乐雪儿爬上了车顶，我们将遮光垫平铺车顶，默契地亲吻、拥抱、进入、迎合，把一辆两吨半重的越野车摇得吱呀作响。

我从未想到的是，在这次带着终结意味的疯狂性事两个月后，也就是我的越野车改造工程接近尾声时，类似的场景再一次发生了，只不过第二次的场地不是在车顶，而是换到了车厢中。断绝一切联系两个月后，乐雪儿搭乘长途大巴只身来到了长沙，那天正好下着雨，当她穿过雨幕走向我时，我们几乎同时看到了对方的眼眶里溢出了泪水。我们爬岳麓山、逛橘子洲，在太平老街吃杨娭毑臭豆腐，在黄兴广场的城市英雄玩电游。入夜，我们把改造好的越野车开到了附近浏阳河畔的一片滩涂上。"人怎么能住在车里？"乐雪儿对我将车辆改造成床车一事感到难以置信，但没过一会儿，她就对床车充满了新奇，她从副驾驶直接爬到了后排，左摸右看，她无法理解为什么我不能在没有窗户的房间里过夜，但当她仰躺在车内，听着雨点均匀地敲击车顶，她开始觉得住在车里也是不错的选择。有那么一会儿，乐雪儿突然安静了下来，因为身材娇小，她可以盘腿坐在车内，头正好顶着车棚，她说：

"唐杰，你还是得去租个房子。"

租房的事情我不是没考虑过，有一大片老旧的筒子楼紧挨着别墅区，这些破烂不堪的楼房租金极为低廉，我只是没法跟范老板或者琳姐开口。"再说吧。"我说。两个月不见，乐雪儿消瘦了许多，脸色苍白，眼袋深浓，让人忍不住心生爱怜。在最初交往时，她坦白说她之前曾为了挽回一段感情坐几天几夜的火车远赴新疆哈密，我至今仍记得她回忆起那段陈年往事时的满腔豪情。"我自己都佩服我自己。"乐雪儿说。她的这段历程在很长一段时间里让我极为压抑，这个女人爱起一个人来真是什么都不管不顾。如今一切又是惊人地相似，长沙虽不及新疆遥远，但我相信乐雪儿心里所思所想一如当初。就在此时，一种奇怪的念头在我心里萌生，乐雪儿骑在她之前的男人身上时，是否也如在我身上时那么严丝合缝、滴水不漏？他们是否也会像我一样一边极享受地一手枕在脑后、一手扶着乐雪儿灵活的腰肢或者握着她饱满坚挺的乳房，然后一边对身上这个女人产生某种难以言说的厌恶？

我无法控制自己混乱的思绪，我不知道自己怎么了。我三下两下踢掉了脚上的鞋子，在某种不知名的力量的驱使下一转身如饿狼似的朝乐雪儿扑了过去，她一开始被吓了一跳，但很快镇定下来，我们两个人在黑暗中寻找着对方的嘴，贪婪地吸吮，我的左手熟练地伸进了乐雪儿的衣服，解掉了她的内衣，然后用力抓住了她的胸部。乐雪儿低吟了一声，身体就扭动起来，我顺势把她摁在床垫上，鲁莽地从后面进入了她。那一刻夜雨倾盆，像是要将全世界淹没。

这是一次真正带着终结意味的性事。第二天一早，乐雪儿轻手轻脚地收拾好衣物，我佯装熟睡，她在我脸颊上吻了一下，随后下了车。几分钟后我起身，浏阳河畔已没有乐雪儿的身影，从滩涂到堤坝，我只发现了一串孤独而瘦小的脚印。我的上衣口袋鼓鼓囊囊的，我打开一看，是两千块钱，里面留了一张便条，上面写着一行字：

去租个房子。要善待自己——雪。

四

和乐雪儿分手后，我很久没再碰过女人。那段时间范老板在北京的公司要在武汉设立办事处，具体事务都由范老板负责，所以范老板极为频繁地乘坐高铁往返于武汉长沙两地，我一下子就变得忙碌起来，通常是早上七点把范老板送到高铁南站，下午五点再赶去接站。白天我也不得闲，琳姐在五一广场投资了一家医疗美容医院，她不参与具体经营，她投资的意图只是为了自己美容不花钱，所以每天上午我都开着玛莎拉蒂轿跑把琳姐送到美容医院。自我成为她和范老板的家庭司机，她极少愿意自己开车，她无法忍受五一广场附近拥堵的路况。有一回琳姐开车，我坐在副驾驶，我那天的职责是在琳姐到达目的地后把车开回家，晚上再来接她，那次不知道是因为交通事故还是别的什么事情出现了大拥堵，琳姐变得十分狂躁不安，一脚油门，一脚刹车，玛莎拉蒂大功率引擎发出一阵阵低吼。当第三次遇到侧方车辆插队加塞时，琳姐狂躁的情绪到达了顶点，她全然不顾及坐在边上的我，摁下车窗破口大骂道：

"×你妈的，插队插队插你妈的×！"

当插队车辆已经完全别过琳姐的车头，琳姐一把将挡位推至P挡，双手抱着方向盘，高抬了右脚，一下一下猛踩油门，随着琳姐右脚的每一次重重落下，玛莎拉蒂V8引擎的轰鸣声震耳欲聋，坐在车内都能感觉到地面在随之震颤。在撕裂空气的轰鸣声中，琳姐无视他人异样的眼光，仍骂声不绝，脸上青筋凸起，猩红一片。琳姐比范老板小五岁，皮肤保养得很好，身材也没有走样，刚接触时她给我的印象是一个娴静雅致的女人。她和保姆桂姨第一次领着我到司机房时，她俯身拍了拍折叠整齐的床单被罩，然后满怀歉意地对我说："条件不太好，辛苦你了哈。"后来，我知道了琳姐喜欢穿旗袍、练瑜伽、绘画、阅读，她还曾把她亲手制作的西式糕点端到我的房间。因此种种，我无法将平日里那个温柔可亲的"琳姐"同这个歇斯底里的女人联系起来。当路况好转，拥堵的汽车长龙渐渐松动，琳姐也慢慢松弛了下来，她从一个玫瑰金色的烟盒里掏出一种韩国进口的女士香烟点上，烟雾缭绕时，琳姐疲态尽显，脸上的皮肤变得黯淡无光，人仿佛一下子老了几岁。她的头往我这边偏了几下，用余光扫了我几眼，并不做什么解释，到了美容医院门口，才说："对不起，刚刚真是失态。"

"咆哮"事件发生后，琳姐绝少碰车，上午去美容医院的路上，她安静地一边听音乐，一边对着化妆镜收拾自己的妆容。下午去健身房的路上，她则似睡非睡地半眯着眼，时不时跟我说几句话："今天给我按脸的妹纸长得不错呢，要不要介绍给你？"或者抱怨自己的身体："我手臂还是太粗了，夏天穿短袖丑得要命，为什么瘦脸针不能打在手臂上呢？"有时琳姐会惊讶于美容医院的钱太好赚了："不敢想，十八九岁的大学生妹子今天就来了三个，你知道她们都来做了些什么美容项目吗？隆胸！两个用的进口的，一个用的国产的，我的天，倒回去几十年，我们年轻那时候，这种事情哪里说得出口！"有些时候琳姐会突然调低了音乐音量，凑到我耳边，煞有介事地向我打听范老板的事情："老范最近在车上有没有跟别的女人打暧昧电话？有的话小杰你一定告诉琳姐，姐不会亏待了你。"

无论是琳姐还是范老板，无论他们跟我聊些什么，我都只是很礼貌很节制地回答几句，有时甚至不说话，只是点头笑笑，表示自己正在认真聆听。"我看中的是你的态度。"这是范老板最初看中我的原因，显然，我的"态度"让范老板和琳姐都十分满意，入职一年多时间，他们已经给我涨过两次工资。据兵爹说，我的工资水准已超越了这个别墅区大部分家庭司机，范老板的家庭在这个别墅区大概算是中上游水准，在那些更为富有的家庭里，他们的司机开着更为豪华的汽车，有更好的职业技能，有的精通几门外语，上车是司机，下车是秘书，有的是退役军人，既是司机也是私人保镖，所以他们理所当然地有着更高的收入。我一个中专毕业生，除了干过几年辅警身上再无别的亮点，能拿到数倍于之前工作的工资，我觉得心满意足。保姆桂姨，岳阳人，在范老板家当保姆已经七年，她一人包揽了所有家务，把整栋别墅里里外外收拾得一尘不染，一天到晚忙个不停，即便如此，她的工资水平仍在我之下。桂姨长琳姐一岁，头发白了一半，看起来像是五十好几的人，她的上半身很臃肿，硕大的乳房奓在松垮的肚子上，不系围裙时，只觉得她的上半身层层叠叠的，走路时就像一座移动的奶油蛋糕。她的下半身特别是大腿以下却极为纤细，时刻令人担忧她那两条纤细的小腿会因不堪重负而不慎折断。

"我也不知道范老板他们在做什么生意，反正是越来越有钱了。"桂姨说。从桂姨口中我得知她在范老板一家入住这栋别墅之前就已经在他们家干了两年保姆，那时范老板一家住在火车站附近，一套面积三百多平方米的大平层。

"客厅宽得可以打羽毛球，光卫生间就有六个，那个时候家里住的人也多，范老板的父母，范夫人的母亲，晨晨，司机老刘，后来还没等搬进别墅，范老板的父母先后过世了，范爹爹的葬礼上好几个市领导都来鞠了躬嘞，场面大得吓死人，范夫人的母亲住到别墅后好好的，晨晨出事后就患上了老年痴呆，一天到晚摔东西，要么就躲在哪个角落不出来。有一回我们从早上八点找到下午一点，硬是没把老太太找出来，怕出事，喊了物业的来帮手，最后才发现她躺在你现在开的那辆黑色大面包车的车顶上睡着了，都不晓得她一把年纪怎么爬上去的。为要不要把老太太送进养老院，范老板和范夫人吵了几次，起先范老板要送，范夫人不同意，后来是范夫人要送，范老板又不同意了，真搞不懂他们，当然后面还是送了，要不然我们现在哪能这么清静！"

说完这通话，桂姨深吸了几口气，缓了缓，一脸严肃，神秘兮兮地贴着我的耳朵问：

"你晓得你住的房间为什么没有窗户吗？"

关于我的房间没有窗户一事，在范老板和琳姐面前我从来都羞于提出。没有窗户的房间怎么了？不照样是房间，有住就不错了，一个司机还挑三拣四？后来我知道有个词语叫幽闭恐惧症，但这种词我配吗？就好像一个农民说自己有洁癖，这不是个笑话？见我一头雾水，桂姨脸上渐渐显露出得意的神色。她说："你那个房间本来是有窗户的，跟我那个保姆房的一样大，后来请人封掉了，范夫人请的，你晓得范夫人为什么要请人把窗户封了吗？"

我知道桂姨已经收不住话，故意不搭腔，看着她的两瓣薄嘴唇不自觉地翕动。

"老太太进养老院之前有一段时间特别怕光，把家里几盏上万的进口灯具都用竹竿子敲烂了，她的房间在二楼，卧室顶灯和卫生间灯板是换一个给你敲烂一个，所以后来他们就把老太太安排到了司机房住，把灯啊电视机啊这些东西都拆了，本来你的房间也有电视机的，还把窗户封掉砌成了墙，也是奇怪，老太太偏偏能在这个房间里待得住，范老板让我每隔两个小时去看老太太一下，我们都怕她死在里面……"

至此，我终于明白了司机房没有窗户的原因，但既然老太太住进了养老院，那为什么范老板和琳姐却从来没有让我送过他们去养老院看望老太太？我向桂姨抛出了我的疑惑。

"晨晨出事，老太太认为责任全在范老板和范夫人，骂他俩是'杀人凶手'，是'挨千刀的罪犯'，要他们还她乖孙儿，拉着他俩又是捶又是打，几次都伤心得昏死了过去，没多久就患上了老年痴呆，痴了呆了，别的人都不认识，但只要一看见范老板和范夫人，立马就会炸了毛，手里操着什么东西上来就是打，他们还敢去看望她？"

在那个静谧的秋日的下午，桂姨滔滔不绝地向我讲述着范老板一家的几段陈年旧事。那天范老板在北京出差未归，琳姐在她的美容医院里体验一项什么新的护理项目，我和桂姨吃完午饭就端了两盘水果坐在了门廊下的藤椅上。来到范老板家一年多，我不该说的不说，不该问的不问，以至于当桂姨说起那些往事，在我听来这些事件就像是发生在别人家一样，我甚至不知道范老板和琳姐有个儿子，直到桂姨哭丧着脸说："晨晨是个好孩子，他不叫我桂姨，叫我桂妈，叫得可甜了，我自己的孩子叫我都没那么暖心窝子，可惜老天爷瞎了眼，那么好的孩子说没了就没了。"

桂姨说起那个叫晨晨的孩子几次落泪，叙述毫无逻辑，但我还是大致明白了她的意思：晨晨全名叫范晨，范老板和琳姐唯一的孩子，在他十八岁生日当天车祸身亡。范晨酷爱摩托跑车，从初二开始骑摩托车通勤，高二那年暑假更是独自一人去英国曼岛现场观看了当年的 TT 赛事。十八岁生日那天，他等来了父母承诺已久的礼物——一辆宝马 S1000RR 摩托超跑，这辆车落地价近三十万，新车开箱那天，范家所有人都沉浸在一种亢奋之中。"晨晨抱着范老板和范夫人、老太太亲个没完，也亲了我几下，他说自己一定加倍用功学习，不负大家的期待，那辆宝贝摩托车实在太漂亮了，附近的邻居都过来看，三十万的摩托车，我的个亲娘哎，几个人见过？"

那天本来一切正常，范晨只是骑着摩托车在别墅区里溜了几圈，回家就把车擦得锃亮，依依不舍地停进了车库。范老板和琳姐也叮嘱孩子这车太危险，再则也没来得及上牌，只准在小区内部道路慢慢骑一骑，否则没收钥匙。范晨口头上答应得好好的，到了夜里十一点多，等爸妈都睡下了，在几个机车党好友的邀约下，还是没忍住偷偷把车推了出去。这一去，便再也没能回来。那天夜里，范晨和几个车友在长沙的几条主干道上风驰电掣，追逐竞驶，后来又进了营盘路隧道和年嘉湖隧道，此起彼伏的引擎高转声浪把两条隧道"炸"得开了锅。城区车辆多，车子速度跑不上来，最后几个人干脆闯关上了连接整座长沙城的绕城高速。"警察后来告诉我们，说晨晨当天夜里的车速有两百多码，那哪是在骑摩托，简直是在飞！"桂姨说。在绕城高速一段较为平直的路段，几辆摩托超跑你追我赶，速度都上了200km/h，临入一段弯道时，其他几辆车都纷纷降低了速度，第一次飙车的范晨却毫无经验，当他意识到要入弯时已为时过晚，连人带车撞击护栏后直接飞出了高速，事故的结果是人车解体，范晨的肢体和宝马摩托的车身散落在撞击点五百米范围的地面上。

趁着范老板和琳姐都不在家，桂姨麻着胆子把我领到了别墅二楼靠南的一个房间，这个房间挨着琳姐的画室，在房间里，我看见了那辆葬送范晨性命的宝马摩托车。事故发生后，范老板和琳姐像所有中年丧子的父母一样痛不欲生，琳姐最先从悲痛中恢复过来，她不顾范老板和所有亲友的反对，雇人收集了所有能在现场找到的摩托车零部件，简单修复并焊装在一起，加上玻璃罩子，一同运回了家中。我看到这辆摩托时，支离破碎的车体让人不寒而栗，几乎本能地就能想象出事故的惨烈画面。在一侧的墙壁上垂挂着一件崭新的SBK连体机车服，衣服左下方摆了一张木桌，上面放着一个黑色头盔，在盛放摩托车的玻璃箱柜和挂了衣服的墙壁之间摆着几个干草蒲团，每一个蒲团中央位置都已塌陷。

"司机老刘原来是范爹的司机，后来成了范老板的司机，他可以说是看着晨晨长大的，晨晨出事后，他就辞职了，老刘这个人也很讲情义的。"桂姨说，"那一个多月我基本没怎么出门买菜，他们都不吃东西，我想着在这个家里是干不下去了，跟范夫人说要走，她就抱着我哭，说我再走这个家里就没人了。他们两口子真是好人，为什么好人偏偏没有好报呢？"

五

一连几个夜晚，我在床车里翻来覆去，难以入睡。我频繁地想起了我的父亲，一个年轻时载着自己的儿子把一辆嘉陵125开到120km/h的男人。父亲喜欢车，一辈子同车打交道，他入狱的第二年给我写过一封信，信中他说进了"里面"他还在开车，搬运物料的叉车。"这种车慢吞吞的跑不快，力气却大得很。"在信的结尾，父亲说等出来了一定去当个叉车师傅，"叉车不上路，安全。"记得在给父亲的回信中，我写了这样一段话："开叉车要考叉车证，你要好好锤炼驾驶技术，做一个对社会有用的人。"这次通信以后，我再也没有收到过父亲的来信。中专毕业后，我进过模具厂、电子厂、玩具厂、五金加工厂，这些厂子里都有大大小小的叉车，每次看到叉车，我就会不自觉地想象父亲开叉车的样子。后来当上辅警，工作中极少看见叉车，先前那个熟悉的画面也便淡化了，同画面一起淡出我生活的还有"父亲"本身。

正常情况下，我一个月能休息四天，这四天无论是连着休还是分开休，我从未离开过长沙。范老板和琳姐曾几次问我为何不回永州探望父母，他们以为是我假期太短的原因，让我"想回尽管回，哪有出门在外不想家的"。

他们在广东，我说。学校里、厂里、所里，我身边朋友的父母大多数都在广东，他们和我的父母一样，似乎除了广东无处可去。

如桂姨所说，范老板和琳姐真是好人，我知道了他们这个家庭的隐秘，他们对我的家庭却一无所知，但这并不影响他们更为善待我。于是在那些无所事事的假期里，我不是拿着范老板给我的某张 VIP 卡在水疗会所里悠闲度日，就是开着琳姐的玛莎拉蒂轿跑在黑麋峰国家森林公园的山道上驰骋。回到别墅，桂姨会在适当的时候敲开我的房门，端给我一盘澳洲小牛排。"咱们算是来对人家了！"看见桂姨油光四溢的嘴，我就知道她已经提前吃过了。

有一次，假期结束的第二天，范老板要去北京，我像往常一样早早地把他送到了黄花机场。到了停车场，范老板反常地既没有抽烟也没有下车。公司在武汉的办事处建成后，范老板憔悴了许多，耳鬓添了许多白发，他操控后排扶手上的按键，关掉音乐，问道：

"唐杰，你跟我多久了？"

"一年半快两年了。"

"时间真快。"

"嗯。"

我不知道范老板到底要说什么，心在半空中悬着。范老板要说的只能等他自己说出来。

"这次我要在北京待半个月才回来，这段时间你给我盯一下陈琳。"范老板顿了一会儿，说，"你听明白我的意思了吗？"

我点了点头，说好。范老板打开公文包，取出一个厚厚的大信封，搁在了前排的中央扶手上，然后支起身子拍了拍我的肩膀，让我这就回家不用送他进站。范老板下车后，我干坐了几分钟才打开信封，信封中装着两万元现金，钞票是崭新的，一看就知道是刚从银行里取出来的新钱，棱角分明，散发着独特的油墨气味。我很心动，这笔钱对范老板来说不算什么，对我而言却是一笔不小的数目，但我的思维异常清晰——这些钱用不了多久就会回到范老板的公文包里，因为琳姐实在没什么好"盯"的。琳姐的生活在我看来几乎是透明的。在外，琳姐的日程无非美容、健身，有时约几个好友逛逛商场；在家中，她多半待在画室里，或者在露天阳台上练瑜伽，晚上很少出门，不是窝在客厅的沙发里看韩剧，就是在书房里翻阅《VOGUE》《男人装》《瑞丽》之类的时尚杂志。这些杂志最后都会流落到桂姨的房里，每次积累到一定的数量，桂姨会把这些杂志和她平日里收集的一些纸壳一起卖了废品。

回到别墅，我照例先把丰田埃尔法里外擦拭干净，停进车库，再把琳姐的车开到车库门口，准备送她去五一广场。这天琳姐穿了一件墨绿色风衣，白色高领打底衫，脚上是一双长筒翻毛皮靴，整个人看上去清新活力又不失典雅，全不像一个年过四十的女人。一上车，琳姐就说她最近用了一款新的进口皮肤护理产品，问我有没有注意到她脖子上的颈纹变浅了，"小拇指这么大一瓶就要三千多，要不是自己用不花钱，哪里会舍得用咯！"

"我没敢往那儿看。"我玩笑道。

"你这张嘴也是越来越溜了。"琳姐眯笑着说。一路上她的兴致都很好，对着化妆镜不断确认脖子上的颈纹是不是真的变浅了。

车到美容医院后，琳姐让我下午四点左右再来接她，我说好，等她一进电梯，我迅速把车停进了附近一座大厦的地下停车场。停好车，我将外套反穿，来到美容医院正门前的一处树荫下躲藏起来。仅仅过了不到十分钟，一支烟正好抽完，我看到一个熟悉的身影走出了医院正门，是琳姐，她下车时拎在手里的爱马仕女包换成了一只布袋，脖子上多了一条丝巾，鼻梁上架着一副墨镜。当我惊诧万分时，一辆黑色大众辉腾轿车缓缓停在了琳姐跟前，琳姐一猫腰，钻进了车内。等我意识到要拿出手机拍照时，辉腾一脚油，很快便消失在车流中。

在接下来的两个礼拜，我经历了来到长沙以后最为煎熬的一段时光。每天我把琳姐送到美容医院后都立即离开，然后迅速返回。第一次跟踪失败后，那辆辉腾还出现过四次，我成功跟踪了两次。这两次它的目的地都是同一个地方——维曼国际大酒店。最后一次跟踪，待琳姐和"男子"进电梯后，我来到酒店前台，亮出当辅警时和马刚一起花三百元办的假警官证，查看了客房入住信息，琳姐用的身份证叫"刘桂香"，这是桂姨的名字，"男子"用的身份证叫"李军"，直觉告诉我，这个"李军"十有八九也是假的。令我感到不解的是，琳姐和"李军"二人开了两个不同的房间，一个是 27 楼的 1609，一个是 28 楼的 1609，难道是我误会了？

在保安队长的带领下，我进入了酒店负一楼的监控室。后台服务器显示 27 楼的 1609 和 28 楼的 1609 都开始用电，这表明琳姐和"李军"已进入各自的房间。大约过了一刻钟，值班保安快要对我不耐烦时，27 楼 1609 的房门开了，琳姐穿着睡袍披头散发地从房间里走了出来，看样子像是刚冲过澡，她低头划着手机，走楼梯上到了 28 楼，敲开了 28 楼 1609 的房门。

六

我很焦虑，一次次来到湖边陪兵爹通宵夜钓。关于范老板家里的事，我在他面前只字未提。兵爹也不问我，那段时间他的话也变少了，抽烟嚼槟榔都没有之前那么凶，一支烟要先在鼻子下嗅一阵子才点上，槟榔也一样，先搁在鼻子下闻香，接着在茶杯盖上放上好一会儿，最后才极留恋地嚼起来。一个多月后我才知道兵爹那段时间身体已经查出了绝症，鼻咽癌，晚期。

"你晓不晓得为什么我晚上睡不着觉？"兵爹问。从三十八九岁到现在，兵爹有二十多年时间没在夜里睡过觉，他夜里睡不着的原因已不能引发我的兴趣，他要是突然能在夜里睡觉倒显得诡异了。

"不晓得。"我说。

"因为怕。"兵爹说。说完这句话，兵爹就沉默了，他给所有的鱼钩都上了饵料，每一竿都甩出去很远。不久，在距离岸边三四十米的水面上便闪起了一排夜光鱼漂。

"怕？"我迟疑了一下，问，"怕什么？"

"我手上有一条人命。"兵爹不紧不慢地说。

换作平时，我会觉得兵爹八成是在编故事，结识一年多，他常跟我说一些关于老长沙的往事，什么九五年南门口百人群架事件啦、什么九六年长沙皮革总厂工人暴动事件啦，在那些事件中，兵爹往往把自己塑造成一个举足轻重的人物，好像没有他的参与，那些事件压根儿发生不了。但自琳姐偷情一事被我发现后，我对许多人和事都改变了看法，人心隔肚皮，我们平日的所见所闻都不过是事物的冰山一角。我忽然想起上周在手机上看到的一条消息推送，数十年前轰动全国的"白银连环杀人案"的嫌犯高承勇终于落网，令所有人难以置信的是高承勇居然在一所学校里的小卖部藏身数十年，孩子们天天都亲切地叫他高爷爷。

"兵爹你别唬我。"我假笑道。当杀人恶魔高承勇被孩子喊爷爷的时候，这个名叫"杜卫兵"的老人正在被我们喊作"兵爹"，想到这儿，我只觉一阵凉风在后背钻来钻去。

兵爹冷哼了一声，并不看我，他从茶杯盖子上拈了一颗槟榔放进嘴里，然后就开始了他的讲述。兵爹说，在我第一次跟他提起我之前干过辅警时，他就想把这件事告诉我，"辅警正好，假公安，跟你讲了也不会怎么样，再说事情过去这么多年了，什么都没留下。"

兵爹说一切都怪他的前妻李兰。那是一九九五年的夏天，他所在长沙市皮革总厂效益不好，很多人都辞了职另谋生路，胆子大的往深圳珠海跑，胆子小的在家门口做点小生意。兵爹的老婆在棉纺厂，厂里还能正常发工资，但也在走下坡路了。兵爹想出来干点别的但又担心最后两手落空，钱没赚到，厂里的工人饭碗也丢了。"她逼我出去搞钱，说搞不到钱让我自己去跳湘江。"白天，兵爹照常在皮革厂做事，拿一点儿少得可怜的固定工资，晚上他先后跟着几个工友去影院倒卖过电影票，去当时全国最大的图书批发市场——黄泥街当过搬运工，去长沙火车站拉过人力板车，最后甚至干起了偷摸扒窃。杂七杂八的事做了十来样，总觉得不是个事，后来兵爹就开始单干，一门心思琢磨"发大财"的路子，搞一次大的就收手。"那年代的人好像都疯了，一个个只想搞钱，抢金店、抢银行都不稀奇，那时候枪也易得搞，好像只要你想要就有人给你送上门来。"兵爹没有胆量也没有足够的钱去弄枪，他弄了把刀，一下班就别在裤腰上，搭乘公交来到五一广场附近寻觅良机。五一广场是长沙最为繁华的地段，大部分老百姓还在骑凤凰牌自行车通勤时，这里道路上已行驶着各种进口小汽车，兵爹在五一广场转悠了几天，他的视线最后落在了国货大厦楼下的一辆奔驰 S600 轿车上。"有识货的人跟我讲，说那辆车得两百来万，我一听就傻眼了，你晓得那个时候我一个月工资才多少钱？还不到三百块。"兵爹跟了这辆车一个多礼拜，没发现什么空子，车主是个四十多岁的中年人，他身边出现的女人都打扮时髦，穿金戴银。一天晚上下着小雨，兵爹骑自行车尾随这辆奔驰到了望月湖，碰巧湘江两岸正在加固河堤，路面上到处是围栏，车子一路都开得很慢，快到望月湖时，奔驰突然一脚刹车停在路面，副驾驶位置上的女人下了车，气势汹汹地甩上车门，吼了一句什么，便脱下高跟鞋埋头走向了湘江河堤。见女人愤然离去，奔驰车里的男人也没有下来，轰着油门就离开了。

"起初我只是想从那个女人身上搞点'黄货'啊！"兵爹哑着嗓子说，他整个人像只老虾米似的缩在藤椅里，嘴唇干裂，眼眶里旋着泪水。女人冒雨走上了河堤，将高跟鞋扔进了湘江，头顶着一只皮包，歪歪斜斜地向北走去。兵爹把自行车锁在电线杆子上，一路尾随，在一个僻静处，他快步赶上，从后背勒住了女人的脖子。女人挣扎的间隙，兵爹已扯下了她脖子上的一根黄金项链，就在兵爹得手准备逃离时，女人狠狠咬住了他的胳膊，大有鱼死网破之势。不得已，兵爹一把推开女人，抽出了腰带上的刀，女人见状毫不惧怕，挥着手中的皮包就朝兵爹冲了过来，嘴里喊着来啊，都别活了。兵爹的刀几次都劈在了女人的皮包上，他越往后闪躲，女人越是步步紧逼，雨势突然就变大了，堤坝上一片泥泞，当女人第三次挥包冲向兵爹，兵爹一侧身躲过了，女人却不慎踩中了一个裹满泥浆的鹅卵石，脚底一滑，摔下了堤坝。兵爹不知道在打斗中女人是否看清了他的脸，为保险起见，他摸索着下了河堤，沿河是一条浅滩，零零散散地堆放着用来加固堤坝的片石。一下河堤，兵爹就看见女人仰面躺在几块片石上，嘴里咕噜咕噜往外吐着血，前后不到一分钟，人就断了气。

事已至此，兵爹别无退路。他从附近的工地上找来绳子，绑上石头，把女人沉了湘江，在女人的皮包里，他意外又发现了五千块现金和其他几样金银首饰，将值钱的物品掏出，兵爹在包里装上石块，连刀一起沉入了江底。

事发后的半年，兵爹每天都看新闻、看报纸，但没有任何关于那个女人的消息。"这个人好像从来就没有出现过。"兵爹一直没敢动那些黄金首饰和那笔钱，他老婆李兰后来还是和他离了婚，把女儿留给了兵爹抚养。第二年，兵爹从长沙市皮革总厂下了岗，他用下岗补贴做过几门小生意，不是被人带了笼子就是亏本，都没赚到什么钱，也就是从那个时候起，兵爹开始无法在夜里入睡。

七

不久前，我从床车搬进了别墅的司机房里，不是因为兵爹，而是因为桂姨。自我把有关琳姐外遇的证据交给范老板，他们之间沉寂了一段时间，随后便开始频频爆发家庭战争。有几次，范老板和琳姐闹的动静很大，范老板用烟灰缸砸碎了客厅85寸的夏普曲面液晶电视，琳姐则把二楼书房古董架上几个价值不菲的明清瓷器摔得稀碎。每次范老板和琳姐发生热战，桂姨都躲在保姆房里不敢出来，她到司机房里找我，却发现我并没有在房间里过夜，寻我几次落空，她才发现原来这两年来我一直住在车里。一天夜里，我刚溜出别墅爬上车，桂姨就轻轻地扣响了我的车窗：

"小唐，回屋里睡吧，桂姨求你了！"

我觉得自己就像一个叛徒。琳姐从始至终对我跟踪她的行为毫不知情，我猜她会以为是范老板找了私家侦探查她，毕竟直到事件败露，我在车里跟她都有说有笑，两面三刀大概说的就是我这种人。在范老板面前，我无法以功臣身份自居，当我把所有的证据交给他时，他没有暴跳如雷，我从后视镜里看到他用力地闭上了眼睛。有那么一瞬间，我想，当初范老板选中我做他的家庭司机并不是因为我的"态度"，也不是因为我的车技，而是因为那时身为辅警的我身上具备成为职业警察的某种能力，现在，我已经被利用完了，我应该识趣地从范老板的视线中消失。

"第三次了。"范老板说。从黄花机场回别墅的路上，范老板全程僵在座椅上，我大气不敢出，只感觉手里的方向盘慢慢变得烫手。

桂姨替我收拾了床铺，她让我晚上睡觉不要关门，楼上情况不对她就立马过来找我。自来长沙的第一晚在这个没有窗户的房间里开着灯和衣坐了一宿，我从未在这个房间里待过第二晚，桂姨一走，我虚掩了房门，躺在床上摩挲下体，仿佛唯有如此我才能将那个怕光的老太太躲在某个墙角的画面驱赶，射精后，我浑身松软，很快便沉入了梦乡。那一夜，我做了一个漫长的梦，我梦见少年的我在一个夏天搭乘卧铺大巴来到了父母谋生的城市——广东厚街镇，他们住在一间巴掌大且黑乎乎的屋子里，整间屋子只有一架床和一张饭桌、两条长凳，他们对我的到来手足无措，然后互相指责，彼此都认为对方应该去睡长凳让孩子睡到床上来，我放下小小的行李，让他们不要吵了，然后自己爬上了长凳，对他们说我就睡在这里吧。第二天我跟着父亲出车，把一车玩具从虎门拉到贵州凯里，在一条破烂不堪的国道上，货车抛了锚，父亲离了车去找人帮忙，走之前交给我一根钢管，让我好好守着货，"谁上来就给他一棍子"。我围着货车不停地绕圈圈，四周一片荒凉，巴茅草长得比我的个子还高，突然，一个人从茅草里钻了出来，然后是两个人、三个人，不一会儿，我和我的货车就被一群人团团围住了，我挥舞着手中的钢管让他们离远点，这群人听了我的话之后忍不住发笑，张牙舞爪地朝我冲过来，我被几只大脚踢倒在地，怎么也站不起来，眼睁睁地看着他们爬上车厢哄抢货物，我只能伏在地上无助地哭喊道，不要抢我们的货，不要抢我们的货……第二天一早，我哭着醒了过来。

一连几天，我做着各种稀奇古怪的梦，每次醒来都疲惫至极。桂姨则在每天早上准点推开我的房门，一是给我送早餐，自从我搬回别墅，她就坚持要把早餐送到我的房间里；二是向我通报范老板和琳姐昨天夜里的战况。昨天晚上又吵了，没摔东西。或者说，范夫人吼的声音那么大你竟然没听见？

范老板和琳姐吵架一向都背着我和桂姨，只要有一个外人在场，他们会同时噤声。范老板休了一个月年假在家，他让我把琳姐的轿跑钥匙给了他，他嘴上不说，我和桂姨都知道他是要限制琳姐的出行自由，琳姐对于范老板限制她出行没有多大反应，当范老板提出要把二楼"那辆该死的摩托车"移出家时，却像触碰到了琳姐的底线，琳姐一下子就失控了。一个炎热的午后，我和桂姨耳听了他们爆发矛盾以来最为激烈的一次冲突。范老板从车库找了一柄铁锤执意要把那辆摩托车给砸了，琳姐抢先一步跑进停摩托的房间反锁了房门。范老板大骂着，朝房门重重踢了十几脚，整栋别墅都在随之震颤。房内的琳姐则大声哭喊，整栋别墅充斥着钢木门的钝响和琳姐的尖叫声。整个过程持续了约十分钟之久，就在桂姨准备报警时，楼上突然没有了动静，楼道里传来了范老板低沉的哭声。

当天晚上，桂姨刻意做了些范老板和琳姐都喜欢的饭菜，二人和气地吃了，本以为一切告一段落，没想到夜里还是出了事。

夜里大约十一二点的样子，我躺在床上迷迷糊糊，一只大手摁在了我的肩膀上。一睁眼，只见范老板失魂落魄地瘫在床边，对我打着别说话的手势。

"陈琳死了。"范老板说。晚上他和琳姐在卧室再度爆发冲突，混乱中，琳姐一脚踢中了范老板的胸口，范老板顺势就用枕头将琳姐的脑袋死死捂住，琳姐很快就没了呼吸。叙述完大致经过，范老板掩面而泣：

"怎么办？小唐，怎么办？"

"先不急，有办法，一定有办法。"

我扶着瑟瑟发抖的范老板悄声来到二楼查看现场，在卧室门口我止住了脚步，让范老板再次确认琳姐已经完全没有了生命体征。

"我们现在马上收拾出门，你约上一桌牌局，牌友最好是在市里有头有脸的人物。"在书房里，我跟范老板说了我的应对之策，花一百万让兵爹顶包，那时兵爹已告知我他身患绝症，时日无多，而他此生最大的心愿就是想给他女儿在红星大市场开上一家生鲜超市，他要做的就是在我们离开小区后溜进别墅，把二楼卧室里有钱的东西搜罗一空，然后在琳姐的脖子上留下他的指纹，有动机有完整的证据链，兵爹想说人不是他杀的都没有人会相信。再则他手上还有一条人命，二十多年没在夜里合过眼，他比任何人都更希望得到救赎。当下最关键的是要快，现有的技术手段可以将死者的死亡时间推定在前后一个小时的误差之内，每一秒都影响着整个事件的走向。

一切都按照我预设的路径发展。我叫醒了桂姨，告诉她我要陪范老板去赴一个牌局，说不好几点才能回来。开车出了别墅，我让范老板在车内稳定情绪，然后在中央人工湖旁与兵爹进行了一次极为简短的对话。兵爹对这一天仿佛期待已久，查明身患癌症后，他渐渐地在夜里有了困意，于是到了物管中心申请调班，他得到的答复是调班不可能，要么直接走人。我来到湖边的时候，没有看到以往插在岸边的那一排钓竿，兵爹躺在藤椅里，身上盖着一张小毛毯，小桌子上那台 DVD 视频播放器无声地滚动着雪花。

"范老板靠得住吗？"待我说完计划，兵爹只淡淡地问了一句。

"靠得住。"我说。

"好！"兵爹说。接着他慢悠悠地从藤椅里起身，示意我坐进去。见我有些犹豫，便摁住了我的肩膀，用不容置疑地口吻说："坐。"

"你看看，有什么不同？"

藤椅的靠背很低，视线几乎与湖面持平，对岸的别墅群都隐没在黑暗中，只留下粗略的轮廓，映着路灯的湖面波光粼粼，宽广得似乎没有了白日里的边际。

"这人工湖看起来比平时大多了。"我说。

兵爹微微一笑，说：

"你要是再看久一些，会觉得它像海，小的海。"

范老板的手机铃声是第二天上午十点零五分响起来的，那时他已经在牌桌上坐了近十个小时，他的手机铃声响起时，我看到桌上其余三位都不约而同皱起了眉头，他们手气很好，一晚上赢的钱码起来比茶杯还高。范老板的电话是公安局打来的：范夫人遭遇了不幸，被入室盗窃的小偷残忍地杀害了，请范老板立即回家。挂断电话，范老板便号啕大哭起来，那几位牌友得知范老板的妻子陈琳深夜遇害的消息后一个个都愣住了，将桌上的"战果"塞进了提包后纷纷掏出手机拨了几通电话，他们拍着范老板的肩膀说已经启动了命案侦破机制，"局长立了军令状，二十四小时内破案，破不了撤他娘的职"。

当天下午五点，兵爹被抓捕归案。被捕地点是浏阳河边的一个水泵房里。这个泵房自九十年代末废弃，闲置了十几年，兵爹和几个老朋友以极低廉的价格租下了这间泵房，并集资对泵房进行了装修，安装了一套卡拉OK设备，摆上几张沙发条凳，一帮子老头老太就常聚在这里消磨时光。那天下午，警察埋伏在泵房附近时，兵爹正在跟一个老太太对唱，点的歌曲是《在希望的田野上》。优美的旋律响起后，老太太先开了嗓子：

　　　　　　　　　　　　　　　　小的海　|

我们的家乡，在希望的田野上
炊烟在新建的住房上飘荡
小河在美丽的村庄旁流淌
……

兵爹望着老太太，僵硬地扭动身子，接着唱道：

"一片冬麦……"麦字余音未落，几个警察破门而入，年近六十的兵爹被按在了脏兮兮的红地毯上。

兵爹被捕的时候，范老板、我、桂姨，我们三个人都在公安局里做笔录，他被捕时的情形是一个老太太事后告诉我的，老太太说那帮小伙子力气真大，"他们都没有押他，像抬一只死猪一样把人抬走了"。

夜里，我来到别墅区中央人工湖旁，在一处灌木中找出兵爹存放在此的钓具、躺椅和小木桌，当别墅区的路灯自动降低了亮度，我开始和料、上饵，把每一只钩子都甩出去很远，DVD 播放器彻底罢工了，开机键直接陷进了面板里，我把旧碟片全都翻出来，一张张甩进了湖中。之后我就在藤椅中很舒服地躺下，想着长沙距离新疆哈密会有多远，掏出手机一查，一个温柔的声音在耳边响起：

"全程两千九百公里，请问需要为您导航吗？"

图书在版编目（CIP）数据

小的海／李砚青著． -- 北京：作家出版社，2022.5

（21世纪文学之星丛书·2020年卷）

ISBN 978-7-5212-1470-3

Ⅰ.①小… Ⅱ.①李… Ⅲ.①中篇小说－小说集－中国－当代 ②短篇小说－小说集－中国－当代 Ⅳ.①I247.7

中国版本图书馆CIP数据核字（2021）第123890号

小的海

作　　者：李砚青
责任编辑：史佳丽　李亚梓
特约编辑：赵　蓉
出版发行：作家出版社有限公司
社　　址：北京农展馆南里10号　　　邮　　编：100125
电话传真：86-10-65067186（发行中心及邮购部）
　　　　　86-10-65004079（总编室）
E-mail: zuojia@zuojia.net.cn
http://www.zuojiachubanshe.com
印　　刷：唐山玺诚印务有限公司
成品尺寸：142×210
字　　数：190千
印　　张：8
版　　次：2022年5月第1版
印　　次：2022年5月第1次印刷
ISBN 978-7-5212-1470-3
定　　价：45.00元